Agencia matrimonial para ricos

AGENCIA MATRIMONIAL PARA RICOS

FARAHAD ZAMA

Traducción de Pablo M. Migliozzi

EDICIONES B
GRUPO ZETA

Barcelona • Bogotá • Buenos Aires • Caracas • Madrid • México D.F. • Montevideo • Quito • Santiago de Chile

Título original: *The Marriage Bureau for Rich People*

Traducción: Pablo M. Migliozzi

1.ª edición: mayo 2009

© Farahad Zama, 2009
© Ediciones B, S. A., 2009
  Bailén, 84 - 08009 Barcelona (España)
  www.edicionesb.com

Printed in Spain
ISBN: 978-84-666-3970-5
Depósito legal: B. 12.142-2009

Impreso por LIMPERGRAF, S.L.
Mogoda, 29-31 Polígon Can Salvatella
08210 - Barberà del Vallès (Barcelona)

A mis padres, mi esposa y mis hijos

Algunos elementos básicos
para una boda brahmán perfecta

Un dibujo de tinte de henna para «aplicar a la novia».

Ropa austera para que el novio vista como un monje en los ritos previos a la ceremonia.

Un palanquín para llevar a la novia a la casa del novio.

Cuatro brotes de plátano cortados de raíz con los frutos aún colgando.

Ristras de hojas de mango y adornos florales de jazmín, caléndulas y crosandras.

Un coco para partir en presencia del prometido mientras se aproxima.

Dos lámparas altas de latón.

Una imagen de Ganesha, el dios con cabeza de elefante.

Un suelo decorado con harina de arroz y polvo rojo en el lugar donde se sientan los novios.

Un sari dispuesto como un biombo para mantener separados a la novia y el novio en los instantes previos a la boda.

Un hogar y leños para el fuego; *ghi** y alcanfor para encenderlo.

Cinco tipos de frutas, algunas nueces de betel, azúcar cristalizada y frutas pasas.

---

* Una forma de mantequilla semilíquida muy importante en la cocina hindú. *(N. del T.)*

Guirnaldas para el prometido, sus padres y los maridos de sus hermanas.

Una pequeña imagen del dios de la familia y fotografías de los padres de la novia o del novio en caso de que no estuvieran vivos.

Pasta de comino y azúcar moreno, ramitas y tinte de cúrcuma, un plato de flores.

Colgantes blancos con ornamentos para la frente de la novia y el novio, hechos de polietileno.

Arroz para ser usado como confeti.

Un plato y un vaso Tumbler de latón para lavar los pies del prometido.

Campanillas de bronce, estatuillas de Krishna, Ganesha y otras deidades a las que rezar en el nuevo hogar.

Un vaso Tumbler de plata con agua y una cuchara para ungir y beber.

Nueve tipos de brotes de lenteja como ofrenda a Gayatri.

Un área despejada para exhibir los artefactos del hogar que la novia recibe como regalo.

Anillos de oro o plata para que el novio coloque a la novia en los dedos del pie.

Una piedra de afilar para que la novia apoye el pie mientras el novio le coloca los anillos.

1

Los bocinazos comenzaron desde temprano. Todavía no eran las siete de la mañana y el señor Ali ya podía oír el ruido del tráfico. La casa estaba orientada hacia el este, y los cálidos rayos del sol se filtraban en la galería a través de las copas de los árboles que estaban al otro lado de la calle. La sombra de la verja curvada de hierro se proyectaba sobre el pulido suelo negro de granito, y a media altura sobre el verde claro de la pared. Las motos, los escúteres y los autobuses desfilaban en una procesión continua, haciendo sonar el claxon a su paso. Un camión se abría camino a toda velocidad entre los demás vehículos valiéndose de una potente corneta de aire. Era una fresca mañana de invierno y algunos motoristas y peatones iban abrigados con gorros y ropa de lana. El señor Ali abrió la verja y salió al jardín.

El señor Ali adoraba el jardín que él mismo había creado en un patio modesto, de ocho metros por tres y medio aproximadamente. Se frotó las manos para calentarse; la temperatura debía de estar por debajo de los veinte grados. A un lado había un árbol de guayaba cuyas ramas se extendían cubriendo la mayor parte del terreno, desde la casa hasta el muro del frente. Debajo del árbol crecían muchas plantas de curry, una planta de henna y una enredadera de jazmín. También había varias plantas en macetas, incluido un bonsái baniano que había plantado hacía once años. A su izquierda había un pozo que les suministraba el agua para beber, y justo al lado un árbol de papaya y un hibisco, y entre ellos una telaraña tejida con perfección simétrica sobre la que brillaba el rocío plateado de la mañana. El bajo muro del frente se prolongaba alrededor de la casa, separando su propiedad de la calle. El señor Ali aspiró profundamente, inhalando la fragancia de las flores de jazmín, disfrutando de la ilusión de estar en un pueblecito de campo, pese a que su casa se encontraba en una calle muy transitada en el centro de una ciudad bulliciosa.

Dos flores rojas habían crecido en el hibisco de la noche a la mañana. Se hallaban en lo alto de la planta, por encima de la altura del muro. El señor Ali se acercó para verlas mejor. Los pétalos eran brillantes y luminosos, sus puntas se desflecaban delicadamente en el extremo de una trompeta acanalada. Los estambres asomaban desde el centro de ambas flores: el radiante polen amarillo esparcido sobre una cabellera diminuta, aterciopelada, intensamente roja. El señor Ali acarició uno de los pétalos con el dorso del nudillo, deleitándose con el suave tacto sedoso.

Una belleza, pensó, y se apartó para recoger algunas hojas amarillas de guayaba que habían caído. El señor Ali las colocó en un pequeño cubo de plástico con el asa rota que utilizaba para la basura.

Se volvió hacia el frente y advirtió que un hombre alargaba la mano por encima del muro para arrancar una de las flores, y entonces gritó: «¡Eh!»

El hombre retiró la mano bruscamente, desprendiendo la flor de su rama. El señor Ali se dirigió hacia la puerta principal y la abrió. El ladrón tenía el aspecto de un hombre respetable. Vestía elegantemente. Tenía un teléfono móvil en el bolsillo de la camisa y llevaba un maletín de cuero en una mano. En la otra sostenía la flor reluciente.

—¿Por qué está robando flores de mi jardín? —preguntó el señor Ali.

—No la estoy robando. La he cogido para llevarla al templo —respondió el hombre.

—Sin mi permiso —dijo el señor Ali enfadado.

El hombre simplemente se dio la vuelta y se marchó, llevándose la flor.

—¿Qué ocurre? —preguntó la señora Ali desde la galería. El señor Ali se volvió y miró a su esposa. Ella tenía las manos cubiertas de harina y masa de los chapatis de la mañana.

—¿Has visto eso? —dijo el señor Ali levantando la voz—. Ese hombre...

—¿Por qué te sorprende tanto? No es tan extraño. La gente quiere dejar flores a los pies del dios del templo. Lo que pasa es que normalmente no estás despierto a esta hora. En cualquier caso, no deberías empezar a gritar desde tan temprano. No es bueno para tu salud —dijo ella.

—Mi salud está de maravilla —murmuró el señor Ali.

—Lo he oído —replicó la señora Ali.

—Tus oídos sí que están de maravilla —continuó él volviéndose para cerrar la puerta—. ¡Eh! —gritó—. ¡Fuera! ¡Largo de aquí!

Una vaca blanca y flacucha se apresuró a salir por la puerta. Seguramente había entrado mientras él estaba de espaldas. Algo rojo brilló fugazmente en su boca. El señor Ali miró la planta de hibisco y la encontró desnuda. Las dos flores habían desaparecido.

Frustrado, se golpeó la frente con una mano y la señora Ali se echó a reír.

—¿Qué? —preguntó él—. ¿Te parece divertido perder todas las flores del jardín cuando el sol ni siquiera ha acabado de salir?

—No —dijo ella—, pero es que tú te exaltas por cualquier tontería. Desde que te jubilaste te has estado comportando como un barbero que afeita a su gato porque no encuentra nada mejor que hacer. Esperemos que a partir de hoy te mantengas más ocupado y yo pueda tener algo de paz.

—¿A qué te refieres? —preguntó él.

La señora Ali parpadeó violentamente.

—He estado llevando esta casa durante más de cuarenta años y los últimos cinco, desde que te retiraste, han sido los peores. Siempre estás importunando, interfiriendo en mi rutina —afirmó ella—. ¿Sabes?, no eres el primer hombre en el mundo que se jubila. Azhar también se jubiló y lo lleva bastante bien con sus ocupaciones.

—Tu hermano va a la mezquita regularmente para rezar un rato —dijo el señor Ali— y la mayor parte del tiempo se lo pasa sentado en el frío suelo de mármol hablando de asuntos importantísimos, como política, el presupuesto de la India, el vergonzoso comportamiento de la juventud actual y el conflicto palestino.

—¿Y qué hay de malo en eso? Al menos no se queda en casa molestando a su mujer —espetó la señora Ali.

El señor Ali sabía que ése era un argumento irrefutable, por lo que se abstuvo de responder. Además, pese a la recién estrenada religiosidad de su cuñado (hacía poco que había empezado a dejarse crecer la barba), Azhar realmente le gustaba y se llevaba bien con él.

Mientras la señora Ali asentía, la criada abrió la puerta. Leela era una mujer delgada de más de cuarenta años con una amplia y eterna sonrisa que dejaba apreciar sus grandes dientes; vestía un sari de algodón viejo y desteñido que había pertenecido a la señora Ali. Nada más entrar se dirigió al patio.

—Empieza barriendo por aquí —le indicó la señora Ali.

—De acuerdo, madrecita —contestó Leela con una inclinación de cabeza.

La señora Ali se dio la vuelta para regresar a la casa.

—Entra y toma el desayuno antes de que venga el pintor —dijo a su marido.

El señor Ali miró por última vez la planta de hibisco recién despojada, y movió la cabeza con gesto de disgusto antes de seguir a su esposa hacia el interior de la casa.

Nada más acabaron de desayunar sonó el timbre. El señor Ali se dirigió a la galería y abrió la verja. El pintor le sonrió y señaló con la mano un paquete enorme y rectangular envuelto en papel de periódico y atado a una bicicleta que estaba parada junto a la entrada.

—Ya está listo —dijo—. Necesitaré que me ayude a colocarlo.

—Por supuesto —dijo el señor Ali, acompañando al hombre hasta la calle.

Le quitaron el envoltorio al paquete y por debajo apareció un letrero pintado sobre una plancha galvanizada con un marco de madera. Lo llevaron entre los dos hacia la parte exterior del muro del frente de la casa.

El señor Ali sostenía el letrero asegurándose de que estuviera recto, mientras el pintor martillaba largos clavos a través de la madera para fijarlo.

El señor Ali estaba contento por cómo había quedado, pero de pura costumbre dijo:

—Quinientas rupias es demasiado por un cartel tan sencillo como éste.

La sonrisa del hombre se resquebrajó.

—Señor, el importe ya lo habíamos acordado. Le estoy cobrando una tarifa especial. El precio de la pintura sube todos los días. Mire —dijo tocando el metal en los bordes—, he utilizado láminas galvanizadas especiales que no se oxidan con las primeras lluvias. También me he tomado la molestia de fijarlo por usted. No se lo he dejado en la puerta como si fuese un montón de chatarra, ¿no es así?

El señor Ali tranquilamente le entregó quinientas rupias y el pintor se marchó. Quería una mejor vista del cartel, así que se dispuso a cruzar la calle. Un ciclista escuálido con un jersey marrón que no le quedaba nada bien estuvo a punto de atropellarlo, lo que obligó al señor Ali a apartarse con agilidad para evitar el accidente.

—¡Mire por dónde va! —le increpó el ciclista.

—¡Y tú toca el timbre! —le replicó el señor Ali—. ¿Cómo va a verte la gente si no tocas el timbre?

—Pero si estaba a un palmo de usted, hombre. ¿O es que le falla la vista desde que peina canas? —dijo el ciclista, y se alejó meneando la cabeza y pedaleando antes de que el señor Ali pudiera responderle.

El señor Ali ignoró a aquel tipo grosero que ni siquiera conocía las normas de tránsito y siguió caminando hasta llegar a las sombras de las casas de enfrente. Se paró debajo de un flamboyán muy alto. La copa aún conservaba su verdor, con unos pocos brotes rojos en ciernes. Un cuervo graznaba ásperamente en una de sus ramas. Los gorriones gorjeaban y surcaban los cielos afanosamente atendiendo sus obligaciones. El señor Ali se volvió y miró el cartel que colgaba en el muro del frente de su casa.

ALI. AGENCIA MATRIMONIAL PARA RICOS, anunciaba en grandes letras rojas sobre un fondo azul. Debajo, en letras pequeñas, decía: «Propietario: Señor Hyder Ali, funcionario (retirado)», y el teléfono: «236678».

Dos bloques de pisos de cuatro plantas ensombrecían su casita, uno de cada lado. La suya era la única vivienda con un jardín delante. Todos los demás edificios habían sido construidos a un paso de la calle. A dos puertas de su casa, hacia la izquierda, veía el templo, la maldición de su jardín. Pegada al templo había una tienda diminuta que ya estaba abierta a esas horas y que vendía periódicos, revistas, frutas y flores. El señor Ali observó las flores expuestas delante de la tienda y frunció el entrecejo. ¿Por qué la gente tenía que robar flores de su jardín cuando había una tienda que las vendía justo en la entrada del templo?

Miró otra vez hacia su casa y vio a dos chavales camino de la escuela que se detuvieron a leer el nuevo rótulo. Estaba tan contento que enseguida cruzó la calle y les dijo a los chavales que aguardaran un momento mientras él entraba en su casa y les traía guayabas.

La casa del señor Ali estaba emplazada sobre una parcela larga y estrecha de unos ocho metros, y las habitaciones estaban distribuidas en una sola línea. Detrás del jardín, la galería ocupaba el frente, compartiendo el tejado con el resto del edificio, con tres aberturas que permitían la entrada de la luz y el aire fresco, pero al mismo tiempo segura ante los intrusos por sus muros a la altura de la cintura y el enrejado de hierro que los unía con el techo. La casa propiamente dicha empezaba justo detrás: la sala de estar, el dormitorio, el comedor y la cocina. En la parte posterior había un pequeño patio de cemento.

Desde la galería, el señor Ali dijo en voz alta:

—Ya podemos empezar con el despacho.

Su esposa salió secándose las manos en su viejo sari azul de algodón. Se había cepillado y trenzado el cabello. La trenza ya no era tan gruesa como antaño y en la negrura de su pelo asomaban algunas mechas grises.

—Empecemos por ordenar todo esto. Hay un montón de trastos que no tienen nada que hacer en un despacho —dijo el señor Ali.

La señora Ali asintió y se pusieron a trabajar.

—Esto deberíamos haberlo hecho ayer —comentó el señor Ali mientras recogía una pantalla de lámpara—. ¿Qué pensarán los clientes si entran justo ahora?

—El anuncio en el periódico no saldrá hasta mañana, ¿no es así? —dijo la señora Ali—. En cualquier caso, me dijiste que no pondrías la dirección de la casa. ¿Eso es verdad?

El señor Ali miró a su mujer y se echó a reír.

—No seas desconfiada. Claro que no he puesto la dirección. Pero ¿qué pasa si alguien ve el cartel y entra?

—Dudo mucho que alguien venga tan temprano. Anda, acabemos con esto de una vez. Quiero empezar a cocinar. Recuerda que Azhar y su mujer vendrán a comer —dijo la señora Ali mientras recogía una pila de revistas viejas *Reader's Digest* y se las llevaba adentro.

—Quita esa foto de la pared —indicó ella al regresar.

El señor Ali contempló la foto de su hijo con una joven pareja y un niño de tres años que colgaba de un clavo sostenida por un alambre. Alargó la mano para desengancharla, pero enseguida se detuvo.

—La dejaré —dijo—, no desentona en un despacho. Y además fue Rehman quien la colgó.

La señora Ali le dirigió una mirada extraña y el señor Ali reaccionó:

—¿Qué?

Ella meneó la cabeza sin hacer ningún comentario.

Al cabo de media hora la galería estaba completamente vacía. Después de que Leela barriera y quitara las telarañas y fregara el suelo, el señor y la señora Ali se quedaron contemplando el espacio.

—¡Caray! —exclamó la señora Ali—. No recordaba que la galería fuera tan amplia.

—Veámoslo desde el ojo de un cliente —propuso el señor Ali.

Salió al jardín y cerró la puerta de la galería. Esperó un momento, luego empujó la verja de hierro y volvió a entrar. Se quedó de pie en una esquina junto a la entrada y señaló con el dedo a su izquierda.

—Yo colocaría esa mesa de modo que pudiera sentarme de espaldas a la pared y de frente a los clientes que van llegando —sugirió.

Fue hasta la pared y se puso de espaldas, de cara a toda la extensión de la galería.

—Muy bien —dijo—. Me sentaré aquí y pondré la mesa delante. Necesitaré un armario para guardar los archivos y otros artículos de oficina. Podemos usar el armario de la ropa.

La señora Ali asintió con la cabeza y sugirió:

—Pongamos el sofá contra la pared frontal para que los clientes se sienten y puedan hablarte sin gritar. Y un par de sillas contra las otras dos paredes para que el resto de los clientes también tengan donde sentarse.

—Me parece bien, hagámoslo —dijo él.

Empezaron a trasladar el mobiliario desde el interior de la casa. La mesa y las sillas eran relativamente fáciles de mover, pero el armario de la ropa y el sofá presentaban una mayor dificultad, sobre todo para hacerlos pasar por la puerta que conducía del comedor a la galería.

—A nuestra edad no deberíamos estar haciendo esto —dijo la señora Ali—. Deja que llame a Rehman. Él nos ayudará. Al fin y al cabo para qué están los hijos si no es para ayudar a los padres en la vejez.

—No —dijo el señor Ali con firmeza—. Ya te lo he dicho. No quiero verle por aquí. Si viene acabaremos discutiendo. Hoy no quiero peleas.

Finalmente todo el mobiliario fue colocado en su sitio. La señora Ali miraba a su alrededor, respirando agitada, cuando dijo:

—Pondré unas cortinas para tapar el enrejado, así tendrás privacidad. Procura que la puerta de la casa esté cerrada la mayor parte del tiempo, para que la gente no pueda mirar hacia el interior.

Al día siguiente el señor Ali tomó asiento en su nueva oficina y desplegó el periódico sobre la mesa. Lo abrió exactamente por la sección matrimonial. El domingo era el día de mayor popularidad para esa sección y los anuncios clasificados se amontonaban llegando a ocupar hasta una página entera. El señor Ali desplazaba el dedo por la página de arriba abajo, tratando de encontrar el suyo. No podía permitirse pagar una publicidad gráfica, de modo que había pagado un clasificado. Le había dado varias vueltas al texto de su anuncio para reducirlo a la menor cantidad de palabras posibles, ya que el periódico cobraba por palabras y él no quería pagar más de lo necesario. Pasó por alto uno que decía «Rubia, delgada, 22 años...» y otro de «Cristiano Mala, 28 años...» y uno que ponía «Ingeniero de software, con trabajo en Bangalore...» y otro de «Médico residente en Londres, sin preferencia de casta».

Recorrió más de tres cuartas partes de la página antes de encontrar su anuncio: «La más amplia variedad en novias y novios hindúes, musulmanes y cristianos. Contacte con ALI. Agencia matrimonial para ricos...»

El señor Ali sabía que estaba exagerando un poco al prometer la más amplia variedad. El mayor inconveniente de una agencia matrimonial, pensaba, es que los comienzos son la etapa más dura. Si en cambio hubiese querido entrar en el negocio de la restauración, habría tenido que reformar un local, contratar a un par de camareros, uno o dos cocineros, inaugurar con un espectáculo de *dhoom-dhamaka* al alcance de su bolsillo y entonces la gente habría entrado a probar la comida. Puede que a la larga no le hubiera ido bien con el restaurante, pero de haber tenido dinero y preferencia por esa actividad, para el señor Ali habría sido fácil abrir uno. Una agencia matrimonial era algo muy distinto. El señor Ali había previsto que cuando entrara el primer cliente y quisiera conocer a la pareja ideal antes de abonar la tarifa, él no tendría nada para ofrecerle. Para evitar este problema había decidido que su dirección no apareciera en los anuncios y llevar el negocio por teléfono.

Se sentía orgulloso al ver su nombre impreso. Cogió un rotulador rojo y dibujó un círculo alrededor del anuncio. Levantó la voz:

—¡Cariño, ven a ver esto!

—¿Y ahora qué pasa? ¿Cómo se supone que voy a acabar la faena si están todo el tiempo llamándome? —replicó la señora Ali mientras salía a la galería.

El señor Ali le enseñó el periódico a su mujer. Ella leyó el anuncio y sonrió.

—Muy bonito —dijo, y enseguida frunció el entrecejo—. Hay demasiados anuncios en este periódico. ¿Tú crees que alguien leerá el nuestro?

El señor Ali también había estado dudando respecto de eso, pero hizo un esfuerzo por poner buena cara.

—¡Por supuesto que lo leerán!

La señora Ali regresó al interior de la casa y el señor Ali se puso a leer el periódico. Leía los titulares por encima: un incidente terrorista en Cachemira, una disputa entre estados por las aguas del río Krishna y un nuevo proyecto para un centro comercial que estaban edificando en los terrenos de la antigua prisión central que había sido trasladada fuera de la ciudad. Después de plegar el periódico con esmero, se dispuso a reorganizar los ficheros todavía vacíos.

Una hora más tarde la señora Ali apareció con dos tazas de té. El señor Ali salió de detrás de la mesa y ambos se sentaron en las sillas que estaban junto a la entrada de la galería a beber el té a sorbos mientras miraban pasar la gente y los coches.

—¿No ha llamado nadie? —preguntó ella.

—No. Pero todavía es temprano.

—¿Crees que alguien llamará? —dijo la señora Ali.

Y justo en ese momento sonó el teléfono y el señor Ali se puso de pie de un salto, sonriendo a la señora Ali con aire satisfecho. Levantó el auricular y habló con su tono de voz más profesional.

—Ali Agencia Matrimonial.

—¡*Salaam*,* Bhai-jaan! ¿Cómo has empezado el día? ¿Ya tienes algún cliente?

Era Azhar, el hermano de la señora Ali. El señor Ali respondió decepcionado.

—Todavía no.

—Estoy pensando en ir a la mezquita de Pension Line para ofrecer mis oraciones vespertinas. ¿Por qué no te vienes conmigo?

—¿Por qué? —dijo el señor Ali—. Hoy no es viernes.

* Expresión familiar de saludo empleada especialmente entre musulmanes. Podría traducirse como «La paz sea contigo». (*N. del T.*)

—¿En qué parte del Corán dice que sólo debes ir a la mezquita los viernes? —preguntó Azhar.

—Mira, te lo agradezco, pero no iré —contestó el señor
Ali—. Estoy ocupado.

Y le pasó el teléfono a su esposa.

El negocio prosperó lentamente, como cabía esperar. Unas
pocas personas se convirtieron en miembros y el señor Ali les
buscaba pareja por medio de anuncios. Reenviaba las respuestas a sus clientes, pero antes tomaba nota de todos los detalles,
y, a medida que pasaban las semanas, su fichero iba aumentan-
do de manera constante.

2

Desde la cocina llegaba el olor a *pomfret* frito, su pescado favorito, mientras él se sentaba a la mesa del comedor. Había pasado un mes desde que abriera la agencia matrimonial. Era un negocio estable pero de ritmo pausado. Los honorarios que cobraba el señor Ali apenas le alcanzaban para cubrir el coste de la publicidad y otros gastos. Sin embargo, el trabajo le mantenía ocupado y fuera de la vista de su mujer, y eso era lo principal. Hoy había sido un día excepcionalmente tranquilo. No había recibido una sola llamada en toda la mañana.

De pronto el teléfono sonó una, dos, tres veces.

Se vio tentado de dejarlo sonar, pero el ritmo de trabajo venía siendo tan lento que se levantó. Al empujar la silla hacia atrás, ésta rechinó sobre el suelo de granito.

—¿Adónde vas? El pescado ya está listo —dijo la señora Ali desde la cocina.

—No tardaré. Puedes ir sirviendo —dijo el señor Ali dirigiéndose a la sala de estar para levantar el auricular del teléfono de extensión.

—Ali Agencia Matrimonial, diga —contestó.

—He visto su anuncio en el periódico. ¿Tiene algunas novias de casta Baliga Kapu disponibles? —preguntó una voz masculina.

—Por favor, señor, deme más detalles si es tan amable. Estoy seguro de que podremos encontrar a alguien para usted —respondió el señor Ali mientras cogía un bolígrafo y un trozo de papel para tomar nota.

—Me llamo Venkat. Estoy buscando una prometida para mi hijo. Es ingeniero de software, normalmente trabaja en Singapur.

—¿Qué edad tiene su hijo, señor?

—Veintisiete.

—¿Estudios cursados?

—Ingeniería.

—¿Cuál es su nivel de ingresos?

—Un lakh y medio, ciento cincuenta mil rupias mensuales. También tenemos tierras en la región de Krishna que aportan interesantes beneficios.

El señor Ali estaba impresionado. Sin duda el señor Venkat y su hijo serían muy buenos clientes.

—¿Cuántos hijos tiene además de éste, señor? —quiso saber.

—Ninguno. Bharat es mi único hijo.

—¿Qué estatura tiene?

—Un metro ochenta.

—¿Es rubio o moreno?

—Rubio, como su madre —dijo el señor Venkat.

El señor Ali decidió que en este caso la sinceridad era mejor política que el engaño.

—En este momento no tengo ninguna pareja que se ajuste a sus requisitos, señor, pero seguramente podremos encontrarle una prometida a su hijo sin ningún problema. Si usted se apunta como miembro, nosotros llevaremos a cabo una búsqueda por medio de anuncios para ampliar sus posibilidades.

El señor Venkat se mostró indeciso.

—No estoy muy seguro...

—¡Usted no se preocupe, señor! Nosotros nos ocuparemos de todo. Su nombre no aparecerá en ningún sitio. Nosotros recibiremos las cartas y se las reenviaremos. Son sólo quinientas rupias de honorarios y le aseguro que me lo gastaré casi todo en anuncios.

—De acuerdo, dígame cuál es su dirección. Pasaré a verle por la tarde —dijo el señor Venkat.

Hasta ahora el señor Ali no había publicado su dirección en los anuncios.

—No es necesario que venga. Puede enviarme el cheque por correo.

—No, eso no. Quiero verle antes de tomar una decisión —afirmó el señor Venkat.

El señor Ali condescendió a darle su dirección.

—Es la calle principal que conduce a la carretera, a dos casas del templo Ram. Verá el cartel en la fachada.

A las cinco de la tarde de aquel mismo día la señora Ali se encontraba en el jardín. Estaba sacando agua del pozo con un cubo atado a una soga de nailon para regar las plantas de las macetas. Después de calmar la sed de todas las plantas salió a la calle y se quedó junto a la puerta mirando la gente pasar. Al cabo de unos minutos vio pasar a una mujer delgada, morena, de unos sesenta años. Vestía un sari suntuoso de color rubí y lucía sobre la frente el *bindi* bermellón de las mujeres hindúes casadas.

—Hola, Anjali, ¿cómo te va? —la saludó la señora Ali.

—*Saibamma*, señora,* qué alegría verla. ¿Cómo está usted?

Las familias Ali y Anjali habían sido vecinas hacía muchos años, cuando ambas eran mucho más pobres y vivían en un barrio más peligroso. Anjali era de una casta inferior —era lavandera— y nunca se dirigía a la señora Ali por su nombre, ni siquiera después de tantos años de relación.

* En el original, *muslim lady*: «señora musulmana». *(N. del T.)*

—¿Cómo están tus chicos? —preguntó la señora Ali.

Anjali y su marido no habían seguido estudiando después de acabar la escuela primaria, pero se habían esforzado mucho para que sus dos hijos recibieran una buena educación. Los esfuerzos habían dado sus frutos: ahora sus dos hijos eran funcionarios y vivían holgadamente. El hijo mayor de Anjali trabajaba como profesor en una universidad pública y el menor era jefe de enfermería en un hospital local.

—A los dos les va muy bien, gracias a Dios. ¿Cómo lo lleva el señor Ali? ¿Está bien de salud? —preguntó Anjali. Se acercó a ella y, bajando un poco la voz, dijo—: ¿Sabía que el hijo de Lakshmi la echó de la casa?

Lakshmi era una vecina en común del viejo distrito, una viuda que compartía hogar con su hijo casado.

—¡Pero bueno! —exclamó la señora Ali llevándose una mano a la boca—. ¿Qué fue lo que ocurrió?

—Su esposa no la quería cerca, así que él le dijo a su madre que se fuera, pobre mujer.

—Con todo lo que ella hizo para criar a su hijo para que luego venga esa mujer y la deje en la calle. Qué mujer tan malvada. Se olvida de que un día ella también será mayor y tendrá una nuera.

—Así es, señora. Cosechamos lo que sembramos. Pero el hijo también debería tener algo de sentido común. ¿Cómo es que echa a su madre viuda de la casa sólo porque su esposa se lo pide?

La señora Ali meneó la cabeza y preguntó:

—¿Dónde está viviendo Lakshmi ahora?

—Se fue a la casa de su hermana. ¿Pero cuánto tiempo podrá quedarse allí?

Las dos mujeres permanecieron en silencio durante un rato, pensando en cómo estaba cambiando el mundo.

—*Kali kaalam* —dijo Anjali, refiriéndose a la décima edad de la tierra para los hindúes—. Son tiempos en que la gente engaña y miente, se desentienden de sus obligaciones y la moral se escurre poco a poco, hasta que un día Dios baje a la tierra para destruirla.

La señora Ali asintió con la cabeza. El profeta Mahoma había dicho lo mismo, que el mundo se volvería extremadamente cruel antes del día del juicio final.

Anjali se despidió y se marchó.

La señora Ali se quedó contemplando el tráfico que zumbaba en ambas direcciones y justo cuando iba a entrar para ponerse a preparar la cena vio un Ambassador blanco que se aproximaba lentamente. El coche se detuvo en la tienda junto al templo y el conductor se apeó para hacerle una pregunta al tendero. Ella no alcanzaba a ver el interior de la tienda, pero el conductor salió al instante tras obtener la respuesta y regresó al coche. El coche volvió a ponerse en movimiento y se detuvo delante de la señora Ali.

La ventanilla trasera descendió lentamente y un hombre moreno y rechoncho le preguntó:

—Perdone, señora, ¿la agencia matrimonial es aquí?

—Aquí es. Entre, por favor —dijo ella.

El señor Venkat llevaba pantalones blancos, un impecable *kurta* blanco de algodón y una línea de ceniza blanca sagrada trazada sobre la frente. Dos anillos de oro, uno de ellos con feldespato, adornaban sus dedos, y una gruesa cadena de oro colgaba sobre su pecho. Era un hombre corpulento, alto, gordo y de piel oscura, con una barriga prominente y la confianza natural, próxima a la arrogancia, de un hombre rico que se ha enriquecido aún más en el curso de su vida. Le contó al señor Ali que sus antepasados eran granjeros (casta: Kapu; subcasta: Baliga) y que poseía enormes campos en el fértil delta del Krishna, además de otras propiedades en la ciudad.

—Como ya le dije por teléfono, sólo tengo un hijo —afirmó—. Es ingeniero en software y trabaja para un importante banco americano en Singapur y tiene un buen sueldo. Tal vez usted piense que para alguien como mi hijo tiene que ser fácil conseguir esposa y ahora esté preguntándose por qué he tenido que recurrir a una agencia matrimonial.

El señor Ali, que precisamente había estado pensando en eso, estaba contento de que el señor Venkat fuera tan exigente. Eso le garantizaba más trabajo. Se limitaba a asentir en silencio.

—Verá, por una cosa o por otra ninguna de las señoritas que hemos conocido hasta el momento ha sido la adecuada. Le pedí a mi cuñado que se encargara de buscar una prometida, pero es un completo inútil. Sólo aporta información descriptiva de candidatas poco idóneas. O son de piel demasiado oscura o son demasiado mayores o demasiado bajitas. O no tienen estudios. Hablé con mi esposa para que le dijera a su hermano que no me trajera más información.

—Comprendo, encontrar a la novia apropiada para un hijo es una responsabilidad muy grande para los padres —dijo el señor Ali con voz tranquilizadora.

—Así es —coincidió el señor Venkat—. Y ahora se ha convertido en un asunto urgente. En dos semanas mi hijo vendrá de vacaciones. Se quedará una semana y yo quiero que se comprometa antes de marcharse.

—En ese caso no tenemos mucho tiempo —dijo el señor Ali.

—Así es. Una vez que se haya marchado no regresará hasta Deepavali, la fiesta de las luces, en otoño. Cuando un hijo vive lejos lo mejor es casarlo lo antes posible. De otro modo vaya uno a saber en qué tentación puede caer. Tal como están las cosas no podemos hacer que se case esta vez, pero si conseguimos que se comprometa ya será algo.

El señor Ali asintió con la cabeza. Cogió un impreso y dijo:

—Ya he rellenado esto con la información que usted me facilitó por teléfono. Sólo falta completar algunos datos y ya podremos empezar.

«No son muchos los requisitos del señor Venkat», pensó el señor Ali cambiando de parecer. La prometida tenía que ser rubia, delgada, alta, una chica educada pero sin aspiraciones profesionales. Debía provenir de una familia adinerada, preferentemente terratenientes, y de la misma casta que el señor Venkat. Si eran de la misma ciudad, mucho mejor. Tenían que estar dispuestos a pagar una dote generosa, en proporción a la riqueza de la familia y el nivel de ingresos de su hijo. El señor Ali tomó nota de todo.

—¿Quién elegirá a la novia? —preguntó.

—¿A qué se refiere? —dijo el señor Venkat agitando una mano.

—¿La elegirá usted o su hijo? ¿Tal vez su esposa, o sus padres?

—Mis padres ya no viven, de modo que la elección correrá por mi cuenta. Naturalmente, mi esposa dará su opinión. Y hoy en día también los jóvenes quieren ver a la chica y decidir, ¿verdad? Ya no es como en nuestros tiempos. Mi padre simplemente me dijo un día que había arreglado mi matrimonio con la hija de su socio y eso fue todo. Los tiempos han cambiado. Es culpa de las películas, creo yo. Les enseñan a los jóvenes todo aquello que está mal —afirmó el señor Venkat.

—Probablemente tenga usted razón —dijo el señor Ali—. Pero su hijo se ha ido al extranjero y probablemente ha visto cómo se hacen las cosas en otros sitios.

—Sí, supongo que eso no ayuda mucho.

Finalmente el señor Venkat abonó sus honorarios y se marchó.

El domingo siguiente el anuncio del señor Venkat apareció en el *Today*. El señor Ali había mejorado su técnica: era un anuncio conciso y directo: «Baliga Kapu, ingresos seis cifras, fortuna ocho cifras busca prometida misma casta...»

El teléfono del señor Ali no paró de sonar desde la mañana hasta la tarde. Varias personas se quejaban de que su teléfono estuviera comunicando permanentemente. Todos estaban interesados en ese hombre rico que buscaba novia. Todos tenían una hija o una sobrina o una hermana que eran candidatas perfectas. Durante los cinco días sucesivos también recibió cerca de un centenar de cartas. Todas fueron reenviadas al señor Venkat, que se puso muy contento al ver la amplia variedad de prometidas que estaban disponibles para su hijo. Al mismo tiempo los datos de todas estas personas fueron introducidos en los ficheros del señor Ali. Él empezó a escribirles informando que había recibido numerosas contestaciones en relación con ese anuncio, añadiendo que disponía de datos detallados sobre otros candidatos idóneos en su fichero, el cual estaba dispuesto a compartir con cualquiera que se hiciera miembro de la agencia matrimonial. Tenía que escribir a tanta gente que pasó la carta a máquina y se dirigió a la tienda que estaba junto al templo. En la tienda de la esquina no sólo vendían cigarrillos, plátanos, chucherías, revistas, periódicos, flores y cocos para las ofrendas, sino que además tenían una fotocopiadora. El señor Ali pidió que le hicieran cien fotocopias de la carta.

—Pero señor, ¿por qué se ha molestado? Aquí tiene mi número de móvil. Llámeme en cualquier momento y enviaré al bueno-para-nada de mi hijo para que vaya a recoger el encargo —dijo el tendero, y le prometió que le enviaría las copias en un par de horas.

El señor Ali salió de la tienda meneando la cabeza con asombro. ¡Un tendero con teléfono móvil! El mundo realmente estaba progresando.

El domingo siguiente el señor Ali publicó con absoluta veracidad: «Amplio surtido de novias Baliga Kapu. Novios contactar...»

Tres semanas más tarde, a primera hora de la mañana, la señora Ali y su esposo estaban en el jardín. La señora Ali señalaba las guayabas en el árbol y el señor Ali las golpeaba con un largo bastón de bambú para hacerlas caer. En ese momento entró Leela, la criada. Dos críos trataban de ocultarse entre los pliegues de su sari.

La señora Ali dijo:

—Venga, niños, no os escondáis detrás de vuestra abuela. No os vamos a comer.

Lentamente asomaron a ambos lados de Leela. La señora Ali sonrió a los dos críos idénticos de tres años y les preguntó:

—¿Cuándo habéis llegado a la ciudad?

—Anoche —chillaron a dúo—. Hemos venido para la gran fiesta en la casa de la abuela.

El señor Ali se distanció un poco para dejar el bastón en un pasadizo junto a la casa. Leela empezó a quitar las macetas para barrer detrás. Los gemelos se movían con ella como dos planetas alrededor de una estrella, aferrados al sari y sin soltarla.

El señor Ali señaló al niño de la izquierda y le dijo:

—Tu eres Luv, ¿verdad?

Los críos se rieron.

—No —respondió el niño—. Yo soy Kush.

—Nuestra abuela también nos confunde. Nuestra madre es la única que sabe quién es quién —dijo Luv con orgullo.

—Hasta nuestro padre se hace un lío con nuestros nombres —dijo Kush.

La señora Ali se echó a reír.

—Son un encanto —dijo a Leela—. ¿Has hecho un sacrificio para alejar el mal de ojo?

—Lo he hecho, madrecita. Pero por mucho sacrificio que uno haga, al final todo depende de Dios —respondió Leela.

La señora Ali asintió y luego se dio la vuelta para regresar a la casa. El señor Ali la siguió. En la galería, miró hacia atrás y dijo a los niños:

—Si entráis, tengo dos guayabas gemelas para vosotros.

Media hora más tarde sonó el timbre y el señor Ali salió a atender. El señor Venkat estaba en la puerta con una enorme sonrisa en la cara. El señor Ali lo hizo pasar y sentarse en el sofá, y él se sentó enfrente.

—Por su cara, diría que tiene buenas noticias —dijo el señor Ali.

—Así es. Bharat se comprometió ayer.

—Fantástico. Realmente es una buena noticia —dijo el señor Ali.

—Sí, y le incumbe a usted. Una novia fabulosa. Es perfecta, de una familia pudiente y respetable. Son de Vijayanagaram —explicó el señor Venkat moviendo la mano izquierda levemente hacia el norte.

—No es lejos —le dijo el señor Ali—. Está a menos de ochenta kilómetros de aquí. ¿Qué opina su hijo de la prometida?

—Es una chica preciosa. A mi hijo le gustó nada más verla, así que en ese sentido no hay problema.

—Es una noticia excelente. Gracias por venir y compartirla conmigo —dijo el señor Ali.

—No piense que soy un hombre ingrato. Tengo un regalo para usted y su familia.

—No es necesario —dijo el señor Ali, cumpliendo con la cortesía.

—No, no. Permítame —insistió el señor Venkat.

Se levantó del sofá y salió rumbo a su coche aparcado. El señor Ali le siguió.

—Lleva la bolsa a la casa del caballero —le dijo el señor Venkat al conductor.

El conductor extrajo del maletero un pesado saco de yute. El señor Ali le indicó que enfilara por el pasadizo que bordeaba la casa y lo dejara en el patio trasero. El hombre asintió y se cargó el saco a la espalda.

El señor Venkat explicó:

—Son treinta kilos de lentejas de nuestros campos. De la cosecha de hace dos meses.

—Gracias, es muy generoso de su parte. Las lentejas deben de valer más que los honorarios. Probablemente alcancen para preparar *idlis* y *dosas* durante seis meses —dijo el señor Ali sonriente de sólo pensar en las deliciosas tortitas y pasteles de arroz.

Dos meses después, a finales de marzo, el clima se había vuelto cálido. Incluso ahora, a media tarde, la temperatura no bajaba de los treinta grados y el invierno era tan sólo un recuerdo. La señora Ali salió de la cocina después de preparar el *halva*, un plato dulce de sémola, azúcar, mantequilla semilíquida, anacardos y uvas pasas. Tenía calor y se sentó en el comedor debajo del ventilador de techo. En realidad quería sentarse afuera, en la galería, pero estaba ocupada; había varias personas, clientes de la agencia matrimonial. Tras refrescarse durante algunos minutos cogió el teléfono para llamar a su hermana que vivía en la ciudad.

—... ahora mismo están aquí —decía el señor Ali, que estaba al teléfono hablando con alguien por la otra extensión.

La señora Ali colgó, muy molesta.

Ahora la agencia matrimonial estaba bien establecida. Se había vuelto muy popular entre la gente de la comunidad Kapu. También contaba con muchos miembros de otras comunidades hindúes y musulmanas. La señora Ali, sin embargo, no estaba contenta. La empresa había usurpado el espacio de la galería. Su esposo había empezado a publicar su dirección en los anuncios y las visitas estaban constantemente entrando y saliendo: miembros, clientes potenciales, mensajeros, vendedores de espacios publicitarios y demás. Cuando él no estaba en casa, ella tenía que abrir la puerta y atender a la gente. El teléfono estaba ocupado la mayor parte del tiempo y ella ni siquiera podía hacer una llamada y hablar con una de sus hermanas o hermanos. Ellos también habían dejado de llamarla porque decían que su teléfono siempre estaba comunicando.

Su marido se había vuelto un hombre muy ocupado y negligente con sus obligaciones domésticas. Ya había pasado casi una semana desde que ella le pidiera que arreglara el asa suelta de la olla a presión y él todavía no la había arreglado. ¿Qué pasaría si el asa se desprendiera mientras ella retiraba la olla del fuego? También pensaba que para un hombre de la edad de su marido no podía ser muy bueno estar tan atareado. Se suponía que era un jubilado, que debía descansar.

Mientras cavilaba sobre todo esto, a caballo entre la ira y la depresión, escuchó a su hermano Azhar en la galería saludando a su esposo. Luego él abrió la puerta y entró en la sala de estar.

—*Salaam, Aapa* —saludó a su hermana mayor.

La señora Ali se levantó del sofá y respondió a su saludo.

—Siéntate, Azhar, te prepararé un té. Acabo de cocinar un halva. ¿Te apetece probarlo?

—No. Ayer fui a ver al médico y me dijo que mi nivel de azúcar ha vuelto a subir. Nada de dulces. Por cierto, no pongas tanto azúcar en el té.

—¿Te encuentras bien? ¿Por qué has ido a ver al médico? —quiso saber la señora Ali.

—Estoy bien. Sólo he ido para hacerme el chequeo semestral.

La señora Ali sirvió una taza de té para Azhar y otra para ella.

—Eso de ver al médico periódicamente es una buena costumbre. Es preferible detectar los problemas a tiempo y cortarlos de raíz.

Bebían el té a sorbos y en el más absoluto silencio, alterado tan sólo por el zumbido del ventilador y el ruido del tráfico.

De repente la señora Ali dijo:

—Siempre está ocupado. Ya ves, ni siquiera ahora puede venir a sentarse con nosotros; siempre tiene clientes o algún asunto que atender. Se está volviendo descuidado consigo mismo; no tiene tiempo para la siesta, ni para dar un paseo por las tardes. Me tiene preocupada. Ya no es un hombre joven. ¿Cuánto tiempo puede continuar así?

—Lo sé —dijo Azhar—. Ayer me encontré con Sanyasi y me dijo que Bhai-jaan ya no salía a pasear con ellos.

Sanyasi era otro jubilado, un amigo en común que tenían su marido y Azhar.

—No sé qué hacer —suspiró la señora Ali.

En ese preciso instante entró el señor Ali, sonriente.

—¡Otro pescado ha caído en la red! —anunció agitando quinientas rupias en billetes.

—¡Enhorabuena! —dijo Azhar—. Pero dime, Bhai-jaan, ¿hasta cuándo piensas seguir con esto? Ayer me encontré con Sanyasi y me dijo que hace casi dos semanas que no sales a caminar con tus viejos amigos. Ya no puedo llamar a mi hermana ni a ti para tener una charla por teléfono.

—Tienes razón —admitió el señor Ali, guardándose las quinientas rupias en bolsillo—. ¿Pero qué quieres que haga? No puedo darle la espalda a esta gente, ¿verdad que no?

La señora Ali sirvió otra taza de té y se la alcanzó a su marido.

—Tengo que ocuparme de mis clientes, enviar el correo, redactar los anuncios, preparar las listas. No me alcanza el tiempo —explicó el señor Ali.

—Son los problemas del éxito. —Azhar se echó a reír.

—No te rías, Azhar. Esto es grave. Trabajando a ese ritmo tu cuñado está cavando su propia tumba antes de tiempo —dijo la señora Ali con el ceño fruncido, frotándose las rodillas por encima del sari. Su artritis de rodilla había empezado a dar guerra. Era lo que ocurría cada vez que se estresaba.

—Yo no veo cuál es el problema —dijo Azhar—. La mayoría de la gente invierte cantidades de dinero en negocios sólo para ver cómo fracasan. He aquí un ejemplo de lo contrario.

—Pues aun así hay un problema —insistió la señora Ali flexionando la pierna con cuidado—. Necesitas disponer de más tiempo para ti mismo y para mí, tú verás. Si eso supone publicar menos anuncios y ver menos clientes, entonces hazlo.

—No es así como funciona este negocio —dijo el señor Ali—. Si reduzco mi clientela, los clientes que ya tengo no encontrarán pareja. Ésta es una especialidad en la que si no eres popular puede que nunca consigas meterte de lleno.

—Pues entonces cierra la agencia. No necesitamos el dinero y yo no puedo soportar tantas molestias —dijo la señora Ali rebelándose.

Azhar levantó las manos en un gesto apaciguador y dijo:

—No es necesario llegar a esos extremos. Lo que necesitas es una persona que te ayude y una línea de atención al cliente de modo que tu teléfono esté disponible para un uso personal.

3

—La publicidad es la clave del éxito —dijo el señor Ali—. ¿Por qué crees que mi agencia matrimonial ha tenido éxito? Porque invertí en publicidad más que cualquiera de mis competidores.

La señora Ali no respondió. Habían pasado un par de días desde la visita de Azhar y su marido acababa de decirle que había enviado un anuncio al periódico local.

Se busca ayudante para agencia matrimonial de éxito. Buena presencia, mecanografía...

Hubo varias respuestas. La primera chica que se presentó no hablaba una palabra de inglés; la segunda sólo podía trabajar hasta las tres de la tarde, hora en la que su hijo salía del colegio; la tercera persona era un hombre joven que se quedó espantado cuando supo que tenía que trabajar los domingos; la cuarta era una chica inteligente, idónea, pero no quería trabajar en una casa. Quería trabajar en un despacho de verdad.

El señor Ali suspiró y acompañó a la puerta al octavo candidato, mientras se excusaba:

—Lo siento. No tenemos aire acondicionado. Es cierto, el ambiente se vuelve sofocante en verano.

La señora Ali se echó a reír y dijo:

—¿Por qué no lo dejas de una vez? Estás perdiendo dinero con esos anuncios. No sirven para nada. Yo te encontraré a alguien.

—¿Tú? —dijo el señor Ali.

—¿Por qué no? ¿No me crees capaz? —preguntó la señora Ali.

—Veamos si puedes. Si me encuentras a alguien que me ayude, te llevaré a cenar fuera.

—¡Por fin! —respondió la señora Ali—. Pero no me engañarás llevándome a un local de mala muerte para comer *idli sambhar*. Me invitarás a un hotel de lujo y cenaremos pollo *tandoori*.

Al día siguiente Leela se retrasó. Por lo general llegaba antes de las siete, pero esta vez eran más de las ocho, ellos ya habían desayunado y Leela seguía sin aparecer. Era la pesadilla de cualquier ama de casa: la pila de platos sucios, la casa sin barrer, toda la rutina de la mañana alterada. Siempre que la señora Ali se reunía con sus amigas o hermanas, ellas se quejaban de sus criadas y ella tenía que hacer un esfuerzo para no parecer engreída. Leela era una persona muy seria, y cuando se daba la rara ocasión de que no podía venir a trabajar ella solía enviar a una de sus hermanas para que la sustituyera.

La señora Ali estaba atormentada por una molesta incertidumbre. ¿Vendría Leela a trabajar? ¿Tendría que ponerse ella misma a lavar los platos o era mejor esperar? Decidió empezar a barrer. La idea de que la casa no estuviera limpia cuando el sol ya había asomado en el horizonte era insoportable. ¿Y si se presentaba alguna visita? ¿Qué pensarían?

A eso de las once la señora Ali escuchó que llamaban a la puerta de atrás; quitó el cerrojo y se encontró con Leela.

—¿Qué ha pasado? ¿Por qué llegas tan tarde?

No hubo respuesta. Leela pasó por el lado de la señora Ali en dirección a la cocina, cogió la pila de platos sucios y salió al patio trasero para empezar a lavarlos. Leela era una mujer alta y delgada, tenía poco más de cuarenta años pero parecía diez años mayor. Llevaba una vida difícil con un marido alcohólico y los rigores propios de la pobreza, pero era una persona invariablemente alegre, siempre sonriente y dispuesta para conversar. Hoy, sin embargo, tenía una mirada sombría. La señora Ali decidió dejarla a solas un momento antes de intentar obtener una respuesta.

Fue a la cocina y se puso a raspar un coco para la salsa picante de frutas y especias que estaba preparando para el almuerzo. Cuando acabó se lavó las manos y le llevó el raspador a Leela, que lo recibió en silencio.

La señora Ali arrojó las cáscaras del coco en el cubo de la basura y preguntó:

—¿Tu marido llegó anoche borracho y volvió a pegarte?

—¡No, madrecita! —respondió Leela—. Ojalá fuera eso. Mi nieto, Kush, no se encuentra bien. Ayer le hicieron una radiografía de la cabeza. Tiene un tumor en el cerebro. —Se echó a llorar.

La señora Ali se quedó pasmada.

—Bueno, bueno. No llores. Seguro que se pondrá bien. Hoy en día los médicos pueden curar todo tipo de enfermedades.

Pacientemente, la señora Ali consiguió que ella se lo contara todo. El niño de tres años había empezado a quejarse de que le dolía la cabeza. Se cansaba al menor esfuerzo y se quedaba dormido con frecuencia. Al principio los padres ignoraron sus quejas, hasta que él empezó a vomitar. Lo llevaron a un médico del barrio que lo trató con inyecciones de penicilina. Su estado no hizo más que empeorar. Después de algunas semanas los síntomas persistían, así que el médico se dio por vencido y les dijo que llevaran al niño a la ciudad. Allí le habían hecho la radiografía que revelaba la existencia de un tumor, pero los médicos decidieron hacerle una tomografía computarizada para estar seguros.

—El escáner era tan aterrador como una boca enorme que se tragaba a la criatura. Mi pobre nieto se comportó como un valiente —dijo Leela, a quien se le saltaban las lágrimas.

—¿Ya tenéis los resultados del escáner? —preguntó la señora Ali.

—Sí, madrecita. El tumor está allí y tienen que operarlo para sacárselo. El médico era muy bueno. Nos explicó todo con mucha paciencia y dijo que cuanto antes lo operaran mejor.

—¿Cuánto costó el escáner? —preguntó la señora Ali.

—Cinco mil rupias, madrecita —dijo Leela—. Mi hija dice que todos sus ahorros han volado. La operación costará más dinero y yo no sé de dónde lo sacaremos.

A la mañana siguiente, como todos los días, la señora Ali salió a la seis en punto a recoger la leche. Era una vieja costumbre que se remontaba a los tiempos en que el lechero realmente ordeñaba la vaca delante de su casa y ella tenía que quedarse allí de pie observándole para asegurarse de que no diluyera la leche con el agua de una botella escondida. Hacía mucho tiempo ya que las vacas no aparecían, y ella compraba diariamente un *sachet* de medio litro que le traían de la lechería, aunque todavía salía a la puerta a recogerlo. A la señora Ali le gustaba asomarse a la puerta cuando el día aún estaba fresco y mirar a la gente que pasaba por delante de su casa; todos parecían llevar mucha menos prisa a esa hora de la mañana. A medida que se iba haciendo mayor descubría que se volvía cada vez más partidaria de la paz y la tranquilidad. La mayoría de la gente que se veía por la calle a esas horas eran jubilados esmirriados o gente robusta de mediana edad que salían a dar un paseo.

«Es interesante —pensó ella— que no se vean jubilados robustos. ¿Son acaso demasiados pobres para engordar o es que la gente robusta muere antes de jubilarse?»

Vio a una madre joven llevando a un niño pequeño en los

brazos y se acordó del nieto de Leela. Albergó el deseo de que el niño estuviera bien. El lechero llegó un poco más temprano que de costumbre y le entregó la leche, pero la señora Ali no entró en la casa. Se quedó en la puerta, esperando. Todos los días solía ver a una mujer de unos veinte años que pasaba por delante de su casa y que regresaba al cabo de una hora llevando en la mano un rollo de hojas de papel.

Después de unos minutos la joven pasó como cada día por delante de su casa y la señora Ali la llamó:

—Perdona. ¿Tienes un momento?

La chica se volvió, sorprendida de ser abordada por una extraña.

—¿Cómo te llamas? —le preguntó la señora Ali.

—Aruna —respondió la muchacha.

—¿Vas a la escuela de mecanografía? —quiso saber la señora Ali.

—¡Sí! —confirmó la chica con asombro—. ¿Cómo lo sabe?

—Te he visto pasar varias veces con un rollo de papel en la mano y pensé que debías de estudiar mecanografía. ¿Eres rápida? —preguntó la señora Ali. Ella había aprendido mecanografía en su juventud, pero habían pasado muchos años desde la última vez que se sentó frente a una máquina de escribir.

—Escribo cincuenta palabras por minuto —contestó Aruna.

—Eso está muy bien.

—Gracias. —La chica sonrió tímidamente—. He aprobado el nivel básico y me estoy preparando para el examen del nivel superior.

—¿Qué me dirías si te ofreciera un empleo? —le propuso la señora Ali.

—¿Qué clase de empleo? —preguntó Aruna con suspicacia.

«Tiene motivos para desconfiar», pensó la señora Ali. No era cosa de todos los días que a la gente que caminaba por la calle le ofrecieran trabajo.

—Tenemos una agencia matrimonial —explicó la señora

Ali señalando el letrero—. Necesitamos un ayudante. Pensé que nos convendría una chica de por aquí, como tú.

—Oh...

La señora Ali advirtió que la joven estaba tentada, aunque no muy convencida. Insistió:

—¿Por qué no vas a clase y regresas más tarde cuando el despacho esté abierto? Entonces podrás verlo tú misma y decidir.

Aruna asintió con la cabeza y siguió su camino. La señora Ali volvió a entrar en la casa muy contenta. Sabía que la chica regresaría. Aruna siempre iba vestida con un *salwar kameez*, unos pantalones holgados y una camisa larga hasta las rodillas con aberturas a los costados. El conjunto parecía hecho a mano. No llevaba ropa cara de fábrica. Siempre lucía los mismos pendientes diminutos y la misma cadena fina de oro en el cuello. Obviamente no era de una familia acomodada y parecía una chica modesta y sensata, la clase de chica por la que la señora Ali tenía preferencia. No tenía una buena opinión de las jóvenes descaradas y modernas que vestían tejanos y camisetas y que hablaban un inglés perfecto.

Eran las nueve y media y hacía calor, aunque todavía no era un calor sofocante. El tráfico seguía siendo denso y había mucho ruido en la calle. El cartero acababa de irse y el señor Ali estaba muy ocupado con la correspondencia del día. Oyó un carraspeo delicado y al levantar la vista lo tomó por sorpresa la presencia de una joven que estaba junto a la puerta (no había oído que la abrieran).

—*Namaste** —dijo ella con las manos unidas.

—*Namaste* —respondió él distraído.

* «Me inclino ante ti.» Expresión de saludo originada en la India. Normalmente va acompañada de una inclinación de cabeza y las palmas abiertas sobre el pecho. *(N. del T.)*

—¿Puedo hablar con la señora? —preguntó la mujer.

—¿La señora? —repitió perplejo. Seguía con la mente puesta en la carta que estaba leyendo y no atinaba a adivinar a quién se refería.

Afortunadamente, su mujer salió en ese preciso instante. Sonrió a la muchacha y dijo:

—¡Hola, Aruna! Gracias por venir. Éste es mi esposo, el señor Ali. Es el encargado de la agencia.

La señora Ali se volvió hacia él.

—Le he pedido a Aruna que venga y eche un vistazo para decidir si quiere trabajar aquí.

—Ya veo —dijo el señor Ali plegando una carta y dejándola a un costado.

—Pues sí —dijo la señora Ali—. Aruna es una mecanógrafa muy buena. Ha aprobado el nivel básico y se está preparando para el examen del nivel superior. Vive cerca de aquí.

El señor Ali señaló el sofá y dijo:

—Por favor, Aruna, siéntate. —Ella se sentó y él le preguntó—: ¿Quieres un vaso de agua?

Aruna asintió y la señora Ali fue a por el vaso de agua. Era una tradición de cortesía en la India, tanto para musulmanes como para hindúes. La eterna enemistad estalló cuando dejó de cumplirse con ese simple acto de cortesía. Se dice que una vez el profeta Mahoma vio a una prostituta dándole agua a un niño sin hogar y dijo que esa mujer iría al cielo. Un *pooja* —oración— tradicional entre los hindúes consiste en invitar a Dios a la propia casa, y uno de los primeros pasos en el ritual de adoración es ofrecer al Señor una bebida. La señora Ali regresó con un vaso de agua fría del frigorífico y se lo dio a Aruna.

El señor Ali preguntó:

—¿Ahora estás trabajando?

—Sí, señor. Soy dependienta en el Modern Bazaar —respondió ella, refiriéndose a los nuevos grandes almacenes (el primer centro comercial de varias plantas de la ciudad)—. Empecé hace tres semanas.

—¿Por qué quieres dejar esa tienda tan grande para trabajar aquí? —prosiguió el señor Ali.

—Bueno, no tenía pensado cambiar de trabajo, señor, pero la señora me vio pasar por la calle y me pidió que viniera.

La señora Ali asintió.

—Así es —dijo, y se volvió hacia Aruna—. ¿Cuántas horas trabajas?

—¡Muchas! —respondió ella, las manos apretadas sobre su regazo—. Abren a las once y tenemos que estar allí media hora antes. Cierran a las diez de la noche y nos vamos quince minutos después. Es difícil coger un autobús a esa hora, así que llego a casa después de las once.

La señora Ali reaccionó espantada.

—¿No te da miedo, una chica joven como tú, viajar sola a esa hora de la noche?

—Antes tenía miedo —dijo Aruna encogiéndose de hombros—. Ahora ya no.

—¿Y qué dicen tus padres? —preguntó la señora Ali inclinándose hacia delante.

—No les gusta, ¿pero qué vamos a hacer? Somos pobres y necesitamos el dinero. Hasta hace poco estaba haciendo mi licenciatura en Humanidades, pero últimamente los fondos familiares se han visto afectados, así que tuve que dejar los estudios y ponerme a trabajar.

Se quedaron en silencio durante un rato, hasta que el señor Ali dijo:

—Aquí empezamos a las nueve, paramos para comer entre las doce y media y la una y volvemos a abrir a las tres de la tarde. Atendemos hasta las siete. El domingo es nuestro día más movido, así que tendrías que venir a trabajar. A cambio puedes librar los lunes.

—Es un horario muy bueno comparado con el que tengo ahora. No me importa venir los domingos. De todos modos, en el Modern Bazaar también trabajo los domingos. ¿De cuánto es la paga? —preguntó Aruna.

—¿Cuánto te pagan en el Modern Bazaar? —quiso saber el señor Ali.

—Mil quinientas rupias al mes —respondió Aruna.

—Aquí sólo podemos pagarte mil —dijo el señor Ali.

El rostro de Aruna se resquebrajó.

—El horario me parece bien, pero no puedo permitirme esa reducción en mis ingresos.

El señor Ali asintió diciendo:

—Me lo imaginaba. El salario es de mil, pero, además, por cada miembro que se apunte mientras tú estés conmigo en la oficina te llevarás veinticinco rupias de comisión, y por cada uno que se apunte mientras tú estés sola la comisión será de cincuenta.

Aruna parecía escéptica.

El señor Ali levantó el índice y añadió:

—Como mínimo ingresa un nuevo miembro cada día, a veces dos o tres. Ganarás más de lo que estás ganando en el Modern Bazaar.

Aruna se quedó en silencio durante un momento. Luego miró al señor y a la señora Ali.

—Gracias por la oferta. Tengo que pensármelo.

—No te lo pienses tanto. Esta tarde vendrá otra chica a entrevistarse —dijo la señora Ali.

El señor Ali vio cómo Aruna cerraba la puerta y se marchaba. Se volvió hacia su esposa y le preguntó:

—¿Le has pedido a otra chica que venga esta tarde?

La señora Ali se echó a reír.

—Eres idiota. Por supuesto que no vendrá nadie más a entrevistarse. Pero la chica no tiene por qué saberlo, ¿no te parece?

El señor Ali se quedó en silencio. Muchas veces se había preguntado cómo le iría a su mujer si tuviera su propio negocio. No tenía dudas de que le iría de maravillas.

La señora Ali dijo:

—¿Por qué le ofreciste las comisiones? Podrías acabar pagándole una fortuna.

El señor Ali sonrió.

—Eso es lo que quiero, pagar fortunas. Cuanto más pague, mucho más estaré ganando.

Se dio cuenta de que su esposa albergaba dudas.

—¿Recuerdas cuando estábamos construyendo esta casa y fui a la cantera a seleccionar las mejores piedras de granito para el suelo? —dijo señalando con el dedo la superficie pulida.

—Sí —respondió la señora Ali confundida, preguntándose qué tenían que ver las baldosas de granito y las canteras con las agencias matrimoniales y los ayudantes.

—Las canteras son sitios donde se trabaja muy duro y yo esperaba encontrarme a un tirano mandando a pobres trabajadores. En cambio, me encontré con un hombre amable de gafas redondas sentado en un despacho mientras los trabajadores se deslomaban bajo un sol que rajaba la tierra. Me sorprendió y le pregunté cómo conseguía que su gente se esforzara de esa manera, y él me dijo que les pagaba una retribución por pieza. Cortadores, motoserristas, transportistas, todos se llevaban una cierta cantidad por cada plancha. Me dijo que ellos mismos se organizaban y que si alguien hacía el vago tenía que vérselas con los demás ya que les afectaba a todos. No quiero estar aquí sentado todo el día vigilándola. Quiero que esa chica se apañe sola.

La señora Ali asintió.

—Imagina que el gobierno te hubiera pagado por cada expediente desbloqueado mientras estabas de servicio. ¿Crees que habrías sido más eficiente?

El señor Ali se echó a reír.

—No sé qué decirte, pero te aseguro que Muthuvel, Rao y Sanyasi no habrían llegado cada día a las diez, ni habrían hecho una larga pausa para el té a las once, para salir a comer a la una y luego tomarse otra hora libre por la tarde para merendar té y *samosas* antes de marcharse a casa a las cinco en punto.

Al cabo de quince minutos llegó un cliente importante y la señora Ali entró en la casa. El hombre se llamaba Joseph. Sus abuelos eran hindúes de una casta inferior que se habían convertido al cristianismo. Estaba buscando un novio para su hija, sin preferencia de casta o religión.

El señor Ali sabía por experiencia que era más difícil encontrar un compañero para aquellas personas que no tenían preferencia de casta o religión. «Es paradójico pero cierto —pensaba el señor Ali—, cuanto más específicos sean los requisitos (persona de casta Turpu Kapu de la región de Krishna que posea cómo mínimo veinte acres de terreno) más fácil resulta encontrar una pareja.» Además, los cristianos de las castas superiores menospreciaban a los de las castas inferiores, a quienes llamaban «conversos».

—Son quinientas rupias de honorarios, señor —dijo el señor Ali finalmente.

—¿Tengo que pagarle por adelantado? —preguntó Joseph—. ¿Qué incentivo tendrá para encontrarle un prometido a mi hija si le doy el dinero ahora?

—Hemos ayudado a mucha gente. Eche un vistazo a nuestro fichero. ¿Por qué no habríamos de ayudarle? —dijo el señor Ali.

—Tengo otra idea. De momento no le pagaré nada, pero si encuentra un esposo para mi hija le pagaré dos mil rupias. ¿Qué le parece? Es justo, ¿verdad? —dijo Joseph haciendo crujir los nudillos.

El señor Ali se puso de pie.

—Es por eso, precisamente, por lo que no se tiene un buen concepto de los casamenteros. Como bien sabe, no le piden dinero por adelantado y le cobran una vez que se ha acordado el matrimonio, ya sea una tarifa fija o un porcentaje de la dote. Así promueven casamientos inapropiados con el fin de cobrar sus honorarios, de modo que no se puede confiar en ellos. Nosotros no trabajamos así. Se requiere dinero para publicar anuncios, imprimir las listas, pagar el franqueo y otros gastos. Que su hija encuentre pareja depende de muchos factores, incluyendo la voluntad de Dios, pero en cualquier caso yo tengo que cobrar mis honorarios. Por favor, medítelo y regrese a verme.

El señor Ali le enseñó la salida.

Unos minutos más tarde volvió a abrirse la puerta principal y el señor Ali miró hacia el exterior soleado a través de las finas cortinas. En el jardín estaban Aruna y un hombre mayor. El anciano miró a su alrededor y le dijo algo a Aruna y ella asintió sonriente. El señor Ali salió de detrás del escritorio y llamó a su mujer.

Aruna les presentó a su padre, el señor Somayajulu.

—*Namaste* —dijo el señor Ali al señor Somayajulu—. Por favor, siéntese. ¿Quiere un vaso de agua?

—No, no se moleste, por favor —dijeron Aruna y su padre al mismo tiempo.

El sol estaba en lo alto y afuera hacía mucho calor. El padre de Aruna se secó la frente y la calvicie con un chal blanco de algodón que llevaba sobre los hombros. El señor Somayajulu parecía el típico anciano brahmán. Vestía un *dhoti* al estilo Gandhi y una camisa larga. Llevaba toda la cabeza afeitada, salvo por un mechón en la parte de atrás. Tenía la frente untada con tres líneas de ceniza blanca.

La señora Ali entró en la casa.

—Su casa es muy fresca —dijo el señor Somayajulu.

—Sí, es una suerte —respondió el señor Ali.

—No es suerte —dijo el señor Somayajulu—. Usted ha dejado la parte delantera de su casa sin edificar y ha plantado todos esos árboles. Por eso la casa es fresca. Antiguamente todas las casas estaban rodeadas de árboles y eso las hacía más confortables. En nuestros días la gente soborna a los inspectores y agotan todo el suelo disponible sin dejar espacio para árboles o plantas. No es de extrañar que cada año el clima sea más tórrido. Ha hecho usted muy bien en reservar parte de su terreno.

La señora Ali regresó con dos vasos de limonada para Aruna y su padre.

Aruna dijo:

—Me gustaría probar trabajar una semana. Si todo va bien, me quedaré. ¿Qué le parece?

El señor Ali lo pensó un instante y miró a su mujer. Ella asintió con la cabeza y se volvió hacia Aruna.

—Por nosotros está bien.

—Yo vine para ver dónde iba a trabajar Aruna —dijo el señor Somayajulu—. El sitio está muy bien y ustedes evidentemente parecen buena gente. Uno no puede permitir que una hija tan joven se meta en la casa de cualquiera, ¿no les parece?

Aruna parecía incómoda ante las palabras de su padre, pero la señora Ali asintió diciendo:

—Tiene usted toda la razón. Hoy día todo cuidado es poco.

Aruna sonrió y dijo:

—Ahora llevaré a mi padre a casa e iré al Modern Bazaar para pedir una semana de permiso. Luego volveré y empezaré a trabajar.

El padre de Aruna intervino:

—No empieces a trabajar hoy. Es *Amavasha*, día de luna nueva. Aventurarse en algo nuevo trae mala suerte. Empieza mañana.

Aruna miró al señor Ali vacilante. Él se limitó a agitar una mano diciendo:

—No hay problema. Puedes empezar mañana. Me preguntaba por qué hoy no había llamado ningún cliente nuevo, salvo ese cristiano.

4

Al día siguiente Aruna llegó a las nueve en punto. Vestía un sari de algodón sencillo y gastado. Llevaba el cabello aceitado, entrelazado en una coleta que le llegaba hasta la zona lumbar. Lucía un lazo de fragantes capullos de jazmín en el pelo, un bindi diminuto adherido a la frente y una huella borrosa de ceniza blanca sagrada en el cuello. Era evidente que antes de empezar a trabajar había visitado el templo. El señor Ali le señaló una vieja silla de madera con una almohadilla y dos listones atornillados en los reposabrazos. En cuanto ella se sentó, él le enseñó cómo desplegar los listones para extender los reposabrazos hacia delante. Luego el señor Ali colocó un tablón de madera encima de la extensión de los reposabrazos. Ahora su ayudante ya disponía de una mesa de trabajo.

—Esta silla la utilizarás sólo cuando estemos los dos juntos en el despacho. Cuando yo no esté puedes sentarte en el escritorio —dijo él.

Aruna asintió.

El señor Ali abrió el armario de los ficheros —el antiguo guardarropa de madera— y le pidió a ella que se acercara. Le explicó que los ficheros estaban ordenados por castas y que había diferentes archivos para novios y novias. Un buen número de expedientes contenían fotografías. Había otros archivos, uno por cada miembro activo, donde se guardaba la correspondencia.

En ese momento llegó el cartero: un hombre alto, delgado, moreno y de calva lustrosa. Desde que el señor Ali se mudara a esa casa él había llevado y traído su correspondencia. Dejó el pesado saco en el suelo, extrajo una decena de cartas y se las entregó al señor Ali.

—Gracias, Gopal —dijo el señor Ali—. Necesito algunas tarjetas postales. ¿Puedo pasarme más tarde?

—No lo sé, señor. Déjeme que pregunte y le diré si puedo pasarme yo cuando salga a hacer la ronda de la tarde —dijo Gopal.

El señor Ali asintió.

—¿Quieres un poco de agua? —le ofreció.

—No, estoy bien, gracias. ¿Ha cogido una secretaria? —preguntó Gopal mirando a Aruna.

—Aruna es mi ayudante. Hoy es su primer día —dijo el señor Ali.

Aruna sonrió a Gopal.

—¿Cómo está tu hija? —preguntó el señor Ali—. Ahora ya no necesitarás de nuestros servicios.

—Ella está bien. Ayer recibimos una postal suya. Está a gusto con sus suegros. ¿Y qué chiste es ése, señor? ¿Cómo podría un hombre pobre como yo pagar sus servicios? —dijo el cartero riendo.

El blancor de sus dientes brillaba en su oscuro rostro reflejando su alegría. Su hija se había casado recientemente. El señor Ali sabía que él se las apañaba con un sueldo modesto. Gopal volvió a cargarse el saco sobre los hombros, se despidió con una inclinación de cabeza y se marchó.

—Es un buen hombre, siempre está contento a pesar de que tiene que ocuparse de sus ancianos padres y de un hermano discapacitado con su pequeño salario —explicó el señor Ali a Aruna.

Desgarró el primer sobre, extrajo la hoja de papel y dijo:

—Hay que contestar todas las cartas el mismo día que las recibimos. Ésa es nuestra tarea principal.

Leyó la carta en voz alta:

—«He visto un anuncio en el que se ofrece un ingeniero musulmán..., rubio..., con dos hermanos mayores...»

Le entregó la carta a Aruna y sacó un archivo delgado que incluía todos los anuncios que el señor Ali había publicado tanto en periódicos escritos en inglés como en telugú.

Dijo:

—Tienes que encontrar el anuncio al que hace referencia la carta. Yo siempre los codifico. ¿Ves lo que pone en la carta? Referencia IM 26, tiene que aparecer junto al nombre del candidato. Busca en este fichero, son los anuncios que salieron el domingo pasado.

Aruna revisó los archivos y encontró un anuncio que decía: «Ingeniero naval, musulmán, veintiséis años, familia respetable, busca novia rubia...»

—Con respecto a esta carta, tenemos que hacer dos cosas —explicó el señor Ali—. Primero, enviar una respuesta a los interesados acusando recibo y proponiéndoles que se unan a nuestro club. Y segundo, añadir la carta al fichero de clientes para poder reenviarla junto con más cartas al cabo de unos días.

Aruna asintió frunciendo el entrecejo, sumamente concentrada.

—¿Cómo hago para redactar la respuesta, señor? —preguntó.

El señor Ali abrió un cajón y sacó una pila de postales. Todas habían sido escritas a mano con esmero. Cogió una y le enseñó a Aruna el espacio en blanco que precedía a la primera línea.

—Aquí tienes que escribir «estimado o estimada» y el nombre de la persona —explicó—; luego le das la vuelta y escribes su dirección del otro lado. Cuando termines dejas la carta en ese cesto. —Le indicó un cesto de plástico azul.

Aruna siguió sus instrucciones.

—Ahora continúas con la siguiente —dijo el señor Ali.

Aruna abrió la carta y le echó una ojeada.

—Señor, ésta no tiene referencia.

—Entonces es cuando tenemos que usar nuestra inteligencia. ¿Están buscando un chico o una chica?

—Están buscando una chica, señor.

—¿Casta?

—Brahmán.

—Ya sé cuál es. Revisa los ficheros, el domingo pasado salió un solo anuncio de una chica brahmán.

Aruna encontró el anuncio, releyó la carta y asintió.

—Sí, señor, es éste.

—Bien. Ya sabes qué hacer —dijo el señor Ali.

El señor Ali y Aruna examinaron las siguientes cartas en silencio, hasta que él se levantó de su escritorio y entró en la casa para ver qué estaba haciendo su mujer.

Aquella tarde cerca de las tres y media, el señor Ali se dirigió en su escúter a la oficina de correos. La oficina de correos no quedaba lejos, tan sólo a dos manzanas a la vuelta de la esquina. El señor Ali dejó aparcado el escúter sobre el caballete, cogió la correspondencia y pasó junto a la cola de personas que esperaban delante de los mostradores.

Unos meses antes, el señor Ali y su cuñado Azhar habían estado haciendo cola afuera de la oficina para comprar sellos cuando uno de los carteros salió y les dijo que su jefe los llamaba. Un tanto desconcertados entraron en la oficina. Nada más reconocerse, Azhar y el jefe se saludaron como parientes que llevan tiempo sin verse. Finalmente se volvieron hacia un confuso señor Ali y le explicaron la situación. Naidu, el jefe de la oficina de correos, había empezado a trabajar en el servicio postal desde muy joven. Su primer puesto había sido en la ciudad portuaria de Machilipatnam, y el administrador de aquella oficina era el padre de Azhar, que trataba a todos los carteros como si fueran de la familia, invitándolos a comer y aconsejándolos siempre que tuvieran problemas. Naidu había ido ascendiendo de categoría hasta convertirse él mismo en administrador de correos, pero, según decía, nunca había olvidado la amabilidad que la familia de Azhar había tenido para con él desde el primer momento. A partir de aquel día el señor Ali nunca volvió a hacer cola para comprar sellos o enviar correspondencia. Ni siquiera tenía que utilizar el buzón para enviar las cartas.

Al fondo de la oficina había un empleado que tenía a su lado un saco enorme lleno de cartas y que se dedicaba a inutilizar las estampillas de los sobres con un matasellos redondo de madera. Parecía sumamente experimentado en esa tarea y los ruidos sordos de sus golpes se sucedían con rapidez. El señor Ali se le acercó y le preguntó:

—¿Ya han acabado con la recogida?

El empleado asintió y recibió las cartas del señor Ali con la mano izquierda mientras que con la derecha seguía estampando sin parar el sello en los sobres que estaban encima de la mesa. Todas las postales del señor Ali quedaron selladas y las metió dentro de otro saco que estaba lleno hasta la mitad.

El señor Ali se dirigió al escritorio del jefe de correos. Era una oficina pequeña y el administrador se sentaba en una esquina en una mesa un poco más grande que las ocupadas por los otros empleados. El jefe saludó al señor Ali amablemente y lo invitó a sentarse. El señor Ali dijo:

—Buenas tardes, Naidu. Voy a necesitar más postales.

Naidu respondió:

—Sí, ya lo sé. Me lo dijo Gopal. De momento no quedan muchas. Pero he llamado a la sede central y he encargado algunas para usted.

Se volvió hacia un empleado y le pidió que las sacara de un armario. Mientras aguardaban a que trajeran las postales le preguntó al señor Ali:

—¿Cómo está su señora?

—Ella está bien. ¿Ha oído algo sobre el asalto a una oficina de correos en Agency Village? —dijo el señor Ali.

—¡Un espanto, señor! ¡Un espanto! ¿Cómo es que pueden atacar una oficina de correos? ¿Es que ya no quedan lugares sagrados? Créame, señor, el mundo ya no es lo que era.

El señor Ali asintió. Sabía que para Naidu el país entero se mantenía unido gracias al correo. En una ocasión Naidu le había manifestado que los británicos estaban en todo su derecho de apropiarse del diamante Koh-i-Noor para sumarlo a las joyas de la corona de su reina, ya que ellos habían creado el servicio postal en la India.

El señor Ali pagó las postales y se retiró. El sol fuerte lo hizo pestañear al emerger de la oscuridad de la oficina. Mientras enfilaba sus pasos hacia el escúter, vio a un hombre vendiendo papayas en un carro al otro lado de la calle. Se acercó a él y le preguntó:

—¿A cuánto están?

—A quince rupias la pieza, señor.

La planta de papaya que tenía en su jardín sólo daba pequeños frutos verdes con un montón de pepitas negras. Esta nueva variedad de papaya que acababa de salir al mercado en los últimos dos años era diferente. Eran grandes y, una vez cortadas, la pulpa era de un intenso color naranja y casi no tenía semillas. Además, eran mucho más dulces que las tradicionales. El señor Ali había escuchado a alguien decir que estas papayas eran híbridos importados de Tailandia, pero no sabía si eso era cierto.

—No necesito una pieza entera. ¿Qué precio me haces por la mitad? —preguntó el señor Ali.

—Ocho rupias, señor, están frescas —respondió el hombre.

—Cinco rupias —dijo el señor Ali.

—Está de broma, señor. Las he cortado hoy mismo en la ladera de Simhachalam. Vienen directo de la ciudad sagrada

—anunció el vendedor—. Ocho rupias es un precio más que razonable..., está bien, siete rupias.

La ciudad sagrada de Simhachalam era sede de un famoso templo hindú. El señor Ali se preguntaba si el vendedor emplearía el mismo argumento de venta en caso de que su cliente fuese un musulmán.

—Seis —dijo el señor Ali.

—¿Cómo voy a alimentar a mis hijos si usted regatea de esa manera? —dijo el frutero suplicante—. Seis con cincuenta, última oferta.

—Seis —dijo el señor Ali inflexible.

—De acuerdo, señor.

El frutero empezó a envolver una papaya ya cortada en papel de periódico. El señor Ali le hizo cortar por la mitad una papaya fresca, imponiéndose a las objeciones del vendedor, y finalmente regresó a su escúter.

Cuando el señor Ali llegó a su casa había una familia de tres miembros en la galería que estaba ojeando un álbum de fotografías. El hombre y su esposa tenían alrededor de cincuenta años y la hija estaba en el umbral de la veintena. El hombre era bajito y gordinflón, con un fino bigote canoso. En la cabeza tenía poco pelo, pero ese poco pelo estaba bien aceitado y peinado con esmero. Su mujer llevaba un sari de gasa amarillo con lunares verdes. La chica vestía tejanos y un *kameez* de algodón hasta las rodillas. Aruna procedió a la presentación.

—Ellos son el señor y la señora Raju, señor, y ella es Soni. Son miembros desde hace casi un mes.

El señor Ali los recordó de inmediato, al tiempo que los saludaba con una inclinación de cabeza.

—Sí, así es. La semana pasada les envié detalles del hijo de un jefe de ingenieros. Usted también es ingeniero, ¿verdad? Se me ocurrió que podía ser un buen matrimonio.

—Es correcto, señor Ali —dijo el señor Raju—. Incluso

hablamos por teléfono, como recordará. Después de que me enviara la información averigüé que el cuñado de mi primo conoce al novio. Fueron juntos a la universidad.

—Pues mejor aún —dijo el señor Ali—. No hay nada como conocer de primera mano a la otra familia. Así podrán saber qué clase de gente son.

—Tiene usted razón, señor Ali. Parece que son buena gente en todos los sentidos, pero la búsqueda matrimonial es para el mayor de sus hijos. Tienen cuatro hijos más y una hija.

—¿Y eso qué importa? —preguntó el señor Ali—. Hoy en día la gente no vive en familias compuestas, ¿no es cierto?

—Le pedí a mi primo que hablara con su cuñado —dijo el señor Raju—. Los padres del novio desean firmemente que la nuera viva con ellos.

—Será sólo al principio. Le aseguro que después de uno o dos años se irán a vivir solos. Después de todo el novio es un profesional, ¿no es cierto?

—Tal vez sea como usted dice, señor, pero no queremos correr el riesgo —dijo el señor Raju—. Soni es nuestra única hija y le será difícil adaptarse a una familia tan grande. Teníamos la esperanza de que usted pudiera disponer de algún otro candidato.

El señor Ali cejó en su intento de convencerlos. Podía ver que ya habían tomado una decisión. Al fin y al cabo conocían a su hija mejor que nadie. Meditó un instante y dijo:

—Por el momento éste es el mejor matrimonio entre Rajus que tengo para ofrecerle. Ya le he enviado todas las listas de las que disponía hasta la semana pasada. —Volvió a meditarlo y finalmente añadió—: Aunque puede que tenga algo para ustedes...

Le solicitó a Aruna la nueva carpeta de formularios, un bloc de tapa dura grapado por el borde superior. Contenía todos los formularios que habían ingresado durante los últimos días y que aún no habían sido clasificados en las listas. Hojeó los impresos hasta que llegó al que estaba buscando.

—Aquí está. Lo recibimos hace apenas tres días. Contador colegiado, sólo un hermano. Oh, pero es demasiado mayor para su hija. Tiene treinta y cuatro años y Soni sólo tiene veinte... —Su voz se iba apagando mientras miraba a Soni con gesto de interrogación.

—Veintidós —corrigió ella.

—Una diferencia de edad considerable —dijo el señor Ali sonriendo.

El señor Raju asintió, pero alargó la mano hacia el señor Ali para echar un vistazo a los detalles. El señor Ali le entregó la carpeta, abierta en la página que estaba leyendo. Los tres repasaron el formulario y le devolvieron la carpeta al señor Ali.

—Parece un buen candidato —dijo el señor Raju—, pero tiene usted razón, la diferencia de edad es considerable. Además, él sólo mide un metro sesenta. Soni es bastante alta.

La alusión del señor Raju a la estatura de su hija le trajo a la memoria un antiguo cliente. Le pidió a Aruna que le alcanzara la carpeta que contenía las primeras cartas. El señor Ali la abrió y la hojeó hasta llegar a la sección que estaba buscando.

—¡Ya lo tengo! Bodhi Raju, abogado, veintisiete años. Mide un metro ochenta y quiere una esposa alta. Fue uno de los primeros miembros. Ignoro si todavía está buscando esposa o si ya está comprometido.

—¿Cómo es que no figuraba en la lista que nos envió? —preguntó el señor Raju.

—Él no quería figurar. —El señor Ali suspiró a la vez que rememoraba—. Fue uno de mis primeros clientes y no es que me beneficiara que un soltero tan cotizado como él no quisiera ser incluido en las listas. En aquel entonces no disponía de tantos candidatos, como se imaginará. Le dije que obtendría más respuestas si la gente veía su nombre en las listas, pero no dio el brazo a torcer. ¿Qué podía hacer yo?

El señor Raju y su familia asintieron comprensivos.

—Deje que le llame —sugirió el señor Ali—. Aquí tengo su móvil.

Copió el número en un trozo de papel y extendió el formulario de Bodhi Raju a la familia que estaba sentada en el sofá. Los tres le echaron una rápida ojeada y alzaron la vista buscando al señor Ali. Era evidente que les había gustado lo que habían leído.

El teléfono sonaba y sonaba mientras el señor Ali estaba a punto de cortar, manteniéndose siempre a la espera y pensando en dejarlo sonar una vez más.

Entonces alguien contestó:

—Hola.

Era una voz de mujer, por lo que al señor Ali se le cayó el alma a los pies. Era probable que ya estuviera casado.

—Quisiera hablar con Bodhi Raju, por favor.

—El abogado está ocupado con un cliente. ¿Quiere dejar un mensaje?

—¿Quién es usted? —preguntó el señor Ali de manera un tanto brusca.

Afortunadamente para él, la mujer no se ofendió.

—Soy la recepcionista. Aguarde un momento, el cliente acaba de salir. Le paso con el jefe.

—Diga, ¿quién habla? —preguntó una voz de hombre.

—¿Bodhi Raju? —preguntó el señor Ali.

—Sí, ¿quién habla?

—Soy Ali, de la agencia matrimonial. ¿Cómo está usted?

—Un momento —dijo el hombre. El señor Ali oyó una puerta que se cerraba y súbitamente todo se volvió mucho más silencioso—. Dígame, señor Ali, ¿en qué puedo ayudarle? Espero que no esté necesitando mis servicios. —El hombre se echó a reír.

—No, se lo agradezco. Llamaba para preguntarle si todavía está buscando novia.

—Así es, señor. Hasta ahora no ha habido suerte.

—Bien —dijo el señor Ali con naturalidad. Les enseñó el pulgar a los Rajus y siguió hablando—. Tengo aquí delante lo que se dice un buen partido para usted. Una familia sumamente respetable y próspera. Una chica alta y además muy atractiva.

Soni se ruborizó y bajó la vista.

—¿Por qué no me facilita los datos de sus padres para que la familia de la novia se ponga en contacto con ellos? —dijo el señor Ali.

—Mi madre falleció, pero mi padre vive conmigo en la misma dirección que le di. Puede llamarle a casa. Recuerdo haber anotado el teléfono cuando rellené el formulario.

—Se lo agradezco —dijo el señor Ali. Justo antes de colgar se acordó de formular otra pregunta—. ¿Cuántos hermanos y hermanas tiene usted?

—Dos hermanos y una hermana.

—¿Viven todos con usted?

—No, sólo mi hermano mayor y mi hermana viven conmigo, mi hermano menor se fue a Estados Unidos para hacer un máster.

Se despidieron con mutuos agradecimientos y el señor Ali se volvió hacia la ansiosa familia Raju.

—Aún no se ha casado —informó el señor Ali empezando por la buena noticia—. Sin embargo, tiene dos hermanos y una hermana. Uno de ellos está en Estados Unidos, de modo que son tres los hermanos que viven con su padre.

—Oh, sigue siendo una familia grande y además viven todos juntos —dijo el señor Raju. Los tres pusieron cara larga.

El señor Ali asintió, hasta que súbitamente algo vino a su memoria.

—¡Ajá! —exclamó—. Hay un detalle importante que olvidé mencionar. Su madre ya no está. Se ha ido al cielo.

Señaló el cielo con un dedo.

El señor Raju seguía con el ceño fruncido, pero su esposa de repente se iluminó.

—Quiere decir... —empezó ella.

—Así es —la interrumpió el señor Ali—, su hija no tendrá

una suegra. Ya sabe lo que se dice: una mujer sin suegra es la más feliz de las nueras.

El señor Raju seguía sin estar muy convencido.

—Piense como un jugador de ajedrez —le dijo el señor Ali—. Así como una torre vale dos alfiles o una dama vale dos torres, ¿cuántas molestias supone una suegra? ¿Menos que dos hermanos y una hermana? Yo creo que no. Sobre todo si tiene en cuenta que uno de los hermanos está en el extranjero y la hermana en cualquier momento se casará y se irá de casa.

El señor Raju movió la cabeza sin estar del todo seguro.

La señora Raju se volvió hacia su marido.

—El caballero es ideal. Tú no entiendes de estas cosas. Yo creo que es un excelente partido.

El señor Raju tuvo que ceder. Tomaron nota de los datos, agradecieron efusivamente al señor Ali por su ayuda y se marcharon, prometiéndole que se pondrían en contacto con él una vez que hubieran hablado con la familia del abogado.

La señora Ali salió con tres cuencos de papaya helada y cortada en dados, y se sentó con ellos. El señor Ali saboreó la fruta fresca, disfrutando de la sensación de bienestar que le producía el trabajo bien hecho.

Cuando el señor y la señora Ali estaban a punto de irse a la cama, sonó el timbre. Ambos miraron el reloj. Eran más de las nueve de la noche.

—¿Quién puede ser a estas horas? —dijo la señora Ali—. Si son clientes diles que está cerrado.

El señor Ali cogió las llaves de un gancho que estaba junto a la puerta de la sala de estar y salió a la galería. Afuera estaba oscuro y encendió la luz del jardín. Se sorprendió de ver a su hijo Rehman, con su distintivo saco de algodón colgándole del hombro y una expresión sombría.

—¿Va todo bien? —le preguntó el señor Ali con ansiedad.

Rehman asintió con la cabeza.

—Sí, Abba. Todo bien —dijo.

El señor Ali abrió la puerta de la galería y ambos entraron en la casa. Rehman era un poco más alto que su padre, pero no llegaba al metro ochenta. Llevaba una camisa larga de *khadi* —una basta tela de algodón tejida a mano— y unos pantalones anodinos. La última vez que el señor Ali había visto a su hijo, éste no llevaba la barba corta, rala y descuidada.

—¿Has comido? —preguntó la señora Ali.

—No —respondió Rehman—, pero está bien. No tengo hambre.

—Tonterías —dijo la señora Ali—. Son más de las nueve. ¿Cómo no vas a tener hambre? Pasa al comedor. Tengo un poco de arroz y sopa. Deja que te prepare una tortilla.

Rehman se lavó las manos y se sentó a la mesa del comedor. El señor Ali retiró una silla y se sentó a su lado. Se quedó observando a su hijo mientras su esposa iba y venía improvisando una cena rápida con las sobras.

—¿Desde cuándo llevas esa barba? —preguntó el señor Ali.

Rehman lo miró sorprendido, frotándose la barbilla.

—Las últimas semanas he estado viajando de pueblo en pueblo y me olvidé de llevar la cuchilla —contestó.

Antes de que el señor Ali le preguntara qué hacía «viajando de pueblo en pueblo», la señora Ali llegó con la cena preparada a toda prisa.

—Me alegra mucho que estés aquí. Deberías haber llamado y avisarnos que vendrías. Te habría preparado algo especial —dijo ella.

—Ammi, no te preocupes. Esta comida es perfecta. No necesito más.

—¿Cómo no voy a preocuparme? Entre tú y tu padre no permitís que os alimente. Estás demacrado. Si al menos estuvieras casado no tendría que preocuparme tanto. Alguien cuidaría de ti.

—No empieces otra vez, Ammi.

Los tres guardaron silencio mientras Rehman engullía todo lo que había en el plato. El señor Ali se preguntaba cuánto tiempo llevaba su hijo sin probar bocado. Finalmente Rehman terminó de comer y se levantó para lavarse las manos. La señora Ali retiró los platos. Rehman se sentó otra vez a la mesa y la señora Ali regresó al comedor.

—¿Por qué vienes a estas horas? —preguntó el señor Ali.

—Mis amigos y yo iremos esta noche a Royyapalem —explicó Rehman.

El señor Ali frunció el entrecejo.

—Ese nombre me suena... ¿No es ese pueblo donde la empresa coreana va a crear una zona económica especial? Es genial. ¿Qué vas a hacer allí, vas a diseñar algún edificio?

—Es ese pueblo, Abba —dijo Rehman—, pero no voy allí a trabajar. Las tierras de los campesinos están siendo expropiadas. Mis amigos y yo vamos a protestar.

El señor Ali movió la cabeza decepcionado.

—¡Si es que soy tonto! Mira que pensar que ibas a trabajar para una multinacional. ¿Cuánto tiempo más seguirás diseñando letrinas y casas para pobres? No se gana dinero trabajando para gente que no puede pagarte por tus servicios. Ya es hora de que empieces con grandes proyectos. Con la formación que tienes podrías acceder a cualquier empleo que te propongas.

—Abba, ya estoy trabajando en proyectos que me interesan y gano lo suficiente para ir tirando. Y me deja tiempo libre para dedicarme a aquellas cosas en las que realmente creo, como protestar contra la gente que quiere apoderarse de las tierras de los campesinos.

—¿De qué sirve protestar? ¿Ayudará en algo? —preguntó el señor Ali—. Ésa es una gran compañía. Todos los partidos políticos están a favor de la creación de la zona. ¿Qué puede conseguir la gente corriente como nosotros enfrentándonos a ellos?

—Vamos a protestar. Intentaremos y conseguiremos llamar la atención de los medios. La gente tiene que saber que el gobierno y una multinacional están cometiendo una injusticia —dijo Rehman.

—¿Será peligroso? —preguntó la señora Ali con el rostro tenso.

—No. No tendría por qué. No vamos a infringir la ley. Será una protesta pacífica —aclaró Rehman.

—No seas ridículo, Rehman. Claro que será peligroso. La policía acudirá con todos sus efectivos. La compañía tendrá a sus propios guardias de seguridad —advirtió el señor Ali—. ¿No viste en la televisión cómo la policía apaleaba a esos trabajadores que se manifestaban cerca de Delhi? Pues esta vez será lo mismo.

—Aquellos policías recibieron su castigo —matizó Rehman.

—¡Pero qué chaval más tonto! ¿A quién le importa si recibieron su castigo? Eso no reparó el daño físico que causaron a los trabajadores, ¿no es así? A ti y a tus amigos os harán papilla —dijo el señor Ali dando un puñetazo sobre la mesa.

El estruendo repentino en plena noche hizo que todos se sobresaltaran.

El señor Ali bajó la voz.

—En cualquier caso, las industrias necesitan un sitio donde establecerse. Nuestra población crece día a día y no podemos apoyar a todos aquellos que poseen tierras. Creo que el gobierno está obrando bien. Esa zona creará muchísimos puestos de trabajo. Además, los agricultores están siendo recompensados. No es que les estén robando las tierras.

—Abba, ¿cómo puedes ser tan ingenuo? La compensación que recibirán los campesinos equivale a una pequeña parte del valor real de la tierra. Los campesinos son agricultores. ¿Qué se supone que van a hacer con el dinero? No pueden irse a otro sitio sin más y comprar tierras. Toda la comunidad será destruida. El gobierno podría haber creado la zona en Poramboke, las tierras vacías del gobierno. ¿Por qué tienen que apropiarse de las granjas agrícolas? —dijo Rehman.

—Sigo sin ver lo que tú y tus amigos seréis capaces de lograr haciendo frente a la maquinaria del gobierno —dijo el señor Ali.

—Si Gandhi hubiera pensado de esa manera nunca habría emprendido el movimiento de liberación contra los británicos —dijo Rehman.

—¡Mira tú! Ahora te comparas con Gandhi. ¿Quién será el próximo? ¿Jesucristo? —espetó el señor Ali con pronunciada ira.

Rehman también levantó la voz.

—¿Cómo puedes quedarte ahí sentado viendo cómo se comete una injusticia? Logremos algo o no, al menos lo habremos intentado.

—En el instituto sacabas buenas notas. Eres un ingeniero graduado en una universidad de prestigio. Consigue un trabajo estable y tendrás una buena posición social, la gente te respetará. Mírate ahora, tienes casi treinta años, vistes harapos y llevas un saco andrajoso. Ni siquiera sabes qué vas a comer mañana. Todavía estás a tiempo. Déjate de tonterías y consigue un buen empleo en una empresa grande. Todavía puedes hacer que tu vida cambie de rumbo —dijo el señor Ali agitando la cabeza con frustración, sin alcanzar a comprender por qué su hijo era tan terco y no podía ver algo que estaba más claro que el agua.

—Abba, puede que no te guste, pero lo que hago es importante. Si no te parece bien, lo siento. No puedo hacer otra cosa —expresó Rehman bajando gradualmente la voz.

—No lo sientes. No eres más que un estúpido cabezota —dijo el señor Ali.

—Ya está bien —intervino la señora Ali—. ¿Es que no podéis estar media hora juntos sin discutir?

Después de eso se quedaron un rato en silencio. Luego el señor Ali dijo:

—El funcionario de Hacienda ha vuelto a llamar la semana pasada. Todavía está dispuesto a ofrecerte su hija. Dice que te colocará en el puesto que tú prefieras. No sé qué te ha visto, pero realmente le hace ilusión tenerte como yerno.

—Es cierto, cariño —añadió la señora Ali—. Tiene una hija preciosa. Piensa en el matrimonio. ¿Cuánto tiempo crees que puedes seguir así? Ya es hora de que te asientes con una mujer y empieces a pensar en tu futuro.

—Ammi, es la chica más frívola e inútil que he conocido en mi vida. ¿No te acuerdas? Nos cruzamos con ellos en la boda de Lori. No había pasado un minuto cuando empecé a aburrirme como una ostra. El mundo para ella se reducía a la moda y la ropa. En cuanto a su padre, todos sabemos muy bien cómo amasó su fortuna. Es uno de los funcionarios más corruptos de su departamento —dijo Rehman—. En cualquier caso, dejémoslo para otro momento. Sólo vine para deciros que esta noche me voy a Royyapalem. La protesta puede acabar en pocos días, o bien puede durar semanas.

—No vayas, Rehman —suplicó la señora Ali abatida—. Parece peligroso.

—Ammi, tengo que ir. Por favor, no me lo impidas —dijo él cogiéndole la mano.

De pronto la señora Ali se echó a llorar. Las lágrimas rodaban por sus mejillas y ella liberó su mano de la de Rehman para secárselas con el extremo del sari.

El señor Ali perdió los estribos y estalló en un grito:

—¡Mira lo que has conseguido! Has hecho llorar a tu madre, bestia despiadada. ¡Vete! ¡Vete y no vuelvas a pisar esta casa!

Rehman se levantó y abrazó a su madre. Ella lo estrechó con fuerza durante un rato y luego lo soltó. Rehman miró a su padre fugazmente de reojo, asintió y se largó. El señor Ali lo acompañó hasta la galería y cerró la puerta con llave, su ira que mudaba en pena mientras veía a su hijo adentrarse en la oscuridad.

5

La tarde siguiente la temperatura alcanzó los cuarenta grados. La señora Ali roció con agua el suelo de granito de la habitación para refrescarlo y se tumbó en la cama. Tenía los ojos cerrados, pero no podía dormir durante el día, menos aún cuando hacía tanto calor y se sentía aturdida. El señor Ali dormía profundamente en el otro lado de la cama. Ella yacía escuchando el rumor del tráfico y los bocinazos intermitentes que se superponían con el zumbido del ventilador de techo, mientras pensaba en Rehman. De pequeño había sentido adoración por su padre. «¿En qué momento crecen los chicos y empiezan a desobedecer a sus progenitores? Seguro que no ocurre mientras sus madres les están mirando», pensó.

Oyó el ruido de la puerta trasera dos veces antes de reconocerlo. Se levantó y abrió la sólida puerta de madera de mango. La luz fluyó abundantemente desde el exterior y la señora Ali dio un paso atrás para dejar entrar a Leela.

—¿Qué sucede? ¿Por qué no has venido esta mañana? —preguntó la señora Ali.

—Fuimos a ver al médico. Nos explicó cómo será la operación —contestó Leela.

—¿Qué le harán a Kush? —quiso saber la señora Ali.

—Le afeitarán la cabeza para abrirla por detrás. Sacarán el tumor a través de la incisión —dijo Leela con los ojos llorosos.

—Pobrecillo. Es demasiado sufrimiento para un niño tan pequeño —dijo la señora Ali compasiva.

—Se ha vuelto muy callado, madrecita. Ya no sé cuánto sufre —dijo Leela.

—¿Cuál es el coste? —preguntó la señora Ali.

—Treinta mil rupias —dijo Leela—. El médico dijo que normalmente sería de cien mil, pero como es un hospital público la mayor parte está cubierta. El médico parece un buen hombre, madrecita. Se tomó su tiempo para explicarnos todo de la manera más sencilla. Y además no cobrará nada por la operación.

—¿Tienes las treinta mil rupias? Si te dicen treinta mil, eso quiere decir que necesitarás treinta y cinco o cuarenta mil —dijo la señora Ali.

El miedo a que un miembro de la familia pudiera caer enfermo y requerir de un tratamiento costoso era la razón de que ellos hubieran ahorrado celosamente durante años. Otro motivo era que su marido deseaba que Rehman empezara una carrera. Pero ¿cómo podía hacer la gente pobre para ahorrar si cada céntimo que ganaban tenían que destinarlo a sobrevivir?

—No, madrecita. Desde que salimos del hospital no hemos parado de echar cuentas. Mi hija y mi yerno se han quedado sin ahorros después del escáner y las pruebas, pero ella tiene los pendientes de oro que le regalé para la boda y el mangalsutra.

La señora Ali asintió comprendiendo la situación.

—¿Tu hija piensa vender el mangalsutra? —preguntó.

El mangalsutra, una cadena de hilo amarillo con dos monedas de oro, era junto con el punto bermellón sobre la frente el símbolo de las mujeres hindúes casadas. El novio se lo coloca a la novia alrededor del cuello durante la ceremonia de la boda y allí permanece hasta que ella muere o enviuda. La señora Ali sabía que el hecho de que una mujer hindú se deshiciera de este collar era una señal de desesperación y una decisión que sólo se tomaba cuando la pareja ya había agotado otras posibilidades.

—Sí, madrecita —respondió Leela—. Ella dice que nada es más importante que su hijo. Su esposo se lo llevará al joyero para venderlo.

—Una negocio triste, sin duda. Un esposo vendiendo el mangalsutra de su mujer —suspiró la señora Ali—. ¿Qué llevará tu hija en el cuello?

—Un cordón con dos ramitas de cúrcuma —dijo Leela lamentándose.

—¿Cuánto conseguiréis por las joyas? —preguntó la señora Ali.

—Los pendientes son ocho gramos y el collar doce —respondió Leela.

La señora Ali se apresuró a hacer el cálculo.

—Veinte gramos. El joyero descontará una parte por el desgaste. Os quedaréis con unas quince mil rupias.

—Yo tengo diez mil rupias separadas para la boda de mi segunda hija. No sé qué hacer. Esto es importante, pero tampoco quiero ser injusta con mi otra hija.

—¿Qué dice tu hija de que se use el dinero ahorrado para su boda?

—Ella es una buena chica. Dice que deberíamos usarlo y pensar más adelante en la boda... Nos llevó quince años ahorrar ese dinero —dijo Leela mientras cogía los platos sucios y tomaba asiento para empezar a lavarlos—. Entonces mi marido no bebía tanto. Pero ahora...

El silencio quedó suspendido en el aire separando a las dos mujeres. Un cuervo se acercó volando y se posó en el muro junto a Leela, a la espera de que ella arrojara los restos.

—¿Y cómo vais a conseguir el resto del dinero? —preguntó la señora Ali.

—Podemos vender la batería de cocina y el televisor, pero como es en blanco y negro no nos darán más de dos mil. No nos quedará más remedio que acudir a un prestamista.

—¿De cuánto es el interés?

—Tres por ciento al mes.

—Una vez que caes en las garras de los prestamistas ya no puedes salir. Te chupan la sangre como los mosquitos —dijo la señora Ali.

—¿Qué otra cosa podemos hacer, señora? —preguntó Leela mientras fregaba por segunda vez la misma cazuela con un bulto de fibra de coco.

La señora Ali dudó un instante. Ya había discutido esto con su marido.

—O sea que tienes unas veintisiete mil rupias —dijo—. Te faltan tres mil. Nosotros podemos darte tres mil rupias. Quédate con mil quinientas y las otras mil quinientas puedes considerarlo un adelanto por la mitad de tu salario del año próximo.

—Gracias, madrecita. Muchas gracias. Que Dios la mantenga a salvo a usted y a toda su familia —dijo Leela derramando algunas lágrimas. Luego añadió—: En ese caso podemos regresar para ver al médico esta misma tarde y decirle que ya tenemos el dinero. Ha dicho que cuanto antes se opere mejor. Les pediré algo de dinero a mis otros patrones, así tendremos una reserva en caso de que los gastos superen lo previsto.

—Sí, hazlo. Así te mantendrás lejos de las garras codiciosas de los prestamistas.

Aquella misma tarde un hombre bajito y fornido acudió a la agencia matrimonial. El señor Ali lo saludó y le pidió sus datos personales. Era evidente que era un hombre adinerado, perfectamente acicalado y con un bigote finísimo.

El hombre se presentó:

—Soy el señor Ramana, ingeniero civil, Departamento de Obras Públicas. Estoy buscando un marido para mi hija.

—¿Cómo llegó a nosotros? —quiso saber el señor Ali.

—Leí su anuncio la semana pasada en el *Today* —explicó el señor Ramana.

—Por favor, señor, rellene el formulario. Eso nos proporcionará la información que necesitamos. La tarifa es de quinientas rupias —dijo el señor Ali, sin poder evitar añadir—: ¡No es una suma que no pueda pagar un funcionario de Obras Públicas!

El hombre sonrió enigmáticamente, sin ofenderse. El Departamento de Obras Públicas llevaba a cabo todos los proyectos de infraestructura del gobierno y tenía fama de corrupto. El señor Ali había oído rumores acerca de un porcentaje fijo del valor del contrato que los contratistas tenían que pagar a los funcionarios del departamento por cada proyecto realizado. Se decía que la corrupción estaba institucionalizada y que cada funcionario sacaba su tajada en función del cargo que ocupaba, desde el oficial general de ingeniería hasta un peón.

El señor Ramana, ingeniero civil, cogió el formulario que le extendió el señor Ali y se tomó su tiempo para rellenarlo. Aruna y el señor Ali siguieron trabajando en la nueva lista que estaban preparando. El señor Ramana entregó el formulario al señor Ali, que lo repasó asegurándose de que todos los datos estuvieran completos.

Religión: Hindú.
Casta: Arya Vysya.
Signo: Ashvini (Géminis).
Edad: 23 años.
Nombre de la novia: Sita.
Lugar de nacimiento: Vijayawada.
Nivel de estudios: Universitario (Humanidades).
Estatura: 1,42 m.
Color de piel: trigueña.
Ocupación: ninguna.
Parte aproximada de la fortuna familiar que corresponde a la novia: 50 lakhs.

Nombre del padre: Ramana Bhimadolu.

Ocupación del padre: ingeniero civil, Departamento de Obras Públicas.

Hermanos y hermanas (casados/solteros): Un hermano, soltero. Viswanath. 25 años, ingeniero civil, contratista.

¿Desea un cónyuge de su misma casta?: Sí.

¿Es éste el primer matrimonio de su hija?: Sí.

Requisitos del novio

Nivel de estudios: Graduado, preferentemente ingeniero.

Edad: entre 25 y 30 años.

Estatura: 1,75 m o más.

Otras preferencias: ninguna.

El señor Ali iba asintiendo a medida que repasaba el formulario, hasta que llegó a los requisitos del novio. Levantó la vista sorprendido y dijo:

—¿Está seguro acerca de la estatura del novio? Habrá más de treinta centímetros de diferencia entre su hija y su yerno.

—Sí, estoy seguro. Ése es un requisito muy importante para mí.

El señor Ali asintió.

—Muy bien, si así lo prefiere...

Recibió el dinero, le entregó el formulario a Aruna y le pidió que facilitara al señor Ramana la lista de candidatos Arya Vysya. El señor Ali procedió a explicar su método de publicar anuncios en nombre de sus clientes para favorecer una posibilidad de elección más amplia. El señor Ramana asintió satisfecho.

Aruna le entregó la lista. Señaló el número de miembro que había escrito en el margen superior y dijo:

—Cuando nos llame o venga a visitarnos, señor, es necesario que nos facilite este número para que podamos proporcionarle la información con mayor rapidez.

El señor Ramana se marchó enseguida. Aruna miró sonriente al señor Ali.

—Ha sido una venta muy fácil, señor.

El señor Ali le devolvió la sonrisa.

—Tal vez sea cierto todo lo que se rumorea sobre el Departamento de Obras Públicas. Los ingresos de este hombre deben de ser enormes. ¿Qué pueden significar para él quinientas rupias?

Al cabo de un rato el señor Ali entró en la casa y Aruna se quedó sola en la oficina. Entonces se presentó un joven apuesto, vestido con una camiseta de marca y tejanos. Tenía una cabellera abundante y peinada a la moda y un bigote bien cuidado. Llevaba unos zapatos negros relucientes que no se quitó al entrar en la galería. Se presentó como Venu.

El joven hablaba bien el inglés, pero Aruna no se sentía cómoda hablando solamente esta lengua. Nada más completar las presentaciones, ella se asomó al interior de la casa y llamó al señor Ali.

El señor Ali salió y le habló al joven en telugú:

—Hola, soy el señor Ali.

—Yo soy Venu —respondió el joven en inglés.

—¿En qué puedo ayudarle? —preguntó el señor Ali pasándose al inglés.

—Estoy buscando una novia —dijo el joven.

—¿Para quién? —preguntó el señor Ali.

—Para mí.

El señor Ali le pidió que rellenara la solicitud. Venu le dedicó unos pocos minutos al formulario y luego se lo entregó al señor Ali. El señor Ali lo examinó detenidamente y se lo entregó a Aruna. Todo coincidía más o menos con lo que ella había previsto, incluyendo lo de «sin preferencia de casta». Era más bien improbable que un joven culto como Venu, que buscaba una novia por su cuenta, se mostrara quisquilloso respecto de la casta. Era técnico de mantenimiento en una empresa de informática. Había completado sus estudios de ingeniería en una universidad de provincia y se había mudado a la ciudad para trabajar. Tenía veintiséis años y una hermana soltera que estaba cursando el segundo año en la universidad. La sorpresa llegó al final de la solicitud, cuando ella descubrió que el joven que tenía delante ya había estado casado y se había divorciado.

—¿De modo que estás divorciado? —dijo el señor Ali.

—Así es —confirmó Venu—. Estuve casado durante seis meses. La chica era totalmente irracional. Se pasaba todo el día buscando pelea y yo no tenía un solo momento de paz en mi casa. Así que nos divorciamos.

—Tienes que comprender que mucha gente no quiere que sus hijas se casen con un hombre divorciado o viudo. Tus posibilidades se verán limitadas —advirtió el señor Ali.

—Lo sé. Por eso estoy aquí —dijo Venu mientras se disponía a abonar la tarifa.

El señor Ali recibió los honorarios y Aruna colocó el impreso de solicitud en la carpeta de nuevos miembros. Luego repasó las listas procurando hacer una preselección de las personas que no tenían reparos en relación con segundos matrimonios.

El señor Ali dijo a Venu:

—En cualquier caso publicaremos un anuncio con tus datos en el periódico. Ya que especificas no tener preferencia de casta, los anuncios serán más baratos.

Venu se mostró sorprendido.

—¿De verdad? Eso no lo sabía.

—En la India la mayoría de los periódicos cobran menos por los anuncios matrimoniales que no incluyen requisitos de casta. Asimismo no publican anuncios que especifiquen el monto de la dote —explicó el señor Ali.

—Lo de la dote no me extraña —dijo Venu—. Después de todo es ilegal, aunque todo el mundo se preste a ello. Lo que ignoraba era el asunto de la casta.

—¿Qué hay de tus padres? ¿Aún viven en tu ciudad natal?

—Así es. No están contentos con lo del divorcio. Dicen que no volverán a buscarme una esposa y que si quiero casarme de nuevo tendré que encontrar una por mi cuenta.

—Tiene que ser duro para ellos. Sobre todo viviendo en una ciudad pequeña. Además que tienes una hermana soltera.

Venu suspiró y dijo:

—Ellos están con lo mismo. Dicen que les será muy difícil casar a mi hermana si yo estoy divorciado. ¿Pero yo qué puedo hacer? No me llevaba bien con mi mujer y me negué a pasar el resto de mi vida con una persona como ella.

Aruna se dirigió al señor Ali:

—Hay sólo cinco candidatas que consideran la posibilidad de aceptar a un hombre en segundas nupcias, señor. Son todas viudas y demasiado mayores.

El señor Ali echó una ojeada a las fichas y se las pasó a Venu.

—Lo mejor será que saquemos un anuncio.

Después de que él se fuera, Aruna dijo al señor Ali:

—Qué hombre tan egoísta, ¿no le parece, señor? Sólo piensa en sí mismo. ¿Se imagina por lo que estarán pasando sus padres? Y su hermana. ¿Cómo hará ella para casarse?

El señor Ali suspiró y dijo:

—El mundo es así. Está lleno de toda clase de gente y aquí vemos lo peor de cada uno.

A las siete de la tarde Aruna ayudó al señor Ali a cerrar la oficina y se marchó a casa contenta. En dos días seguidos se había sacado cincuenta rupias extras.

Al cabo de pocos días un hombre acudió al despacho en compañía de sus padres. El padre vestía una camisa y un dhoti. La madre lucía un sari rojo de seda. El joven, en camiseta y tejanos negros, llevaba un bigote grueso. Él y su padre eran de la misma estatura: un metro cincuenta clavado. Se presentó como Srinu.

El señor Ali les rogó que se sentaran.

—¿Para quién están buscando pareja?

—Para mí —dijo Srinu al tiempo que sus padres lo señalaban.

—Estupendo. Permítame que le solicite algunos datos personales —dijo el señor Ali, y sacó un formulario de solicitud. Enseguida preguntó—: ¿Cómo fue que llegaron hasta nosotros?

—Hemos visto su anuncio en el *Today* durante las últimas semanas.

El señor Ali le entregó el formulario a Srinu y le pidió que lo completara. Pasados unos minutos Srinu se lo devolvió.

—¿Cobra usted una tarifa de quinientas rupias? —preguntó el padre.

—Así es —contestó el señor Ali—. Una vez acordado el matrimonio nosotros no añadimos nada más. Nuestros honorarios son por anticipado.

—¿Cómo sabemos que le encontrará una novia? —dijo el padre—. Es demasiado dinero teniendo en cuenta que no hay garantía alguna de resultado.

Srinu parecía avergonzado.

«Ya estamos otra vez con eso», pensó el señor Ali.

—Nadie puede garantizarle una boda, señor. Eso depende de la voluntad de Dios y de cuán dispuesto esté usted a llegar a un arreglo. Pero nosotros haremos el esfuerzo. Incluiremos el nombre de su hijo en una lista. Sacaremos anuncios a su nombre. Todo esto nos cuesta tiempo y dinero y eso es lo que usted está pagando.

—Me parece bien, papá —intervino Srinu. Se volvió hacia el señor Ali y dijo—: No quiero casarme con una chica tradicional de pueblo. Quiero una chica de la ciudad medianamente culta y de habla inglesa.

—Hummm... —gruñó su padre, y se reclinó con los brazos cruzados, frunciendo el entrecejo.

—De su misma casta —añadió la madre de Srinu abriendo la boca por primera vez.

—Sí, mamá —dijo Srinu. Estaba claro que ésta era una discusión que la familia venía teniendo desde hacía tiempo. El señor Ali comprendió por qué habían venido a verle para solicitar su ayuda.

Srinu sacó un billete nuevo de quinientas rupias y se lo entregó al señor Ali. El señor Ali pronunció las gracias y se lo guardó en el bolsillo de su camisa. Le echó una ojeada al formulario. Srinu era contable en un banco nacionalizado y ganaba veintisiete mil rupias mensuales. Su familia pertenecía a la casta Vysya y eran comerciantes.

El señor Ali le pasó el formulario a Aruna y le pidió la lista de novias Vysya. Aruna sacó la lista y se la alcanzó a Srinu. Su padre examinaba el techo como si fuera la Capilla Sixtina. Srinu hizo una mueca y fue a sentarse junto a su madre. Entre los dos repasaron la lista.

Srinu sacó un bolígrafo para marcar los nombres de las candidatas que él y su madre encontraban apropiadas.

El señor Ali entró en la casa y regresó con tres vasos de agua de la nevera para sus clientes. El padre de Srinu sonrió por primera vez y le dio las gracias.

Srinu y su madre llegaron al final de la lista y se la devolvieron al señor Ali. Él la repasó, atento a los detalles de las chicas seleccionadas. Tres de ellas llevaban números entre paréntesis junto a sus nombres. Eran las chicas que habían enviado fotografías. El señor Ali se dirigió a Aruna:

—Por favor, alcánzame las fotografías 36, 47 y 63.

Aruna separó las tres fotografías del álbum y se las pasó al señor Ali. Una de las chicas era morena y un poco gorda. Las otras dos eran muy guapas. Una se había hecho tomar la fotografía por un profesional; era fácil darse cuenta por la manera en que ella posaba de tres cuartos de perfil sobre un fondo azul oscuro. Tenía incluso los labios ligeramente pintados.

El señor Ali le entregó las fotos a Srinu. Él y su madre las miraron con interés. La madre se detuvo en la foto de una de las chicas bonitas y dijo:

—Ésta es muy guapa, ¿no?

Srinu asintió embobado. Ella se la alcanzó a su marido y dijo:

—Échale un vistazo a esta foto.

El padre de Srinu gruñó, pero no pudo resistirse a coger la fotografía. La miró en silencio durante un instante y se la devolvió a su esposa. Evidentemente ella interpretó su ausencia de comentario como un gesto de aprobación, porque enseguida se volvió hacia el señor Ali y le dijo:

—¿Puede suministrarnos más detalles sobre esta señorita?

Con eficiencia Aruna le pasó la carpeta al señor Ali, incluso antes de que éste se la pidiera.

—Se llama Raji —dijo el señor Ali—. Es de buena familia. El padre de Raji es funcionario de Hacienda. Tienen dos hijas. La mayor está casada y vive en Estados Unidos. Raji ha completado sus estudios de farmacia. La familia vive en la ciudad.

El señor Ali les facilitó el teléfono y la dirección de los padres de Raji. Luego dijo a Srinu:

—Por favor, necesito que traigas una foto. La tendremos en el archivo y se la enseñaremos a cualquier posible novia que venga por aquí. Así tendrás más respuestas.

Los tres se despidieron y se marcharon.

La señora Ali salió y arrancó unas pocas hojas de curry de la planta del jardín. Cuando se disponía a entrar de vuelta en la casa, el señor Ali le entregó el billete de quinientas rupias y empezó a hablarle de Srinu y su familia. Ella lo interrumpió:

—Acabo de poner a calentar el *khatti dal*. Dame un segundo para añadir estas hojas de curry y bajar el fuego. Ahora vengo.

Al cabo de unos minutos la señora Ali regresó.

—¿Decías que esos que acaban de irse son Vysyas? —preguntó.

—Así es, señora —contestó Aruna.

—¿No vino ayer una familia de comerciantes buscando un novio? —preguntó la señora Ali.

Aruna se puso a revisar de inmediato el cuaderno de nuevos miembros.

—Así es, señora. Arya Vysyas. El padre de la chica está en el Departamento de Obras Públicas —respondió Aruna.

—Sí —dijo el señor Ali—, pensé en ellos, pero luego recordé que el padre se había mostrado firme respecto a la estatura de su yerno. Srinu tiene apenas un metro cincuenta.

—Aun así vale la pena intentarlo. ¿Por qué no lo llamas?

El señor Ali asintió convencido, y con toda la información a mano realizó la llamada.

—¿Señor Ramana? Hola, señor, le habla Ali, de la agencia matrimonial.

—Hola, señor Ali. ¿Ya tiene un novio para mi hija?

—Sí —dijo el señor Ali—. Una familia Vysya acaba de inscribirse. Son una familia respetable, señor. El padre trabaja para el gobierno estatal. El hijo trabaja en un banco. Tiene un buen salario y un porvenir brillante. Es un muchacho muy guapo y quiere una chica culta como su hija. Promete ser un buen partido.

—Suena interesante —dijo el señor Ramana—. ¿Qué otros detalles puede ofrecerme?

—Sólo hay una pega, señor. El muchacho mide un metro cincuenta.

—Se lo dije, señor Ali. Estoy buscando un yerno alto. No me interesa alguien que sólo llegue al metro cincuenta.

—Por favor, señor, considérelo. En todos los demás aspectos es un candidato excelente. Ya se han mostrado interesados por otras chicas, pero su hija podría ser la novia ideal. Si usted quiere puedo llamarlos y convencerlos —dijo el señor Ali.

—No, no...

—No sea tan insensible, señor. Al fin y al cabo su hija también es baja de estatura. Serían la pareja perfecta —dijo el señor Ali.

—No estoy siendo para nada insensible. Estoy siendo considerado con mis nietos. No quiero que pasen por la vida sufriendo toda clase de burlas a causa de su estatura. Si consigo que mi hija se case con un hombre alto, con un poco de suerte sus hijos tendrán al menos una estatura normal.

6

Dos días más tarde la señora Ali estaba preparando *pesaratt* —crepes de judías verdes picantes— para el desayuno cuando Leela entró en la cocina. El día anterior ella no había ido a trabajar.

—¿Cómo está Kush? ¿Se encuentra bien?

Leela parecía agotada. Tenía ojeras, como si no hubiera dormido en toda la noche.

—Sí, señora, creo que se pondrá bien —respondió—. El médico dijo que no podía garantizarnos nada hasta que el niño se despierte. Ayer estuvo todo el día inconsciente y se despertó esta mañana. Reconoció a su madre y las enfermeras dicen que eso es una buena señal.

—Gracias a Dios. —La señora Ali respiró aliviada.

—Así es, señora. El médico dijo que había hecho todo lo que estaba a su alcance, pero tratándose del cerebro todo queda en manos de Dios —dijo Leela mirando al cielo con los ojos entreabiertos.

Después de una pausa Leela dijo a la señora Ali:

—Tampoco podré venir esta tarde, madrecita. Iremos al árbol de Neem para dar las gracias a Sitamma y pedirle su bendición.

—Comprendo. No sabía que fueras a rezar a ese templo —dijo la señora Ali.

—Por lo general le rezamos a Ammoru. Pero cuando sacaron a mi nieto en silla de ruedas del quirófano me asusté mucho. Así que salí del hospital para dar un paseo y en el camino vi un árbol de Neem. Me paré delante de él y prometí que si se despertaba de la operación iríamos a visitar el árbol sagrado para presentar a Sitamma nuestras ofrendas.

—Hoy he cortado algunas flores de hibisco y de jazmín. Si quieres puedes llevarlas al templo —le ofreció la señora Ali.

—Gracias, madrecita —dijo Leela—. En ese caso sólo tendré que comprar un coco y algunos plátanos.

Leela prosiguió con su faena y la señora Ali continuó preparando el desayuno.

Los días fueron pasando. Era viernes y el señor Ali y Aruna se preparaban para cerrar cuando la señora Ali salió a la galería.

—Aruna, nos dijiste que después de una semana decidirías si continuabas o no. Hoy se cumple el plazo. ¿Qué has decidido?

El señor Ali levantó la vista sorprendido. Se había acostumbrado a trabajar con la chica hasta el punto de que había olvidado que Aruna había dicho que probaría una semana antes de tomar una decisión respecto al trabajo. Apenas podía creer que hubiera pasado tan poco tiempo desde que Aruna había empezado a trabajar en la agencia. Era como si ella llevara trabajando allí toda la vida.

«Ha sido una buena semana», pensó el señor Ali. Se habían apuntado dieciséis nuevos miembros y Aruna se había llevado a casa cuatrocientas rupias en primas. Si el negocio seguía como hasta ahora ella podría ganar mucho más de lo que le pagaban en el Modern Bazaar.

Aruna dijo:

—Sí, señora. Me gusta el trabajo. Me quedaré. El horario es mucho más cómodo y el trabajo me resulta más interesante.

El señor y la señora Ali sonrieron abiertamente.

—Excelente —dijo el señor Ali—. No te arrepentirás.

Aruna se despidió y se fue a su casa. La señora Ali se volvió hacia su marido.

—Me debes una cena —le dijo.

—Podemos ir a Sai Ram. Tienen un nuevo salón familiar con aire acondicionado —propuso el señor Ali medio en broma.

—De eso nada —replicó la señora Ali—. ¡Ni hablar! Te lo advertí. No me dejaré engatusar con un idli sambhar; cada día comemos sopa de lentejas y tortitas de arroz. Ahora quiero ir a un restaurante y comer pollo.

Después de cenar, el señor Ali encendió el televisor en la sala de estar y con pereza fue cambiando de canal hasta que llegó a uno en el que estaban pasando las noticias locales. El presentador del telediario decía: «... la protesta en Royyapalem ha entrado en su sexto día...».

Se enderezó y miró a su esposa, que le devolvió la mirada con los ojos bien abiertos. El señor Ali volvió a fijar la vista en la pantalla.

Una periodista joven y atractiva empuñaba un micrófono delante de un hombre moreno y fornido de barriga prominente que llevaba ropa blanca de algodón y una gorra al estilo Gandhi. Ella le preguntó:

—¿Qué opina de la protesta en contra de la zona económica especial?

—Los manifestantes tienen motivaciones políticas y están actuando en contra de los intereses de la gente de Royyapalem y de nuestro estado. Hemos negociado el mejor de los paquetes indemnizatorios en nombre de los campesinos de acuerdo con las regulaciones del gobierno central. La gente estaba satisfecha con este arreglo hasta que entraron en escena elementos externos de agitación.

—¿Piensan negociar con los manifestantes? —preguntó la reportera.

—Definitivamente, no. Lo que hace esa gente es entorpecer el progreso económico de nuestro país. En la reunión del Gabinete del día de hoy el jefe de Gobierno se ha interesado personalmente en este asunto. De modo que ordenaremos a la policía que tome medidas severas contra los manifestantes.

La reportera interrumpió al entrevistado.

—Hemos escuchado la palabra del ministro de Industria para Sun TV. Y ahora nos vamos a Bhadrachalam, donde...

El señor Ali apagó el televisor y miró a su mujer, que se había llevado una mano a la boca.

—Se lo dije a ese idiota —gruñó—. Se lo dije... Los dos le dijimos que no fuera. Mira ahora la que se ha armado. ¿Por qué nos tiene que llevar la contraria en todo? ¿Acaso cometimos algún error al educarlo? ¿Deberíamos haber sido más estrictos con él?

—Ahora no pienses en eso —dijo la señora Ali—. Piensa en qué podemos hacer para ayudar a Rehman.

—Tienes razón —dijo el señor Ali, y se quedó meditando un momento—. Vamos a llamarle. Debe de llevar su móvil consigo.

El señor Ali marcó el número de Rehman. El teléfono sonó varias veces antes de que Rehman lo cogiera.

—Hola —dijo.

—Rehman, acabamos de ver por televisión la entrevista con el ministro de Industria. ¿Está todo bien? —preguntó el señor Ali.

—Sí, Abba. Todo va bien por aquí. Los campesinos nos apoyan y cada día llamamos más la atención.

—El ministro ha dicho que enviará a la policía para que os disperséis. Tu madre y yo pensamos que las cosas se estaban poniendo feas. Ya has conseguido que el tema salga a la luz como querías. Ahora déjalo todo y regresa a casa —dijo el señor Ali.

—Abba, no puedo hacer eso. Esta gente depende de nuestra ayuda. Además, no creo que la policía se atreva a cargar contra nosotros. Llevamos aquí casi una semana y no han movido un dedo.

—No seas tonto, Rehman. Estás entorpeciendo un proyecto de enorme importancia. Esto no puede seguir así. Olvida esa estupidez y regresa a casa.

—No, Abba. No puedo hacer eso —dijo Rehman.

El señor Ali le pasó el teléfono a su mujer y se dejó caer en una silla, hundiendo la cara entre las manos. Al cabo de un rato escuchó que la señora Ali colgaba. La miró. Ella no necesitaba decirle que tampoco había conseguido convencer a su hijo.

Aruna estaba en su casa, sentada sobre una esterilla en la cocina, picando berenjenas y echando los trozos en un cuenco con agua. Su madre lavó tres puñados de arroz en la cacerola y tiró el agua. Luego añadió cuatro medidas y media de agua al arroz y puso la cacerola al fuego. Ella dijo:

—Has hecho bien en comprar verduras. Ya no quedaba nada, y cuando le pedí a tu padre que comprara se puso a chillar diciendo que no tenía dinero.

Aruna sonrió.

—Ya sabes cómo se pone cuando llega fin de mes. Probablemente se le acaba la pensión y empieza a preocuparse.

Su madre asintió y le contestó:

—Ya lo sé..., pero la casa debe seguir en pie, algo tenemos que comer. ¿De qué sirve que me grite? No le estoy pidiendo que me compre joyas.

Aruna suspiró. Últimamente, a medida que la situación económica del hogar empeoraba, sus padres se peleaban más a menudo.

Vivían todos en una casa pequeña: una habitación, cocina y baño. La habitación servía como sala de estar durante el día y como dormitorio por la noche. De un lado había una cama y del otro un alto armario de metal verde oscuro. Desde la cocina ella podía ver el armario. El armario había sido testigo de tiempos mejores y tenía algunas abolladuras.

«No me sorprende», pensó Aruna. Lo habían traído a la casa como parte de la dote de su madre y tenía más años que Aruna. Junto al armario había un par de sillas plegables de metal. La foto enmarcada del Señor Venkatesha que colgaba en la pared mirando hacia la puerta principal con una guirnalda de flores blancas de plástico quedaba fuera de su vista.

En la diminuta cocina había un hornillo de gas de dos fuegos, tres ollas de latón con agua para beber y cocinar y una alacena de madera para guardar provisiones. Uno los estantes de la alacena estaba cerrado con una puerta de tela metálica y contenía la leche, el azúcar y la mantequilla líquida. Todo lo que había en la casa era viejo, pero se mantenía sumamente limpio.

La madre de Aruna encendió el segundo hornillo y colocó encima la cacerola de aluminio. Vertió dos cucharadas grandes de aceite. Una vez que el aceite se calentó ella sacó un viejo recipiente redondo de madera. Lo destapó. En el interior había ocho compartimentos y cada cual contenía una especia diferente. Cogió una pizca de granos de mostaza y los añadió al aceite. Cuando empezaron a restallar, la madre de Aruna añadió clavos, vainas de cardamomo y una rama de canela. Y luego un pequeño plato de cebolla picada. El delicioso aroma de la cebolla frita se expandió por la cocina e impregnó el resto de la casa.

Aruna terminó de cortar la berenjena y se acercó a su madre, que estaba junto al hornillo. Una vez que las cebollas se doraron ella cogió las berenjenas, dejando que el agua se escurriera entre sus dedos, y las echó en la cacerola; empezaron a crepitar ruidosamente. Ahora que ya estaba todo en la cacerola, su madre empezó a remover las verduras. Aruna cogió de la alacena un viejo frasco de leche malteada que contenía polvo de chile. Tomó una cucharada de ese polvo rojo oscuro y lo mezcló con las cebollas y las berenjenas.

Tapó el frasco, lo volvió a dejar en su sitio y dijo:

—Mamá, ya casi no queda chile.

—Ya lo sé —dijo su madre—. Es la temporada del chile de Bandar. Estoy esperando a que tu padre cobre la pensión la semana que viene para pedirle que compre cinco kilos. Si dejamos pasar mucho tiempo el mejor chile se acabará y tendremos que comprar el de la temporada anterior, que no está tan bueno.

—Yo tengo algo de dinero —dijo Aruna—. Mañana podemos ir a comprarlo.

Cada día el señor Ali pagaba a Aruna su comisión por los nuevos miembros que se iban sumando. Ella no le había dicho nada a su familia acerca de ese dinero extra, sintiéndose culpable mientras veía a su padre volverse cada vez más irritable a medida que se acercaba fin de mes y su pensión se iba agotando.

Su madre se mostró sorprendida.

—¿De dónde has sacado dinero? Ni siquiera llevas un mes trabajando en ese sitio.

—No es mi salario. Son las comisiones que me tocan por los nuevos miembros.

La madre de Aruna asintió. Aruna sabía que su madre en realidad no entendía de qué se trataba, pero tampoco hizo más preguntas.

Aruna y su madre siguieron trabajando a gusto en la cocina debido a que ya tenían mucha práctica. Se dividieron las tareas en silencio, sin hablar, y pronto la cena ya estaba lista. Pasaron a la habitación principal de la casa y se sentaron encima de la cama que durante el día hacía las veces de sofá, justo debajo del ventilador. Vani, la hermana menor de Aruna, llegó de la universidad y se cambió. Su padre estaba sentado afuera y Aruna lo llamó. Vani desenrolló una esterilla en el salón y su madre trajo los platos de la cocina. Aruna recibió los platos y los vasos y todos se reunieron para comer.

—¿Por qué has venido tan tarde, Vani? —preguntó el padre de Aruna.

—Fui a la biblioteca con mis amigas. Esta mañana te dije que llegaría tarde —respondió Vani.

—Hummm... —gruñó el padre, y siguió comiendo.

—Hoy tu hermana ha ganado un dinerillo —dijo la madre a Vani.

—¿De verdad, Akka? Qué guay. ¿Cuánto te has sacado? —preguntó Vani a Aruna.

—Cuatrocientas rupias —respondió Aruna.

—Guau. Es genial. ¿Me puedes dejar ciento cincuenta? El otro día vi una tela alucinante para un *churidar*. La vecina dice que si le llevo la tela me ayudará a coserlo como se lleva ahora.

Aruna se lo pensó un instante y dijo:

—Vale... Todavía me queda por cobrar el salario de tres semanas del Modern Bazaar, así que no hay problema.

—Fantástico. Quedamos mañana y vamos a comprarlo —dijo Vani evidentemente excitada—. Después de comer iré a ver a la vecina para decírselo.

—Su marido ya debe de estar en casa. Será mejor que vayas mañana cuando él haya salido para la oficina —sugirió su madre.

—Oooh..., es que no puedo esperar —dijo Vani.

Aruna se divertía viendo cómo su hermana de repente se ponía a hacer pucheros.

—A mí me parece un despilfarro. Tú ya tienes demasiada ropa —dijo el padre.

—Déjalas, hombre. Son chicas jóvenes y ni siquiera te están pidiendo dinero. ¿Cuál es el problema? —intercedió la madre.

—Qué más da de quién es el dinero. Es un despilfarro —insistió su marido.

—¡Papá! Todas las chicas en la universidad llevan algo distinto para cada ocasión. Soy la única que lleva siempre lo mismo una y otra vez —dijo Vani.

—Deberías ir a la universidad pública. Allí te encontrarías con otras chicas pobres como tú. ¿Quién te mandó apuntarte en una privada?

—Pero, papá, las universidades privadas son mucho mejores y yo tengo un setenta y cinco por ciento de descuento por mis calificaciones.

El padre se volvió hacia Aruna.

—¿Y cómo es que tú ahora tienes dinero? ¿Ya te han pagado el primer sueldo?

—No. ¿Ya te has olvidado? El señor Ali dijo que me pagaría veinticinco rupias por cada nuevo miembro. Pues bien, en una semana se han inscrito dieciséis miembros, así que me ha dado cuatrocientas rupias —explicó Aruna.

—Pues no deberías gastártelo en frivolidades —dijo su padre.

—Hoy Aruna ha comprado verduras y mañana comprará chile para la casa. Así que no te quejes —dijo la madre. Se volvió hacia Aruna y añadió—: Cuando cobres lo del Modern Bazaar cómprate ropa para ti.

Aruna sonrió y asintió con la cabeza.

—Mañana por la tarde pasaré por el Modern Bazaar de camino a casa. Renunciaré y pediré el finiquito.

—Yo regresaré temprano, así vamos de compras —dijo Vani.

—No sé cuánto tiempo tardarán en pagarme los de la tienda. Mejor lo dejamos para el lunes, que es mi día libre —dijo Aruna.

Vani se mostró conforme, aunque un poco decepcionada por el aplazamiento.

—Hummm... —gruñó el padre, pero las tres mujeres lo ignoraron.

Mientras comían, Aruna observó a su madre de reojo. Estaba demasiado flaca y no llevaba más alhajas que su collar de boda y dos pendientes deslucidos. Vestía un viejo sari de algodón desteñido después de tantos lavados. Como ella, pensó

Aruna. Una vida de privaciones había hecho que su madre fuera perdiendo el brillo con los años, pero Aruna aún podía imaginar a la hermosa mujer que había sido.

Aruna se sorprendió de la energía con que su madre hacía frente a su padre. No era lo habitual, ya que ella por lo general se mostraba sumamente dócil. «El hecho de que su hija gane dinero es algo que la predispone para enfrentarse a su marido», pensó Aruna.

El lunes por la mañana Vani no se sentía bien. Pero al mediodía ya estaba otra vez animada. Aruna pensó que la enfermedad de su hermana tenía un proceso muy misterioso, atacando en el momento justo para impedirle asistir a clase y esfumándose convenientemente a la hora de salir de compras. Las chicas se prepararon y partieron. Cogieron un autobús que las llevó al centro. Estuvieron un rato recorriendo tiendas, pero finalmente fueron a aquella en la que Vani había visto la tela para el churidar y la compraron.

—Gracias, Akka. Quedará precioso. ¿Y ahora qué hacemos? —dijo Vani.

—Estaba pensando en comprar un sari para mamá. Para el último festival no se compró nada porque justo entonces falleció tío Vishnú, ¿recuerdas? —dijo Aruna.

—Me parece genial. Vamos a Potana's. Tienen una buena colección. También tienes que comprarte algo para ti. Recuerda lo que te dijo mamá —apuntó Vani.

Las dos hermanas se dirigieron a la tienda de saris. Dejaron la bolsa con la tela a la chica de la entrada y ésta les entregó un vale. Ellas le pidieron que las orientase y luego subieron a la segunda planta. Todo el suelo de la planta estaba cubierto con colchones. Se quitaron los zapatos en las escaleras, pasaron por delante de unos cables pelados y los rociadores desconectados y, caminando sobre los colchones, se dirigieron a un vendedor que estaba libre para pedirle que les enseñara algunos saris de seda. El hombre asintió y les señaló el suelo.

Se sentaron sobre los colchones replegando las piernas. Sin ni siquiera abrir la boca el vendedor les dio la espalda y volvió a darse la vuelta con diez saris diferentes en sus brazos. Los extendió delante de ellas, aunque enseñando apenas el borde y la parte principal de cada pieza. Aruna y Vani miraron cada uno de los saris, mientras cuchicheaban entre ellas.

—¿Cuál les gusta? —preguntó el vendedor.

Vani señaló tres de las piezas.

—Nos gusta el tono verde de éste, el borde azul de este otro y el motivo color mango de aquél.

—¿Para quiénes son los saris, señora?

—Uno para mi madre y otro para mi hermana mayor —dijo Vani señalando a Aruna.

El vendedor apartó los siete saris que las chicas habían descartado. Se volvió hacia la pared y seleccionó diez más para enseñárselos.

Estas piezas eran más del gusto de las chicas que las anteriores. Les llevó más tiempo decidirse. Aruna miraba discretamente la etiqueta del precio grapada en la parte inferior. De esta tanda escogieron cuatro. El vendedor quitó de en medio los restantes y sacó seis prendas más, pero Vani enseguida movió la cabeza dando a entender que no le gustaba ninguna. Él se volvió para coger más, pero Aruna lo detuvo.

—Está bien. Creo que ya hemos visto suficiente. Nos decidiremos por uno de éstos.

—No hay problema, señora. Si quiere ver más sólo tiene que decírmelo —dijo el vendedor.

Vani comenzó a pasar los saris diciendo:

—Sí, no, no, sí, no, sí...

El vendedor añadió los saris que a Vani no le gustaban a la enorme pila que tenía a su lado. Ahora sólo quedaban cuatro. Aruna y Vani intercambiaron algunos comentarios más acerca de las prendas y finalmente escogieron dos: un sari liso verde claro con los bordes en verde oscuro y otro color ladrillo con el tradicional estampado de un mango.

Aruna se los enseñó al vendedor y dijo:

—El verde liso me gusta para mí, pero no estoy segura respecto al de mi madre.

—Es una buena elección, señora. El verde está tejido a máquina y es fácil de mantener, ideal para una señora joven como usted. El rojo es un poco más caro pero es un *Kalamkari** hecho a mano, original de Bandar.

Aruna aguzó el oído al escuchar el nombre de la ciudad portuaria.

—¡Seguimos sin salir de la ciudad! —exclamó.

—¿Perdone? —dijo perplejo el vendedor.

—Nada, nada, es que el otro día fuimos a comprar chile de Bandar.

—Sin duda es la mejor variedad, señora. Esta prenda procede del mismo lugar. Un diseño muy tradicional. Su madre estará encantada.

Las hermanas cruzaron miradas y asintieron.

—Está bien, envuélvamelos —dijo Aruna.

El vendedor rápidamente dobló ambos saris.

—¿Alguna cosa más, señora? ¿Algo para la señorita? —dijo, señalando a Vani.

—No, eso es todo —respondió Aruna.

El vendedor sacó un talonario y les hizo la factura. Mientras se ponían los zapatos, Aruna observó al vendedor doblando todos los saris que ellas habían descartado y poniéndolos otra vez en su lugar. Se alegró de no trabajar más en el Modern Bazaar. Trabajar en una tienda era realmente duro. Aruna y Vani bajaron las escaleras y se dirigieron a la caja para hacer cola. La cajera estampó el sello de PAGADO en la factura y se las

---

* Se refiere a la técnica de decoración textil sobre prendas de algodón, para la que se utiliza una pluma y tintes vegetales. *(N. del T.)*

devolvió. Entonces las chicas se dirigieron al siguiente mostrador donde estaba el guardia de seguridad. Él recibió la factura, cogió los saris —que ya habían llegado a la planta baja— y los metió dentro de una bolsa e imprimió en la factura el sello de ENTREGADO.

Las chicas salieron con la bolsa, en la puerta entregaron el vale y recibieron la bolsa con la compra anterior, y finalmente se encaminaron a casa.

7

A la mañana siguiente, después de las once, el sol estaba en lo alto y la señora Ali salió a la galería con un vaso de agua del frigorífico. El señor Ali había salido y Aruna se estaba ocupando sola del trabajo en la oficina. La señora Ali le ofreció el vaso con agua y Aruna se lo bebió de un solo trago.

—Gracias, señora.

—De nada —dijo la señora Ali—. Has estado ocupada toda la mañana. Desde que llegaste no has parado de hablar con los clientes.

—Así es, señora. Hoy es un día muy movido. Y el señor tuvo que salir, de modo que no he tenido un respiro. Pero ahora ya no hay clientes, así que me vendrá bien descansar un rato —dijo Aruna.

La señora Ali tomó asiento en una de las sillas. Aruna regresó a la máquina de escribir. Al momento la señora Ali dijo:

—¿Compraste esa tela para tu hermana?

—Sí, señora. Compramos una tela para un churidar. Nuestra vecina dice que ayudará a Vani a coser el vestido.

—Es curioso. No hace mucho tiempo sólo los musulmanes llevaban churidar. Ahora hasta las chicas brahmán como tú y tu hermana los llevan —comentó la señora Ali.

—Sí, señora. A veces mi hermana lleva saris a media pierna, pero ella encuentra que el churidar es más apropiado.

—Estoy de acuerdo. ¿Te compraste algo para ti? —preguntó la señora Ali.

—Sí, señora. Me compré un sari de seda hecho a máquina.

—¿De qué color?

—Verde. Y también compré uno para mi madre.

—Oh, ha sido un detalle de tu parte. ¿Qué tipo de sari le compraste?

—Uno de seda tejido a mano, señora. De color ladrillo, con un motivo Kalamkari.

—Qué bonito. A mí me encantan esos diseños tradicionales. ¿A tu madre qué le pareció?

—Estaba muy contenta.

Aruna hizo una pausa y luego añadió:

—De hecho se echó a llorar.

—Cuando tus hijos te compran algo es una alegría enorme. Haces bien en preocuparte por tus padres. Muchos hijos hoy en día no hacen más que ignorarlos.

Aruna se sonrojó ante el cumplido y se quedó sin palabras. Siguió pasando a máquina algunas direcciones de la nueva lista.

—¿Tu madre ya lo ha estrenado? —preguntó la señora Ali.

—Todavía no, señora. El mes que viene vamos a asistir a la boda de un primo y quiere reservarlo para la ocasión.

La señora Ali se quedó observando a Aruna mientras ella se ocupaba de su tarea. «Es bonita —pensó la señora Ali—, pero no puede decirse que sea hermosa.» Aruna tenía una piel morena de tono claro. La cara ovalada y el pelo liso hasta la cintura con un corte tradicional. Sus pestañas eran largas y bien definidas. Lucía un bindi rosa sobre la frente. En una muñeca llevaba un antiguo reloj de pulsera y en la otra una docena de brazaletes verdes de cristal que tintineaban armónicamente al ritmo de sus manos. Habían tenido suerte de encontrar a una chica inteligente y trabajadora como Aruna. La señora Ali sabía que su marido nunca se fijaba en esas cosas, pero Aruna al mismo tiempo tenía cierto aire melancólico, incluso cuando reía o sonreía. «Detrás de esta chica de apariencia sencilla se esconde un misterio —pensó la señora Ali—. Me preguntó cuál.»

—¿Cuánto mides? —preguntó la señora Ali.

—¿Yo, señora? Uno sesenta —respondió Aruna.

—Tu padre ya está retirado, ¿no es cierto? —dijo la señora Ali.

—Así es, señora. Mi madre dice que llegamos tarde. Ella tenía casi treinta y cinco años cuando me dio a luz y pasaron otros cinco años antes de que naciera mi hermana.

—Menudo susto se habrá llevado tu madre cuando se enteró de que estaba embarazada a esa edad —dijo la señora Ali.

Aruna se echó a reír y no respondió.

—Para tus padres tiene que ser una preocupación tener a dos hijas sin casar, sobre todo teniendo en cuenta que tu padre ya se ha jubilado —dijo la señora Ali.

—En mi casa ése es un problema gordo —admitió Aruna.

La señora Ali asintió comprensiva y poco a poco consiguió que Aruna saliera de su caparazón a medida que se extendía la conversación, hasta que llegó el próximo cliente y el señor Ali regresó a la oficina.

Algunas semanas más tarde Aruna estaba sola en la oficina cuando se presentó una pareja. Ella los reconoció y los saludó.

—Buenos días, señor y señora Raju. ¿Vienen a buscar más candidatos para Soni?

El señor y la señora Raju habían sido unos de los primeros clientes con los que Aruna había tenido contacto nada más empezar a trabajar en la agencia. En aquella ocasión buscaban un novio de una familia de pocos miembros para que contrajera matrimonio con su hija.

La pareja sonrió.

—No, no necesitamos seguir mirando. El candidato que propuso el señor Ali, Bodhi Raju, el abogado, es perfecto para nuestra hija. Ayer se comprometieron.

—¡Enhorabuena! —dijo Aruna alegrándose por ellos—. El señor ha tenido que salir. Se lo diré en cuanto regrese. Él también se alegrará.

—Sí, es una pena que no esté ahora. En cualquier caso, aquí tenemos unas fotografías de la ceremonia de compromiso de Soni. ¿Quieres echarles un vistazo? —preguntó la señora Raju.

—Por supuesto —dijo Aruna recibiendo el álbum.

Soni era una chica guapa y con el sari de un vivo anaranjado estaba realmente preciosa. Llevaba en la nariz un pendiente de oro con una cadena que se extendía por su mejilla hasta la oreja izquierda.

Aruna se sorprendió y levantó la vista.

—No sabía que su hija tenía la nariz perforada —dijo.

—Es un pendiente de clip —aclaró la señora Raju.

Aruna asintió y dijo:

—Le queda muy bien. Está preciosa.

En otra fotografía salían Soni y su prometido uno al lado del otro en una pose formal. Soni sostenía un ramillete de rosas rojas y Bodhi Raju vestía un traje negro.

—¿Podemos quedarnos con esta fotografía para nuestros archivos? —preguntó Aruna.

El señor y la señora Raju se miraron durante un instante. Luego la señora Raju se volvió hacia Aruna y asintió con la cabeza.

—Muchas gracias —dijo Aruna. Se levantó, rebuscó entre los archivos y sacó la fotografía de Soni que sus padres le habían entregado al señor Ali al hacerse miembros. Se la devolvió a la señora Raju.

—Gracias, querida. Por favor, dile al señor Ali que ha sido un placer contratar sus servicios. Estamos muy satisfechos.

Cuando se fueron Aruna se fijó en la fotografía que colgaba en la pared, donde estaban el señor y la señora Ali junto con una pareja y su hijo. Desde hacía algunos días una idea le venía rondando en la cabeza. Cogió una tira de cinta adhesiva y pegó la fotografía de Soni debajo de esa fotografía. «Será un collage bonito —pensó—, y una magnífica herramienta publicitaria.»

Al día siguiente Aruna vio llegar a un hombre alto, elegantemente vestido, acompañado por dos mujeres. Una de las mujeres era mayor, vestía un sari de seda tradicional Kaljivaram y parecía su madre. Llevaba por lo menos diez pulseras de oro en cada muñeca. Llevaba pendientes con diamantes y un collar de diamantes. Los diminutos diamantes de su mangalsutra atraían la luz del sol y emitían destellos. La otra mujer era más joven e iba vestida de manera más informal con un sari brillante estampado. No portaba tantas joyas como la mujer mayor, pero lo que llevaba puesto parecía caro. El hombre se volvió y pulsó un botón del mando de su llavero y el coche blanco aparcado fuera emitió un pitido como señal de que había quedado bien cerrado.

Era casi mediodía y Aruna quería irse a casa. Aun así les recibió con una sonrisa y les saludó según el estilo hindú tradicional.

—*Namaste*.

—*Namaste*. ¿La agencia matrimonial es aquí? —preguntó el hombre.

—Sí, señor. Por favor, siéntense. Mi nombre es Aruna. ¿Puedo ayudarles en algo? —preguntó Aruna poniéndose de pie detrás del escritorio.

Las tres visitas se miraron entre sí, sin saber cómo continuar. Aruna aguardó un momento y luego les preguntó:

—¿Para quién están buscando pareja?

—Es para mi hermano —contestó la mujer joven señalando al hombre que venía con ellas.

—Muy bien, señora. Ustedes son brahmanes, ¿es correcto?

—Así es, somos Vaishnavas brahmanes. ¿Tienen candidatas que pertenezcan a nuestra comunidad? —dijo la mujer mayor.

—Oh, ya lo creo, señora. Tenemos muchísimas novias brahmanes. Les ruego que rellenen este formulario para que podamos encontrar a la candidata perfecta —dijo Aruna.

—Gracias —dijo el joven al recibir el impreso.

«Es guapísimo», pensó Aruna. Era un hombre alto, como ella acababa de notar, de un metro ochenta por lo menos. Rubio, barbilla de acero y un bigote espeso. Su voz era suave pero sonora. Le brillaban los ojos cuando sonreía.

El hombre llenó el formulario con una estilográfica de plata y se lo devolvió. Se llamaba Ramanujam Prabhu Rao, veintiocho años, médico, cirujano en el King George Hospital, el principal hospital público de la ciudad. Su familia era muy rica, una fortuna valorada en cinco *crores*, cincuenta millones de rupias.

Aruna se preguntaba por qué un hombre que reunía semejantes atributos necesitaba acudir a una agencia matrimonial, sobre todo teniendo en cuenta que no era mayor ni estaba divorciado. No puso ninguna objeción respecto de la tarifa y enseguida extendió a Aruna un billete de quinientas rupias. Ella sacó la lista de novias brahmanes y se la entregó a su hermana. Las dos mujeres se inclinaron sobre la lista y empezaron a ojearla.

Entonces llegó el señor Ali.

—¡Oh, todavía estás aquí! Vete a casa a comer, Aruna. Yo les atenderé.

—No hay problema, señor. Puedo quedarme un rato más. Le presento al señor Ramanujam Rao. Su familia está buscando una prometida para él —dijo Aruna, y le entregó el impreso rellenado junto con las quinientas rupias.

Las señoras seguían ocupadas mirando la lista. El señor Ali se dirigió a Ramanujam:

—Mucho gusto, soy el señor Ali. ¿Tu nombre es en honor al matemático o al sabio?

—A ninguno de los dos. Es en honor a mi abuelo —dijo el joven riéndose.

El señor Ali se rio con Ramanujam y prosiguió:

—Si me dices exactamente cuáles son tus requisitos podremos ofrecerte la mejor ayuda.

La hermana de Ramanujam levantó la vista para interrumpirlos.

—Como podrá ver, mi hermano es un hombre de una condición sumamente especial. Queremos una señorita hermosa y culta. Tiene que ser alta, delgada y rubia. De buena familia. Y que estén dispuestos a pagar una dote mínima de un crore.

Ramanujam parecía avergonzado por la mención a la dote, pero no emitió comentario alguno.

El señor Ali asintió y dijo:

—Comprendo. Tenemos algunas candidatas que podrían ser idóneas. Déjeme que le enseñe una.

Extendió la mano y le solicitó la lista que estaban mirando. Le echó una rápida ojeada y señaló un nombre.

—Esta chica pertenece a una familia muy adinerada. Su padre es funcionario de la Administración Pública, un burócrata de alto rango. Son de aquí pero viven en Hyderabad. A ella la conocí personalmente cuando nos visitó y puedo afirmar que es realmente hermosa. Pero... —La voz del señor Ali se desvaneció.

La hermana de Ramanujam parecía interesada.

—¿Pero qué? —preguntó.

—Creo... —El señor Ali titubeó y abrió el armario. Hurgó entre los archivos hasta que encontró el que buscaba. También cogió un álbum fotográfico y lo hojeó hasta llegar a la fotografía que tenía en mente.

—Aquí está, ésta es la chica. —Entregó el álbum abierto a la hermana de Ramanujam. Los tres se quedaron contemplando la foto de la chica con interés. Aparecía retratada con un sari de color granate que resaltaba la blancura de su piel. Tenía un rostro anguloso de pómulos salientes y labios gruesos realzados con pintalabios. El sari se ceñía a su cuerpo por debajo del ombligo remarcando la estrechez de su cintura. Aruna ya había visto la foto y apreciaba sus reacciones con interés. Era evidente que la chica de la foto era del agrado de Ramanujam.

—Preciosa —dijo la madre—. ¿Y ha dicho que su padre trabaja en la Administración?

—Así es, pero hay un inconveniente —dijo el señor Ali, que había estado repasando el archivo—. No estoy del todo seguro, pero ocurre lo siguiente. Ellos están buscando un prometido que viva en Estados Unidos.

—Oh, no, no tenemos intenciones de enviar a nuestro hijo al extranjero —dijo la mujer mayor.

—¿Por qué no hablan con ellos? —sugirió el señor Ali—. Su hijo es agraciado y culto. Harían buena pareja. Por lo demás él es exactamente el candidato que están buscando. Merece la pena intentarlo, ellos podrían cambiar de opinión.

—Lo haremos. ¿Tiene más candidatas? —preguntó la hermana de Ramanujam.

—Ninguna tan perfecta como ésta. Hay otra chica cuyo padre es profesor universitario. Muy buena chica, pero no pueden pagar tanto —dijo el señor Ali.

—Echémosle un vistazo —propuso Ramanujam.

El señor Ali señaló en la lista los datos referentes a la hija del profesor y dijo:

—De ésta no tenemos fotografía. No nos dieron ninguna.

Siguieron conversando durante un rato más y finalmente los tres le dieron las gracias al señor Ali, se despidieron y se marcharon. Aruna ayudó al señor Ali a poner todo en su sitio y luego se fue a casa a comer.

Aquella tarde Aruna estaba otra vez sola en la oficina. El señor Ali había ido a la oficina de correos. Un hombre de unos veinte años entró en el despacho. Ella ya le conocía de antes y recordaba su nombre:

—Buenas tardes, señor Irshad. Hace unos días le enviamos una lista.

—Sí, la recibí. ¿Pero qué sentido tiene? Es totalmente inútil. Me he puesto en contacto con un montón de gente, pero nadie responde a mis cartas. Empiezo a preguntarme si las direcciones son reales o se las inventan —dijo el hombre.

—Por supuesto que son auténticas, señor. Aquí no acostumbramos a inventarnos direcciones. Verá, nosotros recibimos cartas todos los días y ésas son las direcciones que incluimos en nuestras listas. Mire esa fotografía en la pared. Esa pareja se comprometió gracias a nosotros. ¿Cómo puede insinuar que nos inventamos las direcciones? —dijo Aruna.

—Me da igual lo que usted diga. Creo que todo esto es un fraude. ¿Cómo es posible que no reciba una sola respuesta? —insistió él levantando la voz.

—Señor, hágame el favor de no gritar.

—Gritaré todo lo que quiera. He pagado quinientas rupias para nada. No me faltan ganas de ir a la policía —dijo Irshad.

Aruna comenzaba a alterarse, pero antes de que pudiera responder la señora Ali salió a la galería.

—Aruna, ¿qué ocurre? —preguntó ella.

—Este... —empezó Aruna.

—Le diré lo que ocurre, señora. Este sitio es un fraude. Se quedan con el dinero y no tienen intenciones de proveer ningún servicio —dijo el hombre a voz en grito.

—Por favor, a mí no me grite —dijo la señora Ali—. Tenga en cuenta que podría ser su madre.

Aruna se sorprendió de la calma con que hablaba la señora Ali. De pronto el hombre parecía avergonzado, aunque todavía conservaba una mirada sediciosa.

—Tendrá que esperar hasta que venga mi marido. Tardará entre diez y quince minutos. Este asunto debe hablarlo con él. No tiene sentido que le grite a dos damas. Puede esperarle aquí en silencio o si lo prefiere puede ir a dar un paseo y volver más tarde —dijo la señora Ali al joven.

Irshad asintió en silencio y dijo:

—Esperaré aquí.

La señora Ali se volvió hacia Aruna y dijo:

—Por favor, sigue con tu trabajo. Si me necesitas, llámame.

Al instante la señora Ali regresó con un vaso de agua fría para Irshad. Él asintió dando las gracias y se bebió la mitad del agua de un solo trago. La señora Ali entró en la casa. Aruna no tenía ninguna tarea urgente que atender, pero se puso a revisar los ficheros para parecer ocupada. Evitaba cualquier contacto visual con Irshad. Pronto se había reinstalado un silencio absoluto, alterado por el zumbido del ventilador que giraba a toda velocidad y el tráfico de la calle. Al cabo de un rato ella vio a Irshad enjugarse la cara con un pañuelo. Era un hombre con un poco de sobrepeso y sudoroso. Para alivio de Aruna, el señor Ali no tardó en regresar.

Al ver al joven sentado en el sofá, el señor Ali lo saludó:

—Hola, Irshad. ¿Tan pronto por aquí? No tenemos nuevas listas de musulmanas para ofrecerte, la más reciente te la enviamos hace unos días.

Aruna se sorprendió cuando Irshad respondió sumisamente:

—No sé qué está pasando, señor. Usted me da esas listas y yo escribo e incluso hago algunas llamadas, pero nadie me responde. Cuando me hice miembro, usted dijo que otra gente se pondría en contacto conmigo ya que mi nombre figuraba en esas listas, pero eso tampoco ha ocurrido. La verdad es que no sé qué hacer.

El señor Ali le pidió a Aruna que buscara la carpeta de Irshad. Ella ya la había sacado del armario y la tenía sobre el escritorio, así que enseguida se la entregó. Él le sonrió y tomó asiento en la silla de la mesita para el café, enfrente de Irshad, dispuesto a repasarla.

—Ya hemos sacado dos anuncios a tu nombre. Después del segundo recibiste algunas respuestas. ¿Qué pasó entonces? —preguntó el señor Ali.

—Nada —dijo Irshad—. Le escribí a la mitad de los que me respondieron, pero ninguno de ellos volvió a responderme, salvo uno o dos.

—Ya. ¿Y esos qué te decían?

—Que no estaban interesados.

—Ajá... Así que la gente respondió a tu anuncio, pero después de que tú les escribieras no acusaron recibo. ¿Qué ponías en tus cartas?

—Lo de siempre: soy un vendedor exitoso con un salario básico de ocho mil rupias que la mayoría de los meses asciende a veinticinco mil. Soy hijo único. No tengo padre y vivo con mi madre. Tenemos casa propia, construida por mi padre hace muchos años. Ahora no podríamos comprar una casa como ésa en el centro de la ciudad.

—Lo encuentro correcto. No hay nada que desentone. No eres bajo de estatura, tu piel no es demasiado oscura. ¿Qué tipo de chica buscas? ¿Eres exigente respecto a la dote o algún otro requisito?

—Para nada. Ni siquiera menciono la dote ya que no es algo a tratar en esta primera fase —contestó Irshad claramente frustrado.

—Pues sí, la verdad es que tu caso es raro. No veo motivos para que no consigas novia. ¿Por qué te estás ocupando tú de todo? ¿Qué hay de tu madre?

—Desde que murió mi padre, mi madre se ha metido de lleno en la religión. Se pasa la mitad del tiempo rezando y la otra mitad leyendo el Corán. Recientemente ha ido de peregrinación a Ajmer Sharif y ahora quiere ir a La Meca y quedarse a vivir allí.

—¡Dios mío! Tienes demasiados problemas en este momento. Ahora bien, si ella se va a La Meca tú lo tendrás más fácil para convivir con una mujer una vez que la consigas —dijo el señor Ali en tono de broma.

—Usted lo ha dicho, una vez que la consiga —murmuró Irshad con un dejo de amargura.

—Sólo por curiosidad, ¿qué es lo que vendes? —preguntó el señor Ali.

El rostro de Irshad brilló de emoción por primera vez desde que entró.

—Vendo válvulas. Válvulas pequeñísimas para el control de sustancias químicas o válvulas enormes para su uso en astilleros. Vendo válvulas eléctricas, válvulas neumáticas, válvulas manuales. De toda clase. Soy el mejor vendedor de la compañía en todo el sur de la India.

—¿Crees que las válvulas son importantes? —preguntó el señor Ali.

—Por supuesto, señor. Sin válvulas la vida moderna sería imposible. El agua corriente, las cisternas de inodoros..., lo que se le ocurra. Todo necesita válvulas. Dejemos a un lado el confort. Sin válvulas su sangre no podría circular por todo su cuerpo. No existiría la vida si no hubiese válvulas.

El señor Ali se fijó en su fervorosa expresión.

—¿Mencionas esto cada vez que escribes a tus posibles futuros parientes? —preguntó.

—A veces —dijo Irshad—. Si me responden y me preguntan a qué me dedico exactamente, entonces se lo cuento.

El señor Ali suspiró y dijo:

—Muy bien, déjame que me lo piense. Voy a considerar tu caso. No te desanimes. Eres un joven con buenos ingresos y una casa propia. No eres tan feo ni tienes siete hermanas solteras. Estoy seguro de que pronto encontrarás pareja. ¿No tienes tíos u otros parientes que puedan echarte una mano?

—No —dijo Irshad—. Mi padre era hijo único y mi madre era mucho más joven que sus hermanos. Todos han fallecido. A mi padre lo trasladaban de un sitio a otro y así hemos ido perdiendo todo el contacto con los familiares.

—Comprendo —dijo el señor Ali—. Es lo que tiene la vida moderna. Las familias se dispersan como semillas al viento. No te preocupes, chico, haremos todo lo posible por encontrarte a la persona perfecta.

Irshad se mostró agradecido con el señor Ali y se marchó. Al instante le oyeron arrancar su motocicleta.

La señora Ali salió una vez que Irshad ya se había marchado.

—Antes de que vinieras —dijo a su marido— le montó un numerito a Aruna. Incluso me gritó a mí, quejándose de que este negocio era un fraude.

—Oh —dijo el señor Ali—, deberías habérmelo dicho. Le hubiera obligado a disculparse con ambas.

—No pasa nada —dijo Aruna—. Al principio me asusté, pero la señora Ali vino y lo metió en cintura. Después de eso se volvió dócil. Pensé que se pondría a chillar otra vez cuando usted llegó, pero parece que ya se había tranquilizado.

Se echó a reír aliviada. La señora Ali se rio con Aruna.

—Es verdad, estaba saltando como leche hervida, pero yo estuve bien, ¿a que sí?

—Y que lo diga..., antes de que usted viniera me estaba amenazando con ir a la policía y todo lo demás —dijo Aruna.

El señor Ali frunció el entrecejo.

—Pero es extraño —dijo—. ¿Cómo puede ser que nadie le responda?

La señora Ali se pronunció con severidad.

—¿Por qué has tenido que soltarle esa bromita sobre su madre? Ella puede irse a La Meca o a Medina. A ti qué más te da. No deberías bromear con ese tipo de cosas.

—¿Y tú cómo lo has oído? —preguntó el señor Ali.

—Estaba en el salón por si volvía a tomarla con Aruna —explicó la señora Ali—. Y no me cambies de tema.

El señor Ali asintió con la cabeza.

—Vi que estaba disgustado y trataba de calmarlo.

—Pues tuviste suerte —replicó la señora Ali—. Podría haberse ofendido y dar media vuelta.

Siguieron hablando de Irshad un rato más, hasta que la señora Ali volvió a entrar en la casa. El señor Ali se dirigió a Aruna:

—Deberíamos echar un vistazo a esos nuevos clientes y preparar los anuncios. El chico del *Today* pasará mañana a primera hora a recoger los textos.

Ella le entregó la lista y el señor Ali se sentó a redactar los anuncios. Era una tarea que nunca delegaba. Tres cuartos de hora más tarde entregó a Aruna una pila de papeles y le dijo:

—Por favor, ponlos en el cajón de arriba. Si no estoy aquí cuando venga el chico del *Today*, dáselos y dile que le pagaré en otro momento.

Aruna repasó rápidamente los papeles y los colocó en el cajón superior. Se volvió hacia el señor Ali y dijo:

—Señor, puedo comprender que alguien como Irshad acuda a nosotros. Es un hombre del montón con un trabajo común y corriente. No tiene a su padre ni a otros familiares mayores que puedan ayudarle, así que no es de extrañarse que venga a vernos. Pero ¿por qué alguien como Ramanujam, el médico, necesita de los servicios de una agencia matrimonial? Es guapo, es cirujano, es muy joven y su familia tiene mucho dinero. ¿Por qué cree que nos necesita?

El señor Ali se echó a reír.

—Hay de todo en la viña del Señor, por suerte para nosotros. No sé por qué habrán tomado esa decisión, pero deja que te diga una cosa. Mientras sea su hermana la que le busque novia, ese muchacho nunca se casará.

Aruna se quedó desconcertada.

—¿Por qué dice eso?

—Llámalo experiencia, llámalo sexto sentido. Su hermana se empeñará en encontrar a la novia perfecta, pero la perfección es un atributo exclusivo de Dios. No existe en este mundo. Se dice que las hijas del emperador mongol Aurangzeb nunca se casaron porque nunca pudieron encontrar a un hombre lo bastante aceptable para ellas, y eso es exactamente lo que le espera a Ramanujam. Es una lástima, porque parece un buen muchacho.

8

Al cabo de un mes, un viernes Aruna llegó a su casa y se dirigió a la cocina como de costumbre para ayudar a su madre. Empezó a cortar pequeños anillos de quingombó. Su madre estaba de espaldas a ella removiendo la cebolla en la cacerola.

—El lunes es tu día libre, ¿no es así? —preguntó.

Aruna se volvió hacia ella.

—Ya sabes que sí. ¿Por qué?

—Porque hoy viene el tío Shastry.

—Viene casi a diario —dijo Aruna riendo—. ¿Qué tiene de especial esta vez?

—Ha dicho que te ha encontrado pareja —informó su madre.

—Mamá, no quiero pasar otra vez por eso. Dile al tío Shastry que lo deje de una vez, ¿me harás ese favor? —solicitó Aruna mientras apartaba un mechón de pelo que tenía delante del ojo con el dorso de la mano.

—Parece que son buena gente. Él es empleado en el Indian Bank. Su padre también era empleado de banco. Son de un pueblo de por aquí.

—Mamá, ¿de qué sirve? Sabes muy bien... —se lanzó Aruna.

—Aruna, no pierdas la ilusión —la interrumpió su madre—. Quizás esta vez funcione.

—Sabes que no funcionará. No volveré a pasar por eso. Ni hablar —dijo Aruna. Sabía que estaba hablando como una niña en medio de un berrinche, pero no podía expresarse de otro modo.

Su madre dijo:

—Aruuuuna...

Aruna conocía ese tono de voz. Su madre no iba a aceptar un no por respuesta.

Aruna, malhumorada, siguió con su tarea.

—Sólo porque la última vez no funcionó no significa que ahora vaya a ocurrir lo mismo. Olvida lo sucedido —dijo su madre.

Al cabo de un rato Aruna dijo:

—Mamá, nuestra situación económica no es buena. Papá sólo está recibiendo media pensión. ¿Por qué no esperamos otros dos años hasta que le vuelvan a pagar la pensión completa antes de seguir buscando?

—El tiempo no espera a nadie, Aruna. Mucho menos a las chicas que están en edad de casarse. Ahora mismo ya es tarde. Si Dios se hubiera mostrado misericordioso con nosotros, tú ya estarías casada. Lo arreglaremos de algún modo. No podemos seguir postergando tu boda.

Aruna suspiró. Su padre había enseñado telugú y matemáticas en las escuelas públicas antes de retirarse. La mayoría de los maestros destinados a escuelas en pueblos pequeños y remotos recurrían al soborno para que se les sacará de allí, o bien nunca aparecían por las escuelas. Su padre no había hecho ni lo uno ni lo otro; había aceptado estoicamente cada nombramiento y había cumplido con sus obligaciones. Sus alumnos refunfuñaban, ella lo sabía bien ya que había sido su alumna, porque entre los maestros públicos él era el único que nunca faltaba. Era justo con sus alumnos cuando ponía las notas, aunque también muy estricto. No daba clases particulares, pero cuando un alumno demostraba tener aptitudes se lo llevaba a su casa los fines de semana para enseñarle sin cobrar las horas extras.

Tres años atrás, cuando el padre de Aruna se jubiló, ellos se fueron a vivir a Vizag y se instalaron en una casa modesta. Aruna acabó el colegio y empezó la universidad. A Vani la inscribieron en una escuela del barrio. Al cabo de un año y medio una bomba cayó sobre la familia. El gobierno le escribió al padre de Aruna para informarle de que había habido un error en el cálculo de su pensión y que le habían estado pagando de más desde su retiro. La carta decía que dejaría de cobrar su pensión durante un plazo de dieciocho meses hasta compensar el dinero extra que había recibido. Su padre no era el único que había cobrado más de lo debido. Todo el grupo de empleados que se había retirado aquel mes se encontraban en la misma situación. Su padre y los otros empleados se unieron y protestaron hasta que el gobierno cambió de parecer. En lugar de recortar sus pensiones por completo, se las reducirían a la mitad durante tres años para recuperar el dinero.

La familia ya venía teniendo problemas económicos, y a partir de entonces empezaron a sufrir dificultades para sobrevivir con la mitad de una pensión que ya era bastante escasa. Aruna dejó la licenciatura y, a medida que la situación empeoraba, consiguió un trabajo para ayudar a su familia.

Algunos días después el señor Ali estaba ojeando la lista de la casta Christian Mala que Aruna había pasado a máquina.

—Está muy bien —dijo el señor Ali—. Pero la próxima vez procura que te quepan más direcciones en cada folio. Aquí, por ejemplo, en lugar de escribir fecha de nacimiento, pon simplemente FN.

Aruna asintió.

El señor Ali señaló otras direcciones y dijo:

—Aquí has escrito Andhra Pradesh. Podríamos dejarlo como AP o directamente no poner nada.

Aruna asintió nuevamente y dijo:

—Lo siento, señor.

—Tranquila, no es nada grave —dijo el señor Ali—. Por cierto, ha sido una buena idea lo de colgar fotografías de nuestras parejas. Ya tenemos unas cuantas y el otro día el señor Konda decidió hacerse miembro después de observar las fotografías.

Aruna sonrió y dijo:

—Gracias, señor. Quería hacerle una pregunta: ¿quiénes son los que salen con su hijo en esa foto?

El señor Ali lanzó una mirada a la fotografía colgada en la pared y suspiró.

—Es una historia triste. Los miembros de esa pareja son dos compañeros de clase de Rehman que se enamoraron. El chico era hijo de un pobre campesino de un pueblo cercano y la chica era hija de un comerciante adinerado de la ciudad. Se casaron en contra de la voluntad de la familia de la novia. Tuvieron un hijo, como puedes ver en la foto, pero no fue suficiente para ablandar al padre de ella. Hace algunos años, cuando el crío tenía cinco años, su padre murió en un accidente de trabajo. La chica regresó con su hijo a la casa natal, pero su padre la insultó y la echó a la calle. La pobre muchacha no lo soportó y se suicidó. Rehman cree que lo hizo con la esperanza de que una vez muerta sus padres cuidarían del niño, pero ellos demostraron no tener corazón. No asistieron al funeral de su hija y nunca preguntaron por su nieto.

—Alguna gente es muy terca —dijo Aruna—. ¿Qué pasó con el pobre niño?

—Se está criando con su abuelo paterno en la granja —respondió el señor Ali.

Estaba a punto de añadir algo más, pero escuchó pasos procedentes de la calle y alzó la vista. Aruna cogió la lista y regresó a su sitio. El señor Ali vio a Irshad, el vendedor, que entraba sonriente en el despacho.

—Es una suerte que estuvieras disponible en cuanto te he llamado —dijo el señor Ali.

—*Salaam*, señor. Le agradezco que piense en mí —dijo Irshad.

El señor Ali había estado dándole vueltas al problema del joven durante los últimos días. Aquella mañana, mientras escuchaba las noticias por la radio, se le había ocurrido una idea. Llamó a Irshad y le pidió que viniera a verle. Irshad le dijo que tenía una cita a la una en el puerto con el jefe de ingenieros, pero que pasaría a verle después del mediodía.

—Dime —empezó el señor Ali—, ¿qué información proporcionas a tus posibles futuros suegros acerca de tus ingresos?

—Les digo que gano ocho mil rupias de sueldo base, veinticinco mil al mes con comisiones.

—Bien, ¿y qué les dices acerca de tu trabajo?

—Les digo que soy vendedor, señor. Les digo que mi empresa es el segundo distribuidor de válvulas en la India. También trabajamos con fabricantes alemanes —respondió Irshad.

—Muy bien. ¿Tu empresa es conocida?

—No, señor. Pasa lo mismo que con las válvulas. Sin válvulas nada podría funcionar, sólo que nadie les presta atención mientras están realizando su trabajo. Asimismo nuestra empresa no es conocida para el gran público.

—¿Te consideras un buen vendedor? —preguntó el señor Ali.

—Sí, señor. Ya se lo he dicho, soy el número uno en ventas en todo el sur de la India, vendo más que cualquier vendedor de las grandes ciudades, como Chennai o Bangalore.

—¿Mencionas las válvulas cuando estás hablando con los padres de las novias?

El señor Ali advirtió que Aruna había dejado de trabajar y escuchaba ávidamente la conversación.

—Mire... —objetó Irshad.

—¿Sí o no? —insistió el señor Ali.

Irshad agachó la cabeza evitando la mirada del señor Ali.

El señor Ali permaneció en silencio con la vista clavada en él. Tras unos segundos Irshad lo miró a los ojos y admitió:

—Una o dos veces, señor.

—¿Mencionas que tu madre se pasa todo el tiempo rezando cuando te reúnes con tus clientes potenciales? —preguntó el señor Ali.

—Por supuesto que no, señor. Es irrelevante.

—Exacto —dijo el señor Ali—. Estás hablando de cosas irrelevantes cada vez que te reúnes con las familias. Cuando ya te hayas reunido varias veces con ellos o te hayas prometido o casado con su hija, entonces puedes hablar de válvulas todo lo que quieras y nadie te va a hacer un feo. Después de todo te considerarán de la familia. Pero hasta que llegues a esa instancia, evita hablar de cosas que te apasionan enormemente y que no son de interés para tus posibles suegros. Eres un vendedor, pero tienes serios problemas para venderte a ti mismo. ¿Comprendes lo que digo? —preguntó el señor Ali.

—Sí, señor —respondió Irshad en voz baja.

—Piensa en ti como un producto: una válvula, una válvula indispensable y poco atractiva. Hay una clienta que te necesita, pero ella todavía no lo sabe. Convéncela de que eres el producto ideal.

Irshad miraba al señor Ali con la boca abierta.

—Esto... —alcanzó a decir.

—Nada de esto —lo interrumpió el señor Ali—. Tenemos un producto que vender y vamos a venderlo. ¿Cuánto ganas?

El repentino cambio de tema desconcertó al joven. Abría y cerraba la boca sin decir nada. A Aruna le dio la risa tonta. Irshad la miró y se puso colorado.

—Ocho mil —dijo.

—Mal —dijo el señor Ali—. ¿Cuánto es el mínimo que has ganado en los últimos seis meses incluyendo comisiones?

—Esto... —Era evidente que Irshad hacía un esfuerzo por pensar—. Veintidós mil —dijo.

—Bien. Tu salario es de veintidós mil.

—¿A qué se dedica? —preguntó Aruna.

Los dos hombres se volvieron hacia ella.

—Soy vendedor —contestó Irshad.

—No. Usted es ejecutivo de ventas —replicó Aruna.

—Excelente. Una buena observación.

—Tiene una casa en el centro de la ciudad. Su madre es una mujer piadosa que no supondrá una molestia para su nuera. No tiene hermanas por casar. Son detalles a su favor que debería incluir en el discurso de venta. Echemos un vistazo a la última lista de novias.

Aruna sacó la lista de mujeres musulmanas. El señor Ali e Irshad la ojearon e identificaron a cinco candidatas potenciales que tenían la edad y estatura apropiadas y una posición económica similar.

—¿Ya has contactado con alguna de ellas? —preguntó el señor Ali.

Irshad señaló dos de los nombres.

—He contactado con estas dos —dijo.

—Olvidémonos de ellas. Tienes tres posibilidades más. Una es Malkeen, veintidós años, un metro sesenta. Su padre trabaja de contable en el astillero, tiene dos hermanos. ¿Puedes pasarme su foto, Aruna? —solicitó el señor Ali.

Aruna se fijó en el número de referencia y extrajo la fotografía de la carpeta para entregársela al señor Ali. Él la observó brevemente y se la pasó a Irshad, que miró la fotografía y asintió. Entonces el señor Ali continuó con la siguiente candidata de la lista.

—Shameem, veintiséis años, un metro cincuenta y cinco. Su padre dirige el famoso centro comercial que está cerca de la antigua oficina central de correos —dijo el señor Ali, y alzó la vista—. ¿Sabes a cuál me refiero? Ese de dos plantas donde venden relojes de pared y ollas a presión.

—Sí, señor. Sé a cual se refiere.

—Bien... Vamos a por la tercera. Aisha, veinticuatro años, un metro cincuenta y algo. Su padre lleva una tienda de comestibles en Kottavalasa. Es un pequeño mercado, a unos cincuenta kilómetros de aquí sobre la carretera de Akuru.

Irshad asintió con la cabeza. El señor Ali continuó:

—Tiene dos hermanos y una hermana que está en la universidad. Y bien, ¿qué te parece? ¿Son apropiadas?

Irshad meditó un instante y dijo:

—Usted dijo que todas tenían el mismo estatus económico, pero, sinceramente, creo que la segunda familia, los del centro comercial, son demasiado ricos, teniendo en cuenta las preferencias de mi madre y las mías.

—Hummm... —dijo el señor Ali asintiendo—. Quizá tengas razón. Es una tienda muy grande. Deben de temer a Hacienda y por eso no quieren revelarnos sus ingresos reales.

—Creo que es eso, señor. Recuerdo haber leído que el año pasado les cayó una inspección —dijo Irshad.

—Bueno. Entonces pongámonos en contacto con las otras dos familias a ver qué pasa. —El señor Ali miró el reloj de la pared y se puso de pie—. ¿No tenías que ir a ver al jefe de ingenieros?

Irshad también se levantó de la silla y tomó la mano del señor Ali entre las suyas.

—Señor, le agradezco que dedique gran parte de su valioso tiempo a ayudarme. Escribiré a esas dos familias.

El señor Ali se echó a reír.

—No, muchacho, tú no te encargarás de eso. Ven mañana a esta hora, que por lo general no estamos ocupados. Juntos nos pondremos en contacto con las familias.

Cuando Irshad se fue, Aruna dijo:

—¿Cómo se le ocurrió la idea del vendedor que se vende a sí mismo? Ha estado muy listo.

—Oh, no es para tanto. —El señor Ali se echó a reír. Sin embargo, parecía satisfecho—. Esta mañana estaba escuchando las noticias en la radio y estaban hablando de un agente de policía al que le habían robado su bicicleta. Eso fue lo que me hizo pensar.

A las doce y media del día siguiente se abrió la puerta de la galería y el señor Ali levantó la vista. Irshad entró enjugándose la frente. El señor Ali lo miró y comentó:

—Hace calor, ¿eh?

—Y que lo diga, señor. No había sitio para aparcar en la sombra y he tenido que dejar la moto bajo el sol. Cuando regrese el asiento va a estar ardiendo.

El señor Ali se rio.

—Será mejor que te sientes debajo del ventilador, así al menos te refrescarás un poco. Es el mes del fuego de acuerdo con el calendario hindú y no encontrarás otro lugar fresquito. Llegas un poco tarde. Estaba a punto de enviar a Aruna a casa y cerrar para comer.

Irshad tomó asiento en el sofá. Luego dijo:

—Lo siento, señor. Mi madre me pidió que no saliera antes del mediodía. Me dijo que no era propicio debido al ascendente de Saturno.

—¿No sabes que los musulmanes no creen en la astrología? —dijo el señor Ali.

Irshad se sintió claramente avergonzado. Se encogió de hombros y dijo:

—¿Qué quiere que le diga? Ella no mueve un dedo sin consultar el calendario hindú que tiene colgado en la cocina.

El señor Ali asintió. Conocía el calendario al que Irshad se refería. Además de las fechas normales contenía las fases de la Luna, como así también las salidas y puestas de Marte, Júpiter y Saturno.

—En fin —dijo—, empecemos de una vez.

El señor Ali se volvió hacia Aruna y ella le pasó las carpetas de las chicas que habían preseleccionado el día anterior. Primero llamó al contable del astillero. Atendió una voz femenina.

—Hola.

Parecía su madre. Era posible que Malkeen, la candidata, estuviera a esas horas en la universidad.

—*Assalamu Alaikum** —dijo el señor Ali—. ¿Está el señor Salman?

—*Alaikum As-Salãm*. ¿Quién habla? —preguntó la mujer.

—El señor Ali, de la agencia matrimonial. Le llamaba por el compromiso de su hija.

—Ah, sí, aguarde un momento. Ahora le paso con mi marido.

Pasó un rato sin que el señor Ali oyera nada, y a continuación escuchó una áspera voz masculina:

—Diga.

—¿Señor Salman? *Assalamu Alaikum*. Le llamo porque tenemos un candidato para su hija que podría interesarle —dijo el señor Ali.

—Lo siento. Ya no estamos interesados. De hecho iba a llamarle para que quite el nombre de mi hija de la lista —dijo el hombre.

—Oh, ¿ya ha encontrado un pretendiente? —preguntó el señor Ali—. Usted vino para apuntarse el mes pasado. Veo que lo ha resuelto muy pronto.

—Así es —dijo el señor Salman en un tono brusco—. Quite el nombre de mi hija de la lista. Adiós.

El hombre colgó. El señor Ali lentamente volvió a apoyar el auricular sobre la horquilla del teléfono, meneando la cabeza con desaprobación por los modales de su interlocutor. «Me pregunto qué mosca le ha picado», pensó el señor Ali.

Aruna e Irshad lo miraban expectantes. Sacudió la cabeza.

—Quieren que borre a la chica de la lista.

—Es raro, ¿no? —dijo Aruna.

—Sí —dijo el señor Ali—. Táchalos y asegúrate de que no le pasemos sus datos a nadie más. Me temo que la chica se ha fugado y por eso están tan susceptibles.

---

* Expresión de saludo equivalente a *Salaam* empleada entre musulmanes. *(N. del T.)*

Aruna ahogó un grito.

—Señor, eso que ha dicho suena terrible.

—¿Qué otro motivo tienen para ser tan groseros? El mes pasado estuvo aquí y se mostró sumamente amigable y educado. Si hubiera conseguido un novio para la chica no tendría necesidad de ser tan borde, ¿no es así? —dijo el señor Ali.

Cogió la segunda carpeta. La chica, Aisha, vivía en una ciudad pequeña sobre la carretera camino de las montañas de Araku, hogar de tribus y magníficas cuevas de piedra caliza con un millón de años de antigüedad. Su hermano vivía en la ciudad y había ido personalmente a la agencia matrimonial para apuntar a su hermana. El señor Ali estudió el formulario rellenado por el hermano de Aisha y acto seguido lo telefoneó.

Cuando el hermano atendió, el señor Ali dijo:

—Hola. Habla el señor Ali, de la agencia matrimonial.

—*Assalamu Alaikum*, señor Ali. ¿Cómo está usted?

—Bien, gracias. Llamo porque tengo un prometido para tu hermana. Creo que puede interesarte —respondió el señor Ali.

—Ha hecho bien en llamar. ¿De dónde es ese muchacho, señor? —preguntó el hermano de Aisha.

—Irshad es de la ciudad y trabaja aquí mismo. Es ejecutivo de ventas y gana veintidós mil rupias al mes. Tiene una casa en el centro. Vive con su madre —informó el señor Ali.

—Suena bien. ¿Cuándo podría pasarme para hablar con él?

—Tú trabajas cerca de la estación central de autobuses, ¿no es así?

—Así es, señor.

—¿Puedes venir ahora mismo? Irshad está aquí conmigo y a ti no te pilla demasiado lejos. Creo que podríais llegar a un acuerdo de inmediato. Ya sabes, no hay que dejar pasar las oportunidades.

Irshad levantó la vista sorprendido, evidentemente no esperaba esa repentina invitación. Tímidamente se retocó el cabello y encogió el estómago.

El hermano de Aisha permaneció en silencio durante un instante y luego dijo:

—Me parece una buena idea, señor. Casualmente estoy en mi hora de descanso. Estaré allí en diez o quince minutos.

La señora Ali trajo agua fresca para todos. El señor Ali se bebió su vaso y se colocó delante de la puerta, mirando hacia fuera. La calle se había ido vaciando a medida que el calor se tornaba más intenso. Las hojas de los árboles caían lánguidamente bajo la inclemencia del sol. Los perros callejeros habían hallado pequeñas parcelas de sombra para echarse con la lengua fuera. Los pájaros guardaban silencio; no había cuervos a la vista y hasta los gorriones habían dejado de canturrear. Meditó acerca del paso continuo de las estaciones; ese calor quebrantado por las lluvias monzónicas, luego el invierno, una corta primavera y otra vez el verano. «Todos estamos inmersos en una dura lucha —pensó el señor Ali— por el dinero, el poder y el amor, pero al mundo poco le importa. Sigue girando y girando fiel a su propio ciclo.» Se preguntó cómo se las estaría arreglando su hijo en la protesta de Royyapalem.

—Al menos por esta vez, señor —dijo Irshad a sus espaldas—, espero que funcione.

El señor Ali se dio la vuelta.

—No te preocupes. Tengo un buen presentimiento. Recuerda: cada vez que Dios crea una criatura, ya sea un ser humano o un animal, al mismo tiempo crea a su compañero.

—Puede que no sea al mismo tiempo, señor. En la mayoría de los casos las novias son varios años más jóvenes que los novios —observó Aruna.

—Es cierto —dijo el señor Ali riendo—, pero estoy seguro de que Dios tiene buena memoria. Después de todo, ¿qué son para Él unos pocos años?

—En eso tiene razón. Dicen que en el mundo de Brahma,

el dios creador de los hindúes, un pestañeo suyo equivale a cientos de años para nosotros —dijo Aruna.

Se quedaron en silencio durante un rato. Finalmente Aruna añadió:

—También podría ser que en lugar de buena memoria tuviera un buen sistema de archivos, señor.

El señor Ali la miró sonriente.

—Ahí te doy la razón. Donde se ponga un buen sistema de archivos que se quite la buena memoria. Yo tengo muy mala memoria, pero nuestras carpetas nos permiten tener el control de todos los clientes. Nuestro profeta Mahoma, bendito sea, nos enseñó a poner todos los acuerdos por escrito. Decía que la tinta más borrosa perdura más que la memoria más prodigiosa.

Pronto oyeron el borbolleo de un auto rickshaw de tres ruedas que se detuvo en la entrada. Un joven se apeó y entró en la galería. El señor Ali lo reconoció como el hermano de Aisha.

—Hola, Jehangir. Me alegra que hayas podido venir apenas te llamé. Te presento a Irshad. —El señor Ali señaló a su cliente.

Los dos hombres se miraron, estudiándose detenidamente.

El señor Ali prosiguió:

—Por favor, siéntate, Jehangir. Irshad vive con su madre en la ciudad, tienen casa propia. Su padre falleció. Él es ejecutivo de ventas, gana veintidós mil rupias al mes y tiene una moto. Por cierto, no tenemos ninguna fotografía de tu hermana.

—Lo sé, señor —dijo Jehangir—. Mi padre se opuso a que le diéramos una. Es un poco anticuado. —Jehangir se volvió hacia Irshad y sonrió avergonzado.

Irshad contestó con una inclinación de cabeza.

—Sé a lo que te refieres —dijo—. Mi madre se pasa el día rezando.

—Tú no tienes una tienda, ¿verdad? —preguntó Jehangir.

—No. ¿Por qué lo preguntas?

Jehangir respiró hondo y dijo:

—Mi hermana es una buena chica. Trabaja mucho en casa y le ayuda a mi madre a cocinar. Está empeñada con respecto a dos cosas: lo primero, quiere casarse con alguien de la ciudad. Lee mucho y ha decidido que quiere vivir en una ciudad grande. Ha rechazado a más de un buen candidato por ser de pueblo o de provincia y mi madre está totalmente desesperada. No conocemos mucha gente en la ciudad; me mudé aquí el año pasado. Ella quería venirse conmigo y dijo que se encargaría de cuidar mi casa, pero mi padre se negó. Lo segundo, no quiere casarse con un tendero.

—Eso es bueno ya que yo no tengo tienda —dijo Irshad.

—Es una chica muy sensata —prosiguió Jehangir—, para nada testaruda. Se apaña de maravilla con las tareas del hogar y por lo general no contradice a mis padres en nada. Pero con respecto a estos dos puntos es inflexible. —Sin duda a Jehangir le preocupaba que Irshad pudiera pensar que su hermana era una chica difícil. Continuó—: Mi padre tiene ahorrado cinco lakhs, quinientas mil rupias, para pagar la dote de Aisha. Ya han comprado todos los ornamentos de oro tradicionales: el chandanhaar, el collar, los brazaletes y los pendientes. Mi madre también lleva varios años comprando saris de seda. En ese sentido no se repara en gastos. No somos ricos, pero gastaremos lo que haga falta para asegurarnos de que mi hermana tenga una boda por todo lo alto.

Irshad hizo un gesto despreocupado con la mano, pero sabía que su madre valoraba todas esas cosas y que por lo tanto eran importantes. Intercambiaron los datos de contacto. Quedaron en que Irshad y su madre harían una visita formal a la familia de Jehangir para llegar a un acuerdo.

Ambos agradecieron al señor Ali y a Aruna por la ayuda recibida y se marcharon.

Después de comer, pasados cuarenta minutos, el señor Ali y su esposa salieron a la galería. Aruna se había ido a casa. Por lo general, después de comer, el señor Ali dormía la siesta, pero se había producido un apagón y dentro de la casa hacía demasiado calor. En la galería corría una brisa que proporcionaba un alivio reconfortante.

—Es estremecedor —dijo el señor Ali—. Todo está tan silencioso: ni coches, ni el zumbido del ventilador, ni siquiera el gorjeo de un ave.

La señora Ali asintió. Se sentaron a compartir el silencio.

Al cabo de un rato oyeron una voz dando berridos:

—Hay coco, hay coco, fresquito el cocoooo...

El señor Ali inmediatamente salió a la puerta. Vio a un anciano cargando una canasta grande llena de frutas y lo llamó.

El hombre se acercó. Era flaco; sus piernas al descubierto sólo dejaban ver tendones y huesos. Tenía la cara chupada y una barba blanca incipiente le cubría la barbilla. Llevaba unas chancletas de suelas finas, desgastadas hasta casi tocar el suelo con la planta del pie, y las tiras de la chancleta izquierda estaban sujetas con una cuerda.

El señor Ali observó cómo el anciano se quitaba la pesada carga de la cabeza y la depositaba en el suelo. Llevaba una toalla enrollada como un anillo en la testa para protegerse de la canasta, y al inclinarse hacia delante se le deshizo. Usó la toalla para secarse el rostro y la cabeza y luego se la colocó al hombro.

—Coco fresquito, señor. Justo lo que necesita con este calor.

Más de la mitad de la canasta estaba llena de cocos. Cada pieza era redonda y del tamaño de una mano.

—¿Cuánto? —preguntó el señor Ali.

—Seis rupias la docena —respondió el hombre.

Los cocos estaban frescos de verdad. La envoltura marrón era de un tono claro, no oscuro. Parecían pulposos y jugosos, ni secos ni achuchados. El señor Ali no tenía ánimos para ponerse a regatear con ese hombre bajo el sol.

—Deme dos docenas —dijo, y se metió en la casa. Regresó con la cartera y un recipiente de acero. El hombre cogió veinticuatro cocos y los puso en el recipiente. El señor Ali señaló una de las piezas y dijo:

—Ése no. No parece tierno. Toda el agua de dentro se debe de haber convertido en mermelada.

Sin decir nada el hombre le cambió esa fruta por otra. El señor Ali le dio doce rupias y le dijo:

—¿Cómo es que sale con este sol achicharrante? Debería salir a vender a primera hora de la mañana.

El hombre metió el dinero en una riñonera, enrolló la toalla e hizo con ella un anillo.

—¿Qué quiere que haga, señor? El autobús se retrasó. La policía ha establecido un control y no dejan vehículo sin revisar.

—¿No tiene hijos que se ocupen de usted? Así no tendría que andar por la calle con este calor —dijo el señor Ali.

—Tengo un hijo, señor. Pero es un gandul irresponsable que hace todo lo contrario de lo que le aconsejamos mi esposa y yo. Se lo gasta todo en bebida el mismo día que cobra. Tener un hijo como ése es mi karma y me veo obligado a trabajar duro pese a la edad que tengo. ¿Se puede ser más infeliz que un hombre cuyo hijo no le escucha? —dijo el anciano.

Se colocó la toalla en la cabeza y, manteniéndola recta, se agachó para recoger la canasta. El señor Ali se inclinó con él y le ayudó a levantar el cesto de bambú y a colocárselo sobre la cabeza. El hombre se levantó, las piernas le temblaban bajo la carga, y el señor Ali lo observaba con preocupación, con una mano alzada a media altura lista para sostener al hombre en caso de que se desmayara. Una vez erguido, el anciano parecía seguro y regresó a la calle dando voces:

—Hay coco, hay coco, fresquito el cocooooo...

El señor Ali permaneció un instante bajo el sol abrasador, mirando al hombre que se alejaba. Las palabras del anciano resonaban en sus oídos y él no podía dejar de pensar en Rehman.

La señora Ali trajo un par de platos y tenedores de la cocina y los dos volvieron a sentarse para probar el coco.

Oyeron la puerta exterior que se abría y ambos se sorprendieron al ver entrar a Azhar.

—¿Qué te trae por aquí con este calor? —preguntó el señor Ali.

Azhar se dejó caer pesadamente sobre el sofá. La señora Ali le preguntó:

—¿Te apetece un coco?

Azhar agitó la cabeza y dijo:

—Acabo de hablar con mi amigo de la policía. Ya sabéis, el inspector de la comisaría del Tercer Distrito.

El señor Ali sintió un hormigueo de aprensión. Sintió que su esposa le cogía el brazo.

—¿Qué ha pasado? —preguntó la señora Ali.

—La policía ha cargado contra los manifestantes en Royyapalem. Después de una embestida con porras los han arrestado a todos.

—¿Y Rehman? —preguntó la señora Ali.

—Mi amigo llamó a su colega en Royyapalem y éste le confirmó que Rehman también había sido detenido.

—¿Le han hecho daño? —preguntó ella.

—No lo sé —dijo Azhar—. Mi amigo no pudo averiguarlo, pero dice que varios muchachos están gravemente heridos. Algunos aparentemente tienen fracturas.

—Que Alá muestre su misericordia —dijo la señora Ali—. Tenemos que ir a verle.

El señor Ali asintió aturdido.

—No es necesario —dijo Azhar—. Todos están camino de la ciudad. No querían tenerlos detenidos cerca del pueblo.

—¿Cuándo llegarán? —preguntó el señor Ali—. ¿Adónde los llevarán?

—Llegarán por la tarde. Los que tienen fracturas irán al hospital y los otros a las comisarías. Son demasiados para llevarlos a todos a una sola comisaría, así que los repartirán. Mi amigo ha dicho que me informará de dónde está Rehman en cuanto sepa algo.

—Gracias —dijo el señor Ali.

—No me des las gracias. Soy su *maama*, ya sabes —dijo Azhar.

La señora Ali prorrumpió en lágrimas mientras miraba a su hermano.

—¿De qué sirve llorar? —dijo el señor Ali—. Le dijimos que no fuera, pero no nos escuchó. Cuando le dijimos que la policía iba a por ellos, se mostró arrogante. «Nunca vendrán a por nosotros», dijo. Menudo inmaduro ese muchacho. Esperemos que sólo tenga algún que otro rasguño y que una noche en una celda le haga entrar en razón.

—¿Cómo puedes hablar así de tu propio hijo? —dijo la señora Ali—. Está en problemas y es nuestra obligación ayudarle.

Antes de que el señor Ali pudiera responder, Azhar dijo:

—No te preocupes, Aapa. Lo sacaremos lo antes posible.

9

Al día siguiente la casa de Aruna estaba totalmente limpia y olía a fresco, y una colcha de colores vivos cubría la cama. Habían bajado dos sillas plegables de lo alto del armario y habían pedido prestadas otras cuatro a los vecinos. Ella y su madre llevaban varias horas en la cocina preparando diversos aperitivos. Habían comprado una caja de caramelos y algunas botellas de refresco.

La casa brillaba y parecía alegre. Su madre llevaba el sari nuevo y su padre un dhoti cuidadosamente planchado. Aruna estaba cambiándose en la cocina cuando escuchó a su madre en la otra habitación:

—¿Por qué llegas tan tarde? Te pedí que hoy vinieras temprano. Pasa y cámbiate rápido. Ayuda a tu hermana. Haz que se ponga el collar de piedras rojas.

Vani pasó a la cocina y cerró la puerta. Aruna estaba enrollándose el sari y metiendo los pliegues en la cinturilla de su enagua. Cogió un extremo del sari y se lo echó al hombro. Vani se arrodilló frente a ella y le arregló los dobleces de la tela de modo que quedaran lisos. Luego se levantó y ayudó a Aruna a abrocharse la otra punta del sari a la blusa.

Aruna abrió el cofre azul oscuro que contenía las joyas. Acurrucados sobre el terciopelo granate había un par de pendientes y un collar. Se puso los pendientes, luego sacó el collar de la caja y formó un lazo con él alrededor de su cuello. Su hermana se colocó detrás de ella y se lo abrochó. A continuación Vani pasó al cuarto de baño para lavarse la cara. Aruna se quedó en la cocina con la mirada vacía.

Vani salió del servicio y enseguida se puso un sari menos colorido. Aruna se volvió hacia ella con un movimiento maquinal dispuesta a ayudarla. Las hermanas ya habían terminado cuando oyeron la voz de su madre que llamaba a la puerta de la cocina.

—Sí, Amma. Ya estamos listas —respondió Vani.

Su madre entró y dijo:

—Llegarán en cualquier momento. Vani, ayúdame a servir el aperitivo.

Aruna también se dispuso a ayudar, pero su madre se lo impidió:

—No, tú quédate donde estás. No vayas a estropear el sari.

Aruna contemplaba el ajetreo de su madre y su hermana en la cocina mientras lo preparaban todo. De repente oyeron voces que llegaban desde la puerta principal. Aruna reconoció la voz de tío Shastry y luego la de su padre que respondía.

«¿De qué va toda esta payasada?», se preguntó con desesperación.

La puerta se abrió y tío Shastry entró en la cocina.

—Aruna, estás preciosa —dijo—. Quedarán encantados contigo.

—¿A mí no me dices nada, tío Shastry? —preguntó Vani.

—Tú también estás preciosa —dijo él pellizcándole la mejilla. Se volvió hacia la madre de Aruna—. Hermana, será mejor que cojas un poco de ceniza y le ensucies la cara a Vani. No queremos que hoy la prefieran a ella, ¿no es cierto?

Vani le rio la ocurrencia a tío Shastry. Aruna se negó a sonreír. Él se le acercó y le dijo:

—Cambia esa cara, Aruna. Vienen a buscar una novia para que se case con su hijo, no para hacer un sacrificio.

—¿De qué sirve todo esto, tío Shastry? —preguntó Aruna al borde del llanto.

Él retrocedió enseguida.

—No llores, Aruna. Se te hincharán los ojos. Quizás esta vez sea diferente. No debes perder la esperanza.

En otra ocasión, tiempo atrás, Aruna se había vestido de manera similar a la espera de que un joven y su familia vinieran a verla. Ella estaba nerviosa, por supuesto, aunque también muy entusiasmada ante un acontecimiento que quizá la llevaría a la siguiente etapa de su vida.

El joven que vino a verla se llamaba Sushil y era cinco años mayor que ella. Trabajaba como contable en una fábrica de velas. Era rubio, no demasiado alto, y tenía un rostro agradable y campechano, siempre sonriente. La familia de Sushil era muy pequeña, sólo sus padres y él. Al parecer un hermano menor había muerto ahogado en el mar hacía varios años. El compromiso era ideal en muchos aspectos: la diferencia de edad era apropiada; Sushil era más alto que Aruna, aunque sólo un poco; el horóscopo decía que hacían buena pareja; él tenía un buen trabajo, casi el trabajo ideal; las familias tenía un parentesco lejano; la situación económica de ambos se asemejaba bastante.

Ambas partes aprobaron el compromiso. Las conversaciones fueron avanzando durante algunas semanas en las que se hablaba de la dote y el intercambio de regalos, con tío Shastry actuando como mediador. Aruna estaba impresionada por la manera en que tío Shastry había convencido a la familia de Sushil de que, a menos que el novio fuera funcionario del estado, no podían esperar la dote que estaban reclamando, y por cómo había sostenido ante su padre que en la actualidad los empleos públicos no lo eran todo y que los trabajos en el sector privado eran igual de buenos. Finalmente estos temas quedaron zanjados. El padre de Aruna consultó su calendario y fijó dos fechas propicias, una en un par de semanas para el compromiso y la otra al cabo cuatro meses para la boda.

Dos meses después del compromiso el padre de Aruna cayó gravemente enfermo. La enfermedad se prolongó y el compromiso fue postergado. Su padre empeoró a la vez que los médicos se mostraban desconcertados. No podían diagnosticar qué tipo de enfermedad había contraído. Perdía y recobraba el conocimiento permanentemente. Pasaban los meses. Los médicos —un residente y un especialista— probaron con diferentes teorías y tratamientos. Nada ayudó.

Sushil y su madre se presentaron una tarde para anular el compromiso. La madre de Aruna afirmó enérgicamente que su marido pronto se pondría bien y que entonces la boda podría celebrarse.

—Hemos sido muy pacientes —dijo la madre de Sushil—, pero todo tiene un límite. ¿Acaso el Ministerio de Educación no cubre los gastos de internación de un maestro retirado?

—No, no los cubre —confesó la madre de Aruna.

—Tenemos ahorros —dijo Aruna.

—¿No te han enseñado tus padres que no se interrumpe cuando están hablando los mayores? —la regañó la madre de Sushil.

Aruna enmudeció espantada. Hasta ese momento la madre de Sushil siempre se había mostrado encantadora. Aruna miró a Sushil, pero él apartó la mirada avergonzado.

—Habíamos acordado que ustedes pagarían una dote de doscientas mil rupias, además de entregarnos cuarenta gramos en oro y un escúter. ¿Todavía pueden permitirse esa dote y la celebración de una boda como Dios manda? —preguntó la madre de Sushil.

Aruna y su madre se quedaron en silencio. Aruna había estado llevando las cuentas durante los últimos meses y sabía que no podían permitírselo. Más de la mitad de sus ahorros se habían ido en facturas médicas, su padre seguía indispuesto y no sabían con certeza cuánto dinero necesitarían para continuar con el tratamiento.

—En asuntos como éste más vale ser realista —dijo la madre de Sushil a la madre de Aruna—. Soy la última en oponerme a la boda de una mujer, pero tengo el presentimiento de que su mangalsutra ha venido a cuenta de su hija. Si su marido hubiese muerto enseguida usted todavía dispondría de los ahorros y sus hijas ya estarían casadas.

Aruna siempre lamentó haberse quedado tan pasmada ante las palabras de aquella mujer que no atinó a responderle en aquel momento, mientras el pudoroso Sushil y su descarada madre se marchaban a paso raudo de la casa.

La enfermedad de su padre se prolongó durante algunos meses más. Tío Shastry les consiguió otra casa y les ayudó a mudarse. Decía que antes de caer enfermo el padre de Aruna le había dicho que el *vaastu* de aquella casa no era el apropiado. Las puertas y ventanas no estaban orientadas hacia el este y eso provocaba que las energías nocivas quedaran atrapadas en el entorno. Por otra parte, la nueva casa era más pequeña y el alquiler más barato.

Su madre hizo una promesa y dio ciento dieciséis vueltas al templo de Kanaka Maha Lakshmi de rodillas.

Un día el médico residente se acercó a Aruna cuando ella estaba sentada a la cabecera de su padre y le dijo que pensaba que su padre tenía una infección vírica que de algún modo le había atacado el hígado. Solicitó su consentimiento para aplicarle una nueva droga en fase experimental sobre la que había leído en una publicación de medicina extranjera. Ella aceptó de pura desesperación.

Su padre se curó de la noche a la mañana. Todos tenían una teoría propia sobre el motivo por el que se había recuperado de la misteriosa enfermedad. El médico residente le dijo a Aruna que el periodo de convalecencia duraría su tiempo y que su padre no volvería a ser el mismo durante algunos meses o quizás años.

Una vez que estuvo totalmente recuperado, Aruna lo puso al corriente de la situación económica del hogar. Él se echó a llorar y dijo:

—Ojalá me hubiese muerto. Así los ahorros de toda mi vida le habrían servido a mi familia para algo en lugar de gastarse en médicos y fármacos.

Después de que su padre se recuperara, tío Shastry trajo a otros candidatos. Pero todos ellos eran inferiores al primero: eran más viejos, no pertenecían a una casta lo bastante buena, tenían peores trabajos. Uno de los jóvenes incluso estaba desocupado. Eran más gordos o más bajitos o de tez más oscura, o las tres cosas a la vez. Aruna comprendió que habida cuenta de la situación económica de la familia no tenía demasiadas opciones, pero la experiencia le producía rechazo y empezó a protestar por ser expuesta ante diferentes personas como si fuera una vaca premiada en una feria del ganado. Tío Shastry finalmente dejó de traer candidatos a casa. Ésta era la primera propuesta en casi un año. Aruna deseaba que no fuera a ser el comienzo de una nueva ronda de pretendientes, ya que no quería volver a sentirse parte del mercado ganadero.

Aruna estaba de pie en la cocina, rígida como una columna. Cayó en la cuenta de las voces que llegaban desde la habitación contigua. Los invitados ya estaban en casa. Escuchó a tío Shastry que decía:

—Bienvenidos a la casa de mi hermana y mi cuñado. Somos una familia sencilla y respetable. Mi cuñado es maestro público jubilado. Sus antepasados eran *pujaris* del gran templo de Annavaram. De hecho, su hermano mayor todavía oficia de sacerdote allí mismo. Las dos señoritas están muy bien educadas. Ambas leen los sagrados *shastras* ya sea en telugú o en sánscrito.

La madre de Aruna le entregó una bandeja con comida para picar. Aruna se colocó el extremo suelto del sari sobre la camisa y echó a andar lentamente en dirección al salón. Estaba descalza y los brazaletes plateados del tobillo tintineaban a medida que avanzaba. Llevaba la cabeza inclinada y mantenía los ojos clavados en el suelo. Se encaminó hacia donde estaban sentados su padre, su tío y los invitados. Dejó la bandeja sobre la mesita ubicada delante de ellos y se quedó de pie junto a su padre. Había cinco invitados; ella pudo reconocer al novio y a sus padres. No sabía quiénes eran los otros, pero parecían el tío y la tía del novio. Todos los invitados la observaban fijamente y ella se sintió avergonzada y cohibida.

El silencio se prolongó en la habitación y Aruna empezó a sentirse cada vez más incómoda. Justo cuando se disponía a regresar a la cocina, la madre del novio la interrogó:

—Dime, hija, ¿qué estudios tienes?

—Licenciatura en Humanidades, señora —respondió Aruna.

—Qué bien. ¿Dónde estudiaste? —preguntó el tío del novio.

—En la SNV —dijo Aruna.

Los balbuceos de la conversación se interrumpieron. La madre de Aruna salió de la cocina con una bandeja cargada de vasos de agua. Vani no asomó la nariz, como si hubiera recibido instrucciones expresas de quedarse en la cocina.

—*Namaste* —saludó la madre—. Por favor, sírvanse lo que quieran. Todo lo ha preparado Aruna.

Todos alargaron la mano para coger un plato. La madre de Aruna le hizo una señal a su hija para que sirviera el agua. Aruna cogió la bandeja de manos de su madre y la apoyó sobre la mesa. Puso un vaso delante de cada invitado. Tío Shastry, que estaba sentado enfrente del novio, se levantó y le pidió a Aruna que ocupara su lugar. Aruna negó con la cabeza, pero su tío insistió y ella se sentó con delicadeza.

La madre del novio preguntó a Aruna:

—¿Cómo consigues que las *pakoras* te queden tan tiernas?

Aruna le explicó que añadía una pizca de bicarbonato al

rebozado y se aseguraba de que el aceite estuviera bien caliente antes de freír las pakoras.

El joven preguntó a Aruna:

—¿Cómo te llamas?

El tío del muchacho dijo:

—He oído que trabajas. ¿Dónde?

La tía preguntó:

—¿Piensas seguir trabajando después de casarte?

—¿Qué hay de...?

—¿Por qué...?

—¿Cuánto...?

La visita duró una hora más. Cuando se fueron, Vani salió de la cocina y le preguntó a su hermana:

—¿Qué te ha parecido él?

—Bueno —dijo Aruna—, al menos no me miraba lascivamente como el último.

Tío Shastry regresó tras despedir a los invitados:

—Muy bien —dijo—, todo ha ido muy bien. Son una buena familia. Los conozco desde hace tiempo. También se han mostrado muy razonables. Sólo han pedido un escúter y cien mil rupias. ¿Dónde vas a encontrar hoy en día un empleado de banco por cien mil rupias?

Todos miraron al padre de Aruna. Él reaccionó molesto:

—¿Por qué me miráis de ese modo? La dote es de cien mil rupias, el escúter cuesta treinta mil y la boda saldrá como mínimo por unos setenta mil. No tengo dos lakhs, ésa es la realidad.

Aruna empezó a sollozar.

—Cuñado, también he pensado en eso. He ido a Annavaram —dijo tío Shastry.

—¿Qué? ¿Para qué has ido allí? —preguntó el padre de Aruna confundido.

—Estuve con tu hermano —dijo tío Shastry.

—¿Y? —preguntó el padre de Aruna.

—El rey de Rajahmundry le concedió tierras a tu bisabuelo.

—Sí, ¿y eso qué tiene que ver? Se las fueron repartiendo a lo largo de generaciones y mi padre sólo llegó a recibir una parcela muy pequeña. Y sólo la mitad de eso me pertenece. La otra mitad es de mi hermano.

—Pues yo... —quiso decir tío Shastry.

—¿Tú cómo te atreves a ir a ver a mi hermano a mis espaldas? ¿Qué has ido a hacer allí? —lo interrumpió el padre de Aruna.

—Tranquilo, hombre de Dios. Son molestias que me tomo para que mis sobrinas se casen. Y no soy el único. Tu hermano es un buen hombre. Cuando le expliqué la situación se mostró dispuesto a vender las tierras para pagar las bodas de Aruna y Vani. Él sólo tiene un hijo y no necesita el dinero. Su mujer no está muy contenta, pero él me prometió que si la boda de Aruna llegaba a buen puerto vendería las tierras y te ayudaría —dijo tío Shastry.

—¿Cómo te atreves? —insistió el padre de Aruna. Tenía la cara enrojecida de ira.

La madre de Aruna había permanecido en silencio todo este rato y de repente alzó la voz:

—Mi hermano está intentando ayudar a esta familia. Tu hija está llorando y a ti lo único que te importa es tu orgullo.

Con ojos bien abiertos las dos hermanas veían reñir a sus padres.

Tío Shastry alzó las manos en un gesto apaciguador.

—Tranquilos. Todos queremos lo mejor para las niñas. Somos una familia. Nadie ha llevado el asunto más lejos.

—Aunque mi hermano me diera su parte de las tierras no sería suficiente —dijo el padre de Aruna—. Están en medio de la nada y el suelo ni siquiera es fértil. Con suerte sacarías veinte sacos de arroz en un año de buena cosecha.

—Cuñado, se nota que no vives en este mundo. El precio

del suelo está por las nubes a lo largo y ancho de todo el país. Ese pedazo de tierra te vendría de perlas para pagar la boda de Aruna.

—Aun contando con la tierra no puedo hacer que Aruna se case. Seguiría faltando dinero. Tendríamos que conseguir más para la dote. Y una vez que se case tendremos otros gastos; necesitaremos dinero para tratar a nuestro yerno como es debido. Y ella podría quedar embarazada, en cuyo caso tendríamos que pagar los gastos del parto. También tenemos que pagar la educación de Vani. Y por si fuera poco nada de esto será posible si Aruna deja de traer dinero a casa —dijo el padre a voz en grito.

Aruna y Vani estaban abrazadas, llorando. La madre de Aruna estaba aterrada; permanecía inmóvil, los ojos abiertos como platos, tapándose la boca con una mano.

—¿Cómo puedes hablar así, cuñado? ¿Cómo puedes hablar de vivir a costa del sueldo de tu hija? —preguntó tío Shastry consternado.

El padre de Aruna se limitó a sacudir la cabeza tercamente. Tío Shastry continuó:

—Si no es ahora, ¿cuándo permitirás que Aruna se case?

El padre de Aruna permaneció en silencio.

—Conservar a una hija soltera hasta que se le pase su hora es un pecado. Va en contra del hinduismo y la tradición —afirmó tío Shastry.

Viendo que el padre de Aruna seguía sin contestar, prosiguió:

—No sé para qué intento hacerte ver la diferencia entre lo moral y lo inmoral. Tú eres el maestro, tienes que saberlo. Eres mayor que yo, tanto en edad como en parentesco, ya que estás casado con mi hermana mayor. Siempre nos enseñaste que el dinero no es lo más importante en la vida de un hombre. Llevar una vida de principios, fiel a la ley del Dharma, es mucho más importante; esto es lo que siempre nos has dicho, ¿no es verdad? ¿Qué le ocurre ahora a tu moral? ¿Por qué de repente el dinero se ha vuelto tan importante que te lleva a actuar en contra de las convenciones, las tradiciones, los shastras, los libros sagrados, haciendo que te empeñes en impedir la boda de una hija en edad de casarse?

Se dio la vuelta dispuesto a marcharse.

El padre de Aruna dijo:

—El dinero no es importante cuando tienes bastante.

Tío Shastry se volvió:

—¿Quién de nosotros es rico? ¿Mi padre era rico? ¿Tu padre era rico? ¿Alguna vez fuimos ricos? Siempre hemos tenido que ganarnos a pulso cada rupia. Todos nosotros. ¿Cuántas veces has comprado joyas para tu mujer? Muchas menos de las que quisieras, estoy seguro. Cuando falleció mi mujer sólo tenía su mangalsutra y sus brazaletes de plata para el tobillo. Todo lo demás lo vendimos para pagar la boda de mi hija. Olvidemos las joyas de nuestras señoras. ¿Cuántas veces les negamos antojos a nuestras hijas porque no podíamos permitírnoslo? ¿Qué me decías tú cuando yo solía enfadarme por eso? Me decías que ése era nuestro karma, que teníamos que cargar con él pacientemente.

Tío Shastry tenía la cara roja, respiraba con dificultad, el sudor le cubría toda la frente.

—Tienes razón —admitió el padre de Aruna—. Mi hija se casará cuando su karma así lo disponga.

Tío Shastry alzó los brazos disgustado.

—Sin duda Kali kaalam ha llegado, la era del mal está entre nosotros —declaró—. Lo que decían los ancianos es cierto. Los hombres honestos se convierten en bribones. Los maestros olvidan lo que aprendieron de sus madres. Los ríos se desbordan. Los sacerdotes empiezan a amar al dinero más que a Dios. No esperaba esto de ti, cuñado. Eras el hombre a quien yo respetaba por encima de todos los demás. Si los hombres como tú se corrompen... —Tío Shastry se quedó en silencio durante un instante, luego movió la cabeza y concluyó—: Si el oro se oxida, ¿qué puede uno esperar del hierro?

Se marchó con paso airado, abandonando a Aruna y a su desconsolada familia.

Aruna se metió en la cocina para volver a cambiarse. Oyó un sollozo a sus espaldas y se volvió. Su padre estaba llorando con el rostro oculto entre las manos. Era algo tan inusual que se acercó a toda prisa y se arrodilló frente a él. Entrelazó sus manos con las de su padre y lentamente las apartó de su rostro.

—Naanna, no llores. De todos modos no quiero casarme ahora —dijo ella.

El padre de Aruna prorrumpió en un llanto aún más estrepitoso.

—Naanna, por favor, no llores —insistió ella. Las lágrimas también rodaban por sus mejillas.

—Cuando recibí la carta en que notificaban el importe de mi pensión después de jubilarme, supe que habían cometido un error de cálculo. Cómo no iba a saberlo, era profesor de matemáticas. Pero no dije nada. Escogí el camino de la inmoralidad, el Adharma, y desde entonces todos nuestros problemas son una consecuencia de aquella decisión equivocada —confesó el padre de Aruna.

—No tienes que pensar eso, Naanna. No fuiste el único que recibió esa carta. Más de un centenar de empleados se jubilaron al mismo tiempo que tú y todos ellos están en la misma situación —dijo Aruna.

—No —dijo su padre moviendo la cabeza—. Todos tenemos que asumir una responsabilidad por nuestros actos. No me quejaría si todo el peso cayera sobre mí. Pero tú, hija querida, tienes que cargar con las consecuencias más que yo. No puedo soportarlo. —Su llanto se volvió más lastimero. Aruna abrazaba a su padre con fuerza. No sabía qué otra cosa podía hacer.

—Su hijo está causando muchos problemas en el departamento de policía —dijo el inspector.

—Lo siento —dijo el señor Ali. Le avergonzaba profundamente que Rehman hubiera sido arrestado y encerrado en una celda; por otro lado se sentía aliviado por el hecho de que su hijo no hubiera acabado en un hospital con heridas graves.

—No pasa nada. Es preferible a ir detrás de pendencieros o carteristas. Una clase mejor de prisioneros, ya me entiende —dijo el inspector, y se echó a reír.

Era media tarde y el señor y la señora Ali, junto con Azhar, estaban en la sala de interrogatorios de la comisaría con el inspector y un agente de policía. La señora Ali había llevado una cesta con comida casera. Rehman aún no había llegado.

Azhar dijo:

—¿Podremos dejarle algo de comida? Las madres...

—No creo que haya ningún problema —contestó sonriente el inspector—. De momento sólo está en una celda. Todavía no se le ha acusado de nada, ni a él ni a sus amigos. Pueden alimentarlo si así lo desean.

Se volvió hacia el agente y dijo:

—Luego trae unos platos y deja que esta gente le sirva comida a su hijo.

—Sí, señor. No hay problema, señor —asintió el agente.

Una mesa llena de arañazos ocupaba la mayor parte del espacio disponible en la pequeña habitación. Alrededor de la mesa había varias sillas.

Rehman entró. Parecía cansado. Llevaba una barba más despeinada y descuidada que la última vez. Tenía una gran contusión en la frente y varios cardenales en los brazos. Estaba muy bronceado y sus ojos parecían enormes y llamativamente blancos en contraste con su cara.

La señora Ali se echó a llorar y corrió a abrazarle. Él se sobresaltó al sentir los brazos de su madre, pero no dijo nada. Ella no se despegó de su hijo durante varios minutos. Finalmente se apartó un poco y Rehman saludó a su padre y a su tío. Todos se sentaron; la señora Ali tomó asiento junto a su hijo y le cogió la mano.

—¿Qué has estado haciendo? —dijo Azhar—. Tienes magulladuras por todas partes. Les has causado demasiados disgustos a tus padres. ¿Por qué has tenido que participar en esa protesta?

—Maama —dijo Rehman a su tío—, si todo el mundo pensara así las cosas nunca cambiarían. ¿No dijo alguien que para que ocurra algo malo sólo es necesario que la gente buena no haga nada?

—Pero ahora estás protestando contra algo que no es necesariamente malo —dijo el señor Ali—. El gobierno quiere crear industrias y proveer de empleo a nuestros jóvenes. Estás deteniendo el progreso económico de nuestro país.

—Tienes razón, Abba —dijo Rehman—. No es malo, pero aun así es injusto. A los pobres campesinos les están arrebatando las tierras.

—Reciben una compensación —matizó el señor Ali.

—Basta ya —dijo la señora Ali—. No empecéis otra vez a discutir sobre política.

—Estoy de acuerdo —dijo Azhar—. No tenemos más de media hora. Hablemos de qué se puede hacer. ¿A cuántos más arrestaron junto contigo?

—A unos treinta.

—Puedo preguntarle a mi amigo si puede deshacerse de tus papeles y dejarte ir. En casos como éste suele haber presiones políticas, pero estoy seguro de que no se darán cuenta si falta una persona entre treinta —dijo Azhar.

—No, Maama. Es de locos. ¿Cómo puedes pedirle a un policía que viole la ley de esa manera? —preguntó Rehman escandalizado.

—No seas ingenuo, muchacho —dijo Azhar—. Él no lo haría por cualquiera. Pero él y yo nos conocemos de toda la vida. Lo haría por mí. No pasa nada por preguntarle.

Rehman sacudió la cabeza.

—Ni hablar. No voy a formar parte de algo tan repugnante. En cualquier caso no puedo dejar a mis amigos e irme de rositas. Ésta es una gran oportunidad para que los medios se interesen aún más en el caso. Si hago lo que me sugerís, toda nuestra lucha a lo largo de una semana no habrá servido para nada. Además que supondría una traición a los campesinos que han depositado su confianza en nosotros.

—¿Y qué me dices de tus padres? —preguntó Azhar—. ¿Qué me dices del dolor que sienten?

—Azhar, déjalo —interrumpió el señor Ali—. No vas a convencerlo. ¿Qué importancia tiene para él nuestra angustia y nuestra vergüenza? Cuando yo era pequeño, el mero hecho de que la policía entrara en la aldea suponía una deshonra para toda la comunidad. Ahora mi propio hijo ha sido arrestado y le da igual nuestros sentimientos.

—No hay nada de qué avergonzarse —dijo Rehman—. No me han detenido por robar o mentir.

—¡Está preso y no siente ninguna vergüenza! —exclamó el señor Ali alzando las manos.

Rehman se volvió hacia la señora Ali.

—Ammi, ¿tú qué dices? Estás muy callada.

La señora Ali se echó a llorar.

—¿Qué quieres que diga, hijo? Una vez más estoy entre tú y tu padre. Ya no sé a quién escuchar ni quién tiene razón. Lo único que sé es que te han hecho daño.

Rehman le cogió las manos y la dejó llorar.

10

Al día siguiente en la casa del señor Ali todos estaban muy callados. Él conocía los motivos de su abatimiento y el de su mujer, pero se extrañó al ver que Aruna tampoco parecía la misma de todos los días. Finalmente el señor Ali desistió de intentar tener una conversación con ella y se fue a la oficina de correos a enviar unas cartas.

En la oficina de correos pasó junto a las colas de los mostradores y entró directamente como de costumbre. Entregó las cartas al empleado que estaba ocupado inutilizando las estampillas de los sobres con un sello grande y redondo. Naidu, el jefe de la oficina, estaba hablando por teléfono, pero le hizo una seña al señor Ali para que se sentara al otro lado del escritorio.

El señor Ali tomó asiento y esperó a que Naidu terminara de hablar. El pico del verano ya había pasado, pero seguía haciendo mucho calor. También había más humedad, lo cual anunciaba la llegada de las lluvias. Oía el intercambio de palabras entre el personal de clasificación y las personas que querían comprar estampillas. Oyó a un joven que le preguntaba a un empleado cómo rellenar el impreso para enviar dinero a sus padres, que vivían en el campo. El ventilador zumbaba ruidosamente sobre su cabeza y el empleado del sello grande y redondo seguía estampando los sobres sin perder el compás.

El señor Ali cerró los ojos, aislando todos los ruidos de su mente. Intentó no pensar en su hijo, en las heridas, en la celda. Pensó en Aruna y se preguntó por qué estaba tan callada. Esperaba que el motivo no fuera nada que él hubiera dicho o hecho. Su esposa siempre le decía que no hiciera bromas sobre las religiones o las castas, pero él no podía evitarlo. Aruna se había adaptado muy bien al trabajo y él no podía imaginarse llevando la agencia matrimonial sin su ayuda.

—Señor, ¿cómo está usted? ¿En qué puedo ayudarle? —preguntó una voz, y el señor Ali abrió los ojos; se había quedado dormido. Naidu ya había colgado el teléfono.

—Naidu, ¿qué tal?

—Bien, señor, gracias. Perdone que le haya hecho esperar. Era la secretaria del director general de correos y no podía cortarle.

—No se preocupe, Naidu. Necesito más postales. ¿Le queda algo?

—De verdad que lo siento, señor —dijo Naidu—. De momento sólo nos quedan unas pocas. Mandaré a pedir más y le avisaré por medio del cartero cuando las haya recibido.

—Perfecto. No las necesitaré hasta dentro de unos días —dijo el señor Ali.

Se quedó un rato más en la oficina, hablando del clima y las noticias.

Naidu preguntó:

—¿Se acuerda de Gopal, el cartero?

—Claro —dijo el señor Ali—. Lleva un par de semanas sin aparecer por mi casa. El nuevo cartero no es ni de lejos tan amigable. ¿Qué pasó con Gopal?

—Él tiene una hija, ¿recuerda?

—¡Por supuesto! Cuando se casó le dije en broma que ya no necesitaría de mis servicios.

—Pues su yerno ha fallecido —dijo Naidu.

—¿Qué? Apenas han pasado un par de meses desde la boda, ¿no es así?

—Así es. Apenas dos meses. Es la única hija de Gopal.

—Pobre chica..., pobre hombre..., qué tragedia —dijo el señor Ali impactado por la noticia.

Se quedaron en silencio y al cabo de un rato el señor Ali preguntó:

—¿Qué edad tenía el yerno?

—Veintinueve años.

El señor Ali sacudió la cabeza.

—¿Cómo murió?

—Un accidente. Una noche iba en moto por la carretera más allá del cementerio. Estaban haciendo obras y los trabajadores habían dejado un tambor de alquitrán en medio de la ruta. El tambor estaba cubierto de alquitrán por fuera, pintado todo de negro, así que no lo vio. Dio de lleno con él. El médico dijo que murió en el acto —explicó Naidu.

—Qué lástima. Un error estúpido que cometa una persona basta para que otra persona tenga que cargar con una tragedia. Siempre he pensado que esa carretera es peligrosa. Pero aun estando todo pintado de negro, ¿cómo es que no consiguió esquivar el tambor?

—Había un apagón y estaba todo oscuro. ¿Y sabe qué? Eso no es lo peor.

—¿Qué podría ser peor? —preguntó el señor Ali.

—Gopal se gastó un montón de dinero para la boda. Además pagó una dote cuantiosa ya que su yerno tenía un buen trabajo. Todavía está saldando las deudas de la boda. Su yerno tenía una póliza de seguros de quince lakhs. Por desgracia se la había sacado antes de casarse, había nombrado a sus padres como únicos beneficiarios y no la había modificado después de la boda. La compañía de seguros está realizando el desembolso a nombre de sus padres. Los suegros han echado a la pobre chica de la casa sin darle una sola rupia —explicó Naidu.

—¿Qué? —dijo el señor Ali—. ¿Cómo pueden hacer eso? ¿Ella no puede demandarlos?

—Gopal ha consultado a un abogado, pero éste le ha dicho que el caso puede tardar mucho en resolverse. Le ha recomendado que intente resolverlo fuera de la corte, pero los consuegros se niegan a hablar con Gopal. Afirman que su hijo murió porque la novia le trajo mala suerte.

—Qué ridículo..., qué vergüenza —dijo el señor Ali.

Volvieron a quedarse en silencio, cada uno absorbido por sus propios pensamientos. El señor Ali, abatido, se despidió y se retiró.

Al llegar a casa el señor Ali se encontró con Aruna, que estaba atendiendo a un cliente. Ella le decía:

—Algunos de nuestros miembros residen en Estados Unidos, señor. Estoy segura de que podremos ayudarle.

El cliente abonó los honorarios y poco después se marchó.

Una vez que se hubo ido, Aruna se volvió hacia el señor Ali y dijo:

—No comprendo a esta gente, señor. El hombre que acaba de irse está empeñado en encontrar un yerno en Estados Unidos y despachar a su hija. Tiene dinero, y a juzgar por la foto su hija es muy guapa. Fácilmente podría encontrar un yerno aquí y tendría a su hija cerca en lugar de enviarla a cruzar los siete mares. ¿Por qué la gente se encapricha con requisitos tan específicos? ¿Por qué son tan intransigentes?

—No sé por qué las personas son intransigentes. Pero te contaré una historia. ¿Tú sabías que nosotros tuvimos una gata?

—¿Una gata? Pues no, no lo sabía.

—¡Pues teníamos una! Fue hace varios años... Una gatita blanca de pelaje suave y una cola preciosa. Por aquí no se ven muchos gatos como aquél.

La señora Ali salió, y al ver que no había clientes se sentó con ellos.

—¿Tú te acuerdas de la gata? —le preguntó el señor Ali.

—¡Claro que me acuerdo! —respondió ella—. Era un encanto. Nunca se precipitaba sobre la leche o el pescado sin que yo se lo diera; esperaba pacientemente a que le sirviera la leche o una cabeza de pescado en su propio plato. Y hasta solía ahuyentar a los demás gatos que se acercaban a la cocina.

—¿Cómo fue que dieron con ella?, ya que no era de una raza muy común —preguntó Aruna.

—Un día —dijo el señor Ali— fui al mercado para comprar verduras. Al salir vi a la gata contra una pared acorralada por tres perros que no paraban de ladrarle. Parecían dispuestos a despedazarla, así que les arrojé una piedra. Los perros echaron a correr con la cola entre las piernas y yo me acerqué a la gata. Me sorprendí al comprobar que no temía a las personas. La pobrecilla dejó que la recogiera sin problema. Era un poco más grande que un cachorro y no se parecía en nada a ningún gato callejero. Me la traje a casa.

—Recuerdo el día que la trajiste —dijo la señora Ali—. A mí no me gustan los animales y nunca habíamos tenido una mascota, pero eran tan bonita que no pude evitar enamorarme de ella al instante. Le puse un platillo de leche y se lo bebió a lengüetazos.

—Así fue —dijo el señor Ali—. Todo el mundo se enamoraba de ella nada más verla. La adoptamos y se quedó a vivir con nosotros. Después de unos años empecé a pensar en buscarle un compañero. Removí cielo y tierra para encontrar otro gato como ella, pero era imposible. Llevaba varios meses buscando sin éxito cuando un buen día la gata desapareció. Rehman estaba desconsolado. A nosotros también nos afectó. Pensábamos que quizás había muerto en un accidente. La echábamos de menos, pero tras un par de meses dejamos de buscarla y entonces volvió a aparecer. Estaba preñada y fue directo a encerrarse en el armario.

»Al día siguiente dio a luz a tres gatitos mestizos. No eran totalmente blancos como su madre. Tenían manchas marrones por todo el cuerpo. Pero nuestra gata los adoraba. Los aseaba, los amamantaba, les enseñaba todos los trucos..., como trepar a los árboles y cazar ratones.

—¿Qué hicieron con los gatitos? —preguntó Aruna.

—Una vez que crecieron y ya podían cuidarse solos los llevé a la pescadería del mercado y los dejé allí —dijo el señor Ali—. Yo estaba buscando al compañero perfecto para nuestra gata. Pero todo lo que ella quería era un macho saludable. No le importaba que sus cachorros fueran mestizos. Ella los quería. Ahí es donde la gente se equivoca; siempre están buscando a la pareja perfecta, cuando serían igual de felices si se juntaran con una persona razonablemente buena.

—Vaya historias que cuentas —dijo la señora Ali riendo por primera vez desde el día anterior—. ¿Cómo puedes comparar a los seres humanos con los animales? No tiene sentido.

—Aun así es cierto —dijo el señor Ali moviendo la cabeza—. Muchos padres piensan que sus hijas sólo serán felices si se casan con un funcionario adinerado o con un ingeniero de software que resida en California. No siempre es así. Necesitas a un hombre con una buena reputación que sea capaz de respetar a su esposa. Cualquier mujer que se case con un hombre así será feliz, incluso viviendo con el dinero justo. Si en cambio le toca un marido que llega a casa borracho o anda con otras mujeres, da igual que vivan en una mansión con un montón de sirvientes, esa esposa se sentirá desdichada.

—Lo que dices es cierto —admitió la señora Ali—, pero ¿y si una mujer encontrara un marido rico que no tuviera malos hábitos y que además la respetara?

El señor Ali sonrió.

—En ese caso vivirían felices para siempre.

—Y esa clase de historias suelen comenzar con un «Había una vez» —concluyó Aruna con tristeza.

Unos días más tarde Aruna y el señor Ali estaban ocupados conversando con un cliente. El cliente no parecía convencido de que valiera la pena pagar la tarifa por adelantado, y ellos intentaban convencerlo para que lo hiciera. Aruna le enseñó al cliente una muestra de la lista de candidatos idóneos y el hombre se puso a ojearla. La muestra incluía toda la información correspondiente a los miembros, excepto las direcciones y los números de teléfono.

Mientras el cliente estaba ocupado estudiando la lista, entró Irshad. El señor Ali se volvió hacia él y lo recibió con una sonrisa.

—Hola, Irshad. ¿Qué te trae de vuelta por aquí? —preguntó.

—Buenas noticias, señor —exclamó Irshad. Hurgó agitadamente en su mochila y sacó dos sobres. Le dio uno al señor Ali y otro a Aruna. Las cuatro esquinas de los sobres estaban coloreadas de amarillo con cúrcuma y en la parte superior podía leerse en floridas letras cursivas las palabras «Invitación de Boda».

Abrieron los sobres y sacaron las tarjetas. Las invitaciones eran de la madre de Irshad. La parte superior de cada tarjeta venía ilustrada con una luna creciente y una estrella justo encima. Debajo de la luna y la estrella, en letras pequeñas, podía leerse: «En el nombre de Alá, el más misericordioso, el más benefactor.» El texto de la invitación decía:

La señora Ameena Khatoun, esposa del difunto Janab Mohammed Ilyas, *tehsildar* retirado (funcionario principal del municipio), se complace en solicitar su gentil presencia con motivo de la boda de su hijo Mohammed Irshad con Aisha, hija de Janab Syed Jalaluddin, tendero.

En las invitaciones figuraba la dirección del lugar de celebración y la hora, las diez de la mañana de un domingo del mes siguiente en la casa de la novia en Kottavalasa. El señor Ali, risueño, salió desde detrás de su escritorio.

Irshad extendió el brazo para estrecharle la mano. El señor Ali la apartó y le dio un abrazo.

—Enhorabuena. Que seas muy feliz —dijo el señor Ali.

—Todo se lo debo a usted, señor. De no haberse interesado personalmente esto no habría sido posible —dijo Irshad claramente emocionado.

—¿Fuiste a Kottavalasa para conocer a la novia y a sus padres? —preguntó el señor Ali.

—Así es, señor. Mi madre y yo fuimos con el imán de nuestra mezquita. Todo el asunto del casamiento se acordó en esa sola visita.

—¿Habló con Aisha? —preguntó Aruna.

Irshad se puso colorado.

—Sólo unos minutos, señorita. Es una chica muy inteligente. Ha escrito artículos y publicado recetas de cocina en un semanario.

—¿Es guapa? —preguntó Aruna con aire inocente.

Irshad se sonrojó aún más.

—Sí, señorita. Es muy guapa.

—¿Qué llevaba puesto? —continuó Aruna.

Irshad se retorció de la vergüenza. Vaciló y tartamudeó durante un instante y finalmente dijo:

—Un sari.

—Me imagino que llevaría un sari para una ocasión tan formal, pero ¿de qué color era? —preguntó Aruna.

Él caviló un momento y luego respondió:

—Naranja, creo.

—¿Está seguro? —preguntó Aruna.

—La verdad es que no. Sólo me fijé en sus ojos. Tiene unos ojos grandes, como de cierva, y relucen como el mármol..., y noté que llevaba fragantes flores de jazmín en el pelo.

—Si quiere tener una vida feliz junto a su esposa —dijo Aruna— fíjese en lo que ella lleva puesto y si piensa que le sienta bien hágale un cumplido.

El señor Ali sonrió.

—Y si quieres tener una vida aún más feliz junto a ella hazle un cumplido aunque no te guste lo que lleva puesto.

Todos, incluido el cliente, se echaron a reír. Irshad se reía nervioso. El señor Ali se volvió hacia Aruna y le dijo:

—Ya está bien, niña. Estás haciendo que el pobre hombre se avergüence.

Luego miró a Irshad.

—Enhorabuena otra vez, y gracias por venir a traernos las invitaciones. La mayoría de la gente se olvida de que sus bodas son posibles gracias a la mediación de una agencia matrimonial.

—¿Cómo podría olvidarlo, señor? Todo se lo debo a usted. Tiene que estar presente en la boda. De hecho, no será un invitado más; será el invitado de honor. Enviaré un taxi para que lo recoja y lo traiga de vuelta a casa.

—De acuerdo. ¿Cómo podríamos rechazar esa invitación? La señora Ali y yo estaremos presentes.

Irshad se dirigió a Aruna.

—¿Vendrá usted, señorita?

—Lo siento —dijo Aruna moviendo la cabeza—. Está demasiado lejos. No creo que pueda ir.

—Comprendo. Puede que cuando regresemos a la ciudad celebremos un *valima*. Supongo que al menos entonces podrá venir.

Aruna parecía desorientada.

—Los musulmanes llamamos valima a un banquete que se realiza después de la boda —explicó el señor Ali—. Lo organiza la familia del novio.

Aruna asintió en señal de entendimiento.

—Puede que entonces vaya. Y si ese banquete no llegara a celebrarse tiene que venir un día con Aisha para que pueda conocerla.

—Por supuesto...

Irshad finalmente se despidió y se retiró.

Hacía rato que el cliente ya había terminado de leer la lista y se había puesto a escuchar la conversación con interés. Después de que Irshad se marchara, el cliente dijo:

—Me haré miembro. Aquí tiene su tarifa.

El señor Ali se guardó el dinero en el bolsillo.

—No se arrepentirá —dijo.

Mientras Aruna se disponía a recoger las cosas para irse a comer, el señor Ali le pagó su porcentaje de comisión por el nuevo cliente.

—Pensaba que no se apuntaría —dijo—. No parecía convencido de que pudiésemos ayudar a su hija. Debió de cambiar de opinión después de escuchar a Irshad.

Aruna guardó el dinero y dijo:

—Ya lo creo que fue eso lo que ayudó, señor. Quizá deberíamos contratar a un actor y cuando se presente un cliente potencial al que haya que convencer lo llamamos en secreto para que se presente como hizo Irshad y nos diga que le hemos prestado un gran servicio y que gracias a nosotros ha encontrado novia. «Señor —podría decir—, usted es realmente genial. Había perdido las esperanzas de encontrar una pareja, pero su gente resolvió todos mis problemas en un santiamén. Aquí tiene diez mil rupias como muestra de mi gratitud.» Entonces usted rechazaría el dinero y él insistiría: «Acéptelo, se merece usted hasta la última rupia. No puede imaginarse cuán agradecido estoy.»

El señor Ali se desternillaba.

—Aruna, eres terrible. Vete a comer.

Aruna estaba en su casa comiendo, sentada en el suelo de la cocina con las piernas cruzadas. Masticaba sin interés, saboreando apenas el arroz con sambhar y calabaza salteada. Su hermana Vani estaba en la universidad. Su padre estaba tumbado en la cama en la otra habitación con el viejo ventilador de techo zumbando ruidosamente sobre su cabeza. La madre de Aruna estaba sentada enfrente de ella sobre una tarima de madera de diez centímetros de alto, moviendo en silencio el abanico de modo que las dos recibieran un poco de brisa.

En la casa del señor Ali, durante un instante, ella había conseguido evadirse de sus propios problemas; pero ahora todos regresaban en tropel a su cabeza. Tío Shastry había venido en más de una ocasión para hablar con su padre sobre lo relativo a la boda, pero él se mantenía inflexible. Decía que no podía permitirse costear la boda de Aruna y punto. La última vez había sido muy grosero con tío Shastry al decirle que no volviera a poner un pie en su casa si sólo quería hablar de eso.

Entonces su madre y su padre habían tenido una discusión violenta y los ánimos seguían sin calmarse, y todos los miembros de la familia se paseaban con cuidado por la casa. La tensión en el ambiente era palpable. Ya no comían juntos; el padre de Aruna comía solo en el salón y su madre comía con Aruna en la cocina. Vani había empezado a llegar tarde a casa y cuando su padre le pedía explicaciones ella le respondía con monosílabos.

La madre de Aruna rompió el silencio:

—Tenemos que comprar aceite. No quiero pedirle dinero a tu padre. Ya sabes cómo se pone.

Aruna asintió con la cabeza.

—No hay problema, Amma. Esta tarde pasaré por la tienda de regreso a casa y compraré. La semana pasada me pagaron el sueldo.

La madre de Aruna suspiró desdichada. Aruna sabía que si ella fuera un hijo varón a su madre no le importaría pedirle dinero. Incluso estaría en todo su derecho. Pero Aruna era consciente de que su madre, una mujer hindú tradicional, creía que pedirle dinero a una hija no estaba bien.

Un lunes, el señor Ali estaba trabajando en la oficina. La señora Ali iba a visitar a su vecina viuda, una anciana llamada Lakshmi. Otra ex vecina, Anjali, le había dicho que el hijo de

Lakshmi la había echado de la casa y que ella ahora vivía con su hermana. La señora Ali quería interceder para que Lakshmi y su hijo se reconciliaran. El señor Ali pasaría a recogerla más tarde.

—Te he dejado el almuerzo en la mesa. Después de comer no dejes el plato allí. Llévalo al fregadero y déjalo en remojo —indicó la señora Ali.

El señor Ali asintió con la cabeza.

—Y no olvides tapar las fuentes después de servirte. Si no, las moscas se posan sobre la comida —añadió ella.

El señor Ali asintió con la cabeza.

—He cerrado la puerta de la cocina desde fuera. Leela ha dicho que hoy vendrá tarde. Entrará por el patio trasero y se pondrá a trabajar. Vigila y asegúrate de que la puerta de la cocina quede cerrada cuando ella se vaya. Si no, entran los gatos y se beben toda la leche.

El señor Ali asintió con la cabeza.

—Y no salgas de la casa para pasar a recogerme en un par de horas metiéndome prisa. Ya sabes que eso no me gusta —dijo ella.

El señor Ali suspiró y asintió con la cabeza.

—Vale..., ahora vete, si no tendré que pasar a recogerte antes de que te hayas ido.

La señora Ali finalmente partió y el señor Ali reanudó su labor.

Repasó todas las listas y marcó aquellas que se estaban quedando cortas. Aruna pasaría a máquina la información de los miembros más recientes para completar las nuevas listas. El día anterior el *Indian Express* había publicado un anuncio con erratas. Telefoneó a la sección de clasificados y consiguió que se comprometieran a publicarlo una vez más sin cargo adicional. Luego revisó el armario para comprobar si necesitaba comprar más artículos de oficina.

Estaba tomando nota mental de que faltaban sobres y grapas cuando entró en el despacho una joven veinteañera. Era alta, delgada, de piel levemente oscura y vestía un elegante sari de gasa. No llevaba un mangalsutra y no parecía estar casada.

La mujer juntó las manos y el señor Ali hizo lo propio.

—*Namaste*. ¿La agencia matrimonial es aquí? —preguntó ella con una voz suave.

—Sí, señorita. Adelante, siéntese. Dígame en qué puedo ayudarle. Soy el señor Ali.

La mujer tomó asiento y clavó la vista en el suelo, retorciendo con torpeza el extremo del sari en un puño. El señor Ali aguardó un instante y viendo que la mujer no reaccionaba dijo:

—Está bien, querida, no tienes por qué avergonzarte. Dime, ¿para quién estás buscando pareja?

—Para mí —respondió ella.

El señor Ali sacó un formulario de solicitud y se lo entregó.

—¿Por qué no rellenas esto? —dijo—. Luego hablaremos.

La mujer le sonrió y se aplicó en rellenar el impreso.

El señor Ali continuó con su trabajo.

Minutos más tarde ella levantó la vista y dijo:

—Señor...

El señor Ali levantó la vista de su escritorio, cogió el papel que ella le extendía y lo leyó.

Se llamaba Sridevi. Pertenecía a la comunidad Kamma, una casta dominante de agricultores y terratenientes que ahora también poseían granjas de pescados y compañías de software. Tenía veintitrés años, una licenciatura en Empresariales y llevaba una floristería. Según lo expuesto en el formulario no contaba con el dinero de su familia, pero tenía buenos ingresos.

—No hay muchas floristerías en la ciudad. ¿Dónde está tu tienda? —preguntó el señor Ali.

Sridevi mencionó un hotel de cinco estrellas.

—En el vestíbulo —añadió.

—¿Es tuya o sólo eres la encargada? —preguntó el señor Ali.

—Es mía —dijo Sridevi.

—Debes de pagar un alquiler muy caro.

—No. Ellos no tenían una floristería, así que hablé con el director y lo convencí para que me cediera un espacio pequeño en el vestíbulo a cambio de un porcentaje sobre la recaudación. La cosa ha ido bien y me han dado un espacio más grande —explicó Sridevi.

El señor Ali asintió. Era imposible que hubiera sido tan fácil como Sridevi lo contaba. Seguramente ella era una mujer formidable cuando se trataba de alcanzar un objetivo sin el apoyo de su familia. El señor Ali continuó leyendo el impreso. Finalmente comprendió por qué ella había venido sola y se había sentido tan incómoda: estaba divorciada.

—¿Cuánto tiempo estuviste casada? —preguntó el señor Ali.

—Quince meses.

—¿Qué ocurrió?

—Peleábamos todo el tiempo. Él estaba totalmente sometido a sus padres. Ellos no querían que su nuera trabajara. Yo no podía quedarme en casa todo el día, pero él me impedía trabajar. Sus padres querían que tuviéramos hijos lo antes posible y él también me presionaba con eso. La situación se volvió intolerable. Después de unos meses hasta me obligaron a ver a un ginecólogo, pensando que debía de tener algún problema ya que no me quedaba embarazada. Después de eso dejé de hablarles y las cosas empeoraron —dijo Sridevi. Miró al señor Ali con descaro, como retándolo a que la criticara.

—No te juzgo, Sridevi —dijo él—. Debes de haber tenido tus razones. ¿No le contaste a tu familia lo que estaba ocurriendo?

Durante un momento Sridevi no dijo nada. Respiró hondo y continuó:

—Se lo conté, pero dijeron que hacía mal en contradecir los deseos de mis suegros. Mi padre incluso dijo que había sido un error haberme pagado los estudios. Según él eso me había dado «ideas». Después del divorcio dejó de hablarme.

—Eso es duro. ¿Y tu madre? —preguntó el señor Ali.

—Viene a verme a escondidas de vez en cuando. Me insiste en que regrese con mi marido, pero yo no quiero volver a pasar por eso. Quiero empezar de nuevo con alguien que me acepte como soy.

—Debo decirte, Sridevi, que si bien eres una mujer joven sin hijos, la mayoría de los hombres que están dispuestos a casarse con una viuda o una divorciada son mucho mayores y suelen tener hijos —advirtió el señor Ali.

—Ya lo sé, señor. No me corre prisa. Puedo esperar hasta que aparezca un buen candidato.

—Veamos nuestras listas —dijo el señor Ali, dirigiéndose hacia el armario de los archivos.

Sacó una lista de candidatos de la casta Kamma. Sólo había dos hombres dispuestos a considerar segundos matrimonios. Uno tenía unos cuarenta largos y el otro cincuenta.

El señor Ali dijo:

—Publicaré tus datos en un par de periódicos y veremos qué pasa.

—No, señor —dijo Sridevi—. Aunque se supone que esto es una ciudad, Vizag es un pueblo grande y si usted saca un anuncio la gente de mi comunidad sabrá que se trata de mí. Las malas lenguas empezaran a hablar y preferiría evitarlo. Como le he dicho, no tengo prisa y puedo esperar.

—¿Estás segura? Así no hay garantías de que vayamos a encontrar a la persona adecuada —dijo el señor Ali.

—La vida no ofrece garantías, señor. Eso es algo que aprendí en los últimos años —dijo Sridevi poniéndose de pie para marcharse.

—¿Has hablado con alguien más de este asunto? Si no es con alguien de tu familia, ¿al menos con amigas? —preguntó el señor Ali.

Sridevi negó con la cabeza.

—La verdad es que no. Es difícil. La gente no lo entiende. Incluso me costó encontrar un sitio para vivir ya que nadie quiere alquilar su casa a una divorciada. Por suerte encontré una buena abogada y ella se aseguró de que recibiera un piso como parte del acuerdo del divorcio. Es muy raro. Como florista voy a fiestas y actos, decorando salones y escenarios. Pero no puedo asistir a ninguna celebración en mi propia casa. Mi primo se casó el mes pasado y no me invitaron. Soy casi como una viuda, quizá peor. De hecho me he vuelto invisible.

11

Al cabo de unos días el señor Ali estaba en su escritorio en compañía de Aruna. Era mediodía y de repente la luz cambió. El brillo estridente de la mañana se hizo más suave mudando hacia una tonalidad pardusca. El señor Ali levantó la vista y dijo:

—Creo que va a llover.

Se levantó y fue hacia la puerta. Por el olor de la tierra supo que la lluvia no estaba lejos. Escuchó a Aruna gritar a sus espaldas:

—¡Señora, que va a llover!

Mientras caían las primeras gotas recibió un empujón y la señora Ali salió corriendo, casi como un atleta, rumbo a una sábana de algodón sobre la que se estaba secando el tamarindo. Aruna también salió y ayudó a la señora Ali a unir las cuatro esquinas de la sábana para llevarla adentro.

La señora Ali dijo:

—No deberías quedarte allí parado mirando la lluvia. Si Aruna no me hubiera avisado el tamarindo se habría mojado y se habría echado a perder.

El señor Ali, que no había reparado en el tamarindo pese a tenerlo delante de sus narices, no dijo nada. Aruna y la señora Ali se metieron en la casa. Él estaba más interesado en la lluvia. Todavía no había llegado la estación de los monzones. Ésta debía de ser una lluvia que precedía a los monzones. En su actitud de espectador miraba cómo las gotas caían sobre la tierra seca. Azhar apareció corriendo en medio de la lluvia, abrió la puerta y se precipitó en la casa para plantarse a su lado.

—¿Qué haces por aquí con esta lluvia? —preguntó el señor Ali.

—No sabía que iba a llover, ¿tú qué crees? Cuando salí de casa hacía un día soleado —dijo Azhar.

—¿Es que no recuerdas los versos? —dijo el señor Ali.

Cuando el jacana de bronce se pone a chillar,
cuando la cobra negra trepa a los árboles,
cuando la hormiga roja carga con huevos blancos,
entonces llueve a cántaros.

—Tienes buena memoria —dijo Azhar—. Hacía años que no lo escuchaba. Mi abuela solía cantar eso cuando era niño. Eso sí, cuando veía una cobra trepando a un árbol no pensaba precisamente en la lluvia.

El señor Ali se echó a reír.

—Me pregunto si los monzones serán generosos este año —dijo el señor Ali.

—Yo creo que sí —dijo Azhar—. Al menos eso predicen los meteorólogos. Así que ya veremos.

—Esperemos que sí —dijo el señor Ali—, gran parte de la India depende de los monzones. No sólo los campesinos, también las aves, los animales y los árboles.

Se quedaron en silencio, observando cómo la tierra reseca absorbía el agua y despedía su calor reprimido.

—Todavía no me has dicho qué haces por aquí —insistió el señor Ali.

—Hoy es el primer día del mes, ¿no es así? No soy como mi cuñado, que gana tanto dinero con su agencia matrimonial que ya no sabe en qué día vive. Voy a cobrar mi jubilación —dijo Azhar.

El señor Ali se rio. Luego se puso serio de repente.

—¿Tienes noticias de Rehman? —preguntó.

—Mi amigo el inspector ha dicho que pronto presentarán los cargos, en cuestión de días —respondió Azhar.

—¿De qué les acusarán? —quiso saber el señor Ali.

—Él cree que será por alteración del orden público —informó Azhar.

—No parece tan grave —dijo el señor Ali.

Azhar miró a su alrededor con discreción y bajó la voz:

—No se lo digas a mi hermana, pero mi amigo dice que la policía de Royyapalem está buscando pruebas, cualquier tipo de pruebas, para imputarles un delito más grave, como daños y perjuicios.

—Me lo temía. ¿Crees que son capaces de inventarse algo para pillarles?

—¿Has leído la prensa de hoy? Esos chicos han armado una buena. Los medios han cubierto la protesta y todo el pueblo está indignado. El gobierno ha anunciado la aplicación del artículo ciento cuarenta y cuatro en toda la zona.

—¿El artículo ciento cuarenta y cuatro? Viene a ser el toque de queda, ¿no es así? —preguntó el señor Ali.

—No del todo —dijo Azhar—. Sólo han prohibido cualquier reunión de más de cinco personas en esa zona. Pero creo que la cosa ha ido más lejos. Me parece que todo el proyecto está en un apuro.

Paró de llover y Azhar dijo que debía marcharse.

—Al menos entra y bebe una taza de té —ofreció el señor Ali.

—No, será mejor que me vaya —dijo Azhar—. Si me demoro las colas en el banco serán interminables. Oye, ¿qué tienes que hacer esta tarde? Nosotros iremos a la playa. ¿Quieres venir?

—¿Con esta lluvia? —preguntó el señor Ali.

—Pero si es sólo un chubasco. Y ya ha parado. Por la tarde volverá a hacer bueno —dijo Azhar.

—¿Quién va? —quiso saber el señor Ali.

—Seremos unos diez o quince. Sanyasi se apunta —dijo Azhar, mencionando un amigo en común.

El señor Ali se lo pensó un momento y luego dijo:

—Hace tiempo que no salgo con vosotros. Me apunto.

Aquella tarde Aruna estaba sola en la oficina. El señor Ali se había ido a la playa y la señora Ali estaba en la casa preparando la cena. Un hombre joven entró en el despacho y Aruna levantó la vista de la máquina de escribir.

—Hola, Aruna —saludó él.

Aruna se encontró con el apuesto médico que se había hecho miembro algunas semanas atrás.

—Hola, señor Ramanujam —contestó, sorprendida de que él recordara su nombre.

—¿Está el señor Ali? —preguntó él.

—No. Ha salido —dijo Aruna.

—Vaya. Al parecer mi hermana llamó ayer y él le dijo que viniera hoy para ver una lista nueva. Mi hermana no podía venir, así que me pidió que pasara a recogerla.

—Sí, algo le surgió esta mañana y él debió de olvidarse de que le había dicho a su hermana que viniera. En cualquier caso yo puedo ayudarle.

—Te lo agradezco —dijo él con una sonrisa.

—Si mal no recuerdo, ustedes eran brahmanes, ¿no es cierto? —Aruna sabía que Ramanujam era brahmán, pero se lo preguntó de todos modos.

—Correcto —dijo él.

Aruna se levantó y fue hasta el armario donde guardaban las listas. Sacó la lista indicada y se la entregó a Ramanujam.

Cuando él la cogió, ella observó que llevaba un reloj de oro que parecía costoso. Sus uñas estaban bien cortadas y sus dedos eran largos y afilados. Súbitamente Aruna tomó conciencia de que llevaba puesto un vestido viejo y descolorido.

Ramanujam echó un vistazo a la lista.

—¿Quiere que se la ponga en un sobre? —se ofreció Aruna.

—No es necesario —contestó él dedicándole una sonrisa.

—¿Su hermana vive cerca? —preguntó Aruna.

—Sí. Está casada con un industrial de la ciudad —dijo Ramanujam. Luego se rio—. No sé exactamente a qué se dedica, pero uno de sus grandes clientes es la fábrica de acero.

Aruna asintió. Estaba claro que eran ricos y sus palabras no hacían más que confirmarlo.

—¿Y tú qué? —preguntó Ramanujam—. ¿Tienes hermanos o hermanas?

—Tengo una hermana menor. Todavía está en la universidad —dijo Aruna.

—¿Y tú? ¿Qué carrera estudiaste?

—Tengo una licenciatura en Telugú y Ciencias Sociales.

—Vaya. Una erudita.

Aruna se encogió de hombros.

—En realidad quería hacer un máster, pero tuve que dejar los estudios —explicó. A medida que las palabras iban saliendo de su boca ella se encogía por dentro. Se preguntaba por qué había dicho eso.

—¿Por qué tuviste que dejarlos? —se interesó Ramanujam.

—Mi familia ya no podía permitírselo. Además, mi boda estaba casi arreglada y no quería empezar con algo sin estar segura de poder continuar.

Aruna intentaba hablar despreocupadamente, pero le era imposible ahuyentar el temblor de su voz. Recogió una hoja de papel del escritorio y se volvió hacia el armario.

—¿Qué ocurrió con la boda? —preguntó él. En ese momento debió de notar que ella vacilaba, puesto que añadió—: No tienes por qué contármelo si no quieres.

Aruna suspiró.

—Es muy simple. Mi padre se puso enfermo y pasó mucho tiempo en el hospital. La mayor parte de nuestros ahorros se esfumaron.

—Si él rompió el compromiso porque tu padre no estaba bien de salud —dijo Ramanujam—, probablemente no era tan buen tipo. Tal vez encuentres a alguien mejor.

—No —dijo Aruna moviendo la cabeza—. Él era... Él es un buen hombre. Se casó con una prima lejana. Son muy felices. Mi prima es la madre de un niño precioso.

Aruna sintió que se le partía el corazón. Sushil fue el primer candidato que le presentaron. Se llegó a un acuerdo perfecto en casi todos los aspectos y Aruna se enamoró de él a primera vista. Al menos en aquel momento ella pensó que era amor. Ahora no estaba segura de si lo que había sentido era amor; sólo sabía que nunca antes había experimentado tales emociones. Llegó a verlo tres veces; cada vez que le decían que él y su familia vendrían ella se quedaba sin aliento. Cada vez que estaba con él cara a cara se le trababa la lengua. Siempre se esmeraba en cuidar su apariencia, se vestía con los mejores saris —los que luego se vendieron para comprar cosas útiles para la casa—, se trenzaba sus largos cabellos con una cinta de colores, lucía su collar y sus pendientes de oro y se aplicaba una pizca de polvo de talco en la cara y el cuello para parecer más blanca de lo que realmente era.

A la tercera vez que él vino a visitarla, cuando le trajo una ristra de jazmines para su pelo, ella se puso contentísima. Vino sin su madre y sin ningún otro familiar, directo desde el trabajo. El padre de Aruna había salido y ella notó que su madre estaba escandalizada porque Sushil se había presentado sin su familia. La madre de Aruna envió a Vani a la casa de una vecina y se encerró en la cocina para que Aruna y Sushil pudieran conversar tranquilamente en el salón. Aruna y Sushil estuvieron hablando de todo durante más de cuarenta minutos. Él le dijo que le gustaba una actriz en particular de las películas del sur de la India, y ella se mofó diciéndole que esa actriz tenía la nariz demasiado ancha. Le contó que ella nunca había viajado fuera de su provincia y él le prometió que remediaría eso lo antes posible una vez celebrada la boda. Le dijo que la llevaría a Chennai y a la estación de montaña Ooty. Mencionó la expresión «luna de miel» y ella enrojeció de rabia y se marchó a la cocina para ver si su madre necesitaba algo. Su madre no necesitaba nada, evidentemente, de modo que ella regresó al salón en menos de cinco minutos. Él se deshizo en disculpas por haber mencionado esas palabras y ella las aceptó con un gesto elegante.

Sushil le preguntó si a ella le gustaba alguna estrella de cine. Ella sacudió la cabeza: no.

—¿Ni siquiera Chiranjeevi? —insistió él nombrando al más popular actor telugú.

—No. De todos modos, gusta más a los chicos que a las chicas, ya que sólo hace películas de acción —respondió ella.

Incluso hablaron de temas serios: ¿por qué creía él que el clima era cada año más caluroso? ¿Qué pensaba ella de los gobiernos de coalición? ¿Se merecían los Naxalites —la guerrilla maoísta— que les apoyaran cuando quemaban licorerías en las aldeas tribales? En algunos puntos estaban de acuerdo y en otros no. Las coincidencias los unían —como conspiradores del mundo—, las discrepancias añadían pasión a la charla.

La conversación dio un giro hacia el campo profesional. Él le preguntó si tenía pensado trabajar una vez casada y ella respondió que le gustaría trabajar en caso de que pudiera encontrar un empleo, y siempre y cuando le pareciera bien a él y a su familia.

—Por mí está bien —dijo él—. Puede que a mi madre no le guste. Ya veremos.

En realidad a ella le daba igual una cosa u otra. Aruna sabía que sería difícil llevarse bien con su madre, pero tenía confianza en que llegado el momento se la ganaría. Estaba enamorada de su prometido. El sol brillaba en el cielo, el mundo estaba iluminado, todo era posible.

Vani llegó de la casa de la vecina y Aruna nunca odió tanto a su hermana como en aquel momento. Su madre salió de la cocina con un plato de *boorulu*. Sushil le dio un mordisco a uno y se quemó la lengua con el corazón de azúcar moreno. Agitó una mano en el aire, dolorido por el contacto con el azúcar caliente, y Aruna fue corriendo a la cocina y regresó con un vaso de agua fría. Se inclinó sobre él por lo menos tres veces para preguntarle si estaba bien hasta que él le aseguró que no había sido nada, sólo un susto momentáneo. Ella le miró con ansiedad y sus ojos se encontraron, casi como en la escena de una película.

Nada más marcharse Sushil, regresó el padre de Aruna. Ella y su madre guardaron el secreto acerca de la visita, pero Vani, sin querer, se lo reveló a su padre. A él no le hizo ninguna gracia que el chico se hubiera presentado sin acompañantes, pero no dijo nada. Después de todo iba a convertirse en su yerno.

Aruna se fue a dormir la mar de contenta. Durante toda la noche tuvo sueños difusos en los que ella y Sushil visitaban un pequeño valle de montañas sumergido en una niebla oscilante. Hacía frío y los dos descendían un sendero montañoso envueltos con la misma manta. Deliciosos sentimientos la estremecían. Al levantarse feliz por la mañana abrazó con fuerza los recuerdos de la noche anterior. Durante tres días más permaneció en ese estado de ensueño, hasta la noche en que su padre empezó a gritar en la cama, incapaz de levantarse, y entonces los sueños se desvanecieron lentamente mientras su vida, su ropa, su alma iban perdiendo el color.

Aruna nunca había compartido con nadie estos hechos y sentimientos. Ni siquiera con su madre o su hermana. Sin duda no podía contarle toda la historia a Ramanujam. Pero tampoco quería guardárselo todo. Le relató parte de la historia; sólo los hechos.

Aruna y Ramanujam siguieron conversando. Él habló de su época universitaria; había estudiado medicina en la ciudad, en el Andhra Medical College, pero el posgrado para obtener el título de neurocirujano lo había hecho en el prestigioso All India Institute of Medical Sciences de Delhi.

Aruna estaba impresionada.

—¿En el AIIMS? ¿No es difícil el ingreso? —preguntó.

Ramanujam se encogió de hombros.

—Es un gran instituto. El campus es precioso y tienes a los mejores profesores. Pero a pesar de todo lo que allí aprendí, creo que aprendí más viviendo en una residencia lejos de mi familia.

—Yo nunca he estado lejos de mi familia. Mis únicos viajes han sido para visitar a tío Shastry en las vacaciones durante mi infancia —dijo Aruna.

—En el AIIMS también había chicas —dijo Ramanujam—. Los chicos no podíamos entrar en su residencia, pero ellas podían venir a visitarnos. Si queríamos ver a una chica determinada teníamos que esperar en la recepción hasta que pasara alguna para preguntarle si era tan amable de llevarle un mensaje. Algunas chicas eran muy entrometidas. Querían saber por qué queríamos encontrarnos con esa chica; hacían todo tipo de preguntas y luego se negaban a llevarle el mensaje.

—Eso te habrá enseñado a tener paciencia —se mofó Aruna.

—Era frustrante. Mientras estábamos allí veíamos entrar al lechero, al cartero, al lavandero, al chaval del comedor, a los jardineros. En fin, que todos los hombres tenían permitido el acceso, pero los estudiantes no podíamos cruzar la línea de la recepción —dijo Ramanujam.

—Era como la *rekha* de Lakshmana —observó Aruna refiriéndose a la línea trazada por Lakshmana para proteger a

Sita, la fiel esposa de su hermano Rama, en los poemas épicos hindúes del Ramayana.

—Eso es, como la rekha de Lakshmana, aunque algunas chicas de la residencia no veían en Sita un ejemplo a seguir —dijo Ramanujam echándose a reír.

—¿Y cuántas veces te plantaste en la entrada de la residencia para señoritas a la espera de alguna que quisiera hacer de mensajera? —preguntó Aruna.

—No muchas, unas tres o cuatro —respondió Ramanujam.

—Sí, ya... —Aruna se echó a reír.

—No, en serio —dijo Ramanujam—. Además que era más divertido encontrarse con ellas en el salón de té.

Él enseñó una sonrisa traviesa y ella lanzó una carcajada.

De repente la señora Ali se hizo oír desde el interior de la casa.

—Aruna, ¿por qué no has encendido las luces?

Aruna, sobresaltada, se dio cuenta de que ya casi era de noche.

—Perdone, señora —respondió—. Ahora mismo las enciendo.

Se levantó y fue a encender las luces. El largo tubo blanco parpadeó varias veces y luego todo se iluminó. Aruna cerró los ojos, pronunció una breve oración y se tocó la frente con la punta de los dedos.

La señora Ali salió y vio a Ramanujam.

—Lo siento —dijo a Aruna—. No sabía que estabas con un cliente.

Volvió a meterse en la casa. Aruna se sintió culpable. Era raro que no tuvieran visitas por la tarde. ¿Acaso algún posible cliente se había largado sin llamar al encontrarse con las luces apagadas y el frente de la casa en penumbras?

Volvió a concentrarse en los archivos y dijo a Ramanujam:

—Tenemos una candidata que podría interesarte. Recibimos su carta ayer y todavía no ha sido incluida en la lista.

Copió toda la información sobre la chica —hija de un miembro de la Asamblea Legislativa— en un trozo de papel y se lo entregó a Ramanujam.

—De momento no tenemos una foto de ella. Su padre ponía en la carta que se pasaría personalmente para hablar con nosotros cuando la Asamblea entrara en receso y pudiera viajar desde Hyderabad.

No hacía falta aclarar que la familia de la novia era rica. Todo el mundo sabía que todos los políticos lo eran. Ramanujam echó una rápida ojeada a la información.

—Gracias —dijo—. Aunque no sé si quiero contraer matrimonio en el seno de una familia de políticos. —Se quedó mirándola en silencio—. En fin, tengo que irme. ¿Sabes a qué hora regresará el señor Ali?

—No sé con certeza a qué hora vendrá el señor —dijo Aruna moviendo la cabeza.

Ramanujam asintió, pero no hizo ningún movimiento para marcharse.

—Por lo general a esta hora estoy atendiendo en mi clínica privada, a excepción de los martes, que es el día en que tengo dos sesiones quirúrgicas en el hospital público —dijo.

Ramanujam le habló a Aruna de la operación que había llevado a cabo aquel día. Un joven al que habían traído de un pueblo sufría ataques epilépticos. Los ataques eran tan graves que no podía viajar en autobús ni en tren. La familia lo había atado a la cama con una cuerda y lo había trasladado al hospital en un carro tirado por bueyes. El joven se había casado recientemente y la mujer también había ido al hospital con sus padres. Ramanujam le contó a Aruna cómo los padres del muchacho maltrataban a la pobre mujer y la culpaban por la enfermedad de su hijo.

Aruna suspiró en un gesto de compasión. Siempre que un hombre se ponía enfermo o perdía su empleo poco después de casarse, todo el mundo culpaba a la pobre esposa por haberle traído mala suerte. Curiosamente, nunca era al revés; no era culpa del hombre si la mujer se ponía enferma después de la boda. En ese caso la mujer era despreciada por no ser una novia saludable.

—¿Cómo ha ido la operación? ¿Está curado? —preguntó ella.

—Bueno, le sacamos un tumor. Todavía no se ha despertado de la anestesia. Lo sabremos en los próximos días. —Ramanujam miró su reloj—. Me tengo que ir —dijo.

Aruna le sonrió.

—Espero que no te hayas aburrido conmigo —dijo.

—Para nada —contesto él—. He pasado una tarde muy agradable. Espero no haberte distraído de tu trabajo. Y gracias por la lista.

—De nada. Ojalá encuentres a la chica apropiada —dijo ella sonriente.

Ramanujam puso los ojos en blanco y se levantó.

Aruna también se puso de pie.

—Yo también tengo que irme —dijo.

Guardó todo en su sitio y cerró el armario. Había ordenado la mesa mientras hablaba con Ramanujam, de modo que en un minuto ya estaba lista para salir. Cogió su bolso de mano —una nueva compra— y se lo puso al hombro. Se asomó al interior de la casa entre las cortinas y saludó a la señora Ali.

—Me marcho, señora.

La señora Ali estaba al teléfono. Tapó el auricular con una mano y le sonrió.

—Por favor, cierra la puerta al salir —dijo.

Aruna y Ramanujam salieron juntos. Aruna cerró la puerta, echó el cerrojo a la verja y caminó hacia la calle. El flamante coche blanco de Ramanujam estaba aparcado junto a la acera. Aruna no sabía mucho de coches, pero se figuraba que era un modelo caro. Él pulsó el mando del llavero y el coche emitió un pitido a la vez que las luces parpadeaban dos veces. Ramanujam abrió la puerta y miró a Aruna.

—¿Quieres que te lleve? —le preguntó.

—No, gracias —respondió Aruna. Ganas no le faltaban, pero sabía que si la gente la veía apearse del coche de un extraño empezarían a hablar.

—¿Estás segura? —insistió él.

—Sí, no voy muy lejos, y además tengo que parar por el camino a comprar verduras —explicó ella.

—Entonces nada. Nos vemos pronto —dijo él, y se metió en el coche. Aruna se apartó del vehículo y empezó a caminar.

—Aruna —la llamó él, y ella se volvió.

—¿Sí?

—Aquí tienes mi tarjeta con mi número de móvil. Siempre que se apunte alguna chica brahmán que sea recomendable, por favor, avísame.

Ella lo miró de manera burlona.

—Me gustaría echarle un vistazo a los datos antes de que lleguen a las manos de mi madre o mi hermana —explicó él.

—¿Tienes miedo de que te obliguen a casarte con una que no te gusta? —preguntó ella riendo.

—No, no es eso. Pero es más fácil si ellas ni siquiera ven a las que no me gustan. Así no tendré que estar todo el tiempo negándome.

Aruna asintió con la cabeza.

—No hay problema —dijo cogiendo la tarjeta y guardándola en el bolso.

12

Un día después el señor Ali y Aruna estaban repasando las listas para identificar a los no miembros. Eran aquellas personas que habían respondido a los anuncios pero que nunca se habían apuntado en la agencia. El señor Ali quería escribirles solicitándoles que se hicieran miembros. Llevaban más de una hora concentrados en esta tarea cuando la señora Ali terminó de preparar el almuerzo y salió con tres refrescos helados para hacerles compañía. Se sentó, se secó la frente con la punta del sari y acercó la silla al ventilador. El señor Ali interrumpió su trabajo.

—Tomemos un descanso —dijo—. Este trabajo es duro.

Los tres permanecieron en silencio durante un rato mientras sorbían aquella bebida roja.

—¿Qué es esto, señora? Nunca antes lo había probado —dijo Aruna.

—Se llama *rooh afza*. Supongo que puedes llamarlo sirope rojo. Es una antigua bebida refrescante de los musulmanes. La mayoría de la gente joven no la conoce. Todos beben Coca-Cola o Pepsi —dijo la señora Ali.

Después de una pausa ella preguntó a su marido:

—¿Y qué? ¿Cómo te fue ayer con los vejetes en la playa?

El señor Ali se rio.

—Hicimos lo de siempre. Caminar por la playa, hablar de

nuestros achaques y dolores y del dinero que ganan nuestros hijos y de cuánto valen ahora nuestras casitas.

—¿Cuántos erais? —preguntó la señora Ali.

—Cerca de unos diez —dijo el señor Ali después de pensarlo un rato—. Ah..., y ocurrió una cosa más.

La señora Ali frunció el entrecejo.

—¿Qué ocurrió? —preguntó suavemente.

—Cuando Azhar y yo llegamos a la playa nos paró un misionero cristiano. Empezó a decirnos que la Biblia era el único libro verdadero y que teníamos que seguir sus enseñanzas si queríamos ir al cielo.

—Apuesto a que Azhar siguió de largo y tú te quedaste —dijo la señora Ali.

—¿Cómo lo sabes? —preguntó sorprendido el señor Ali—. Miré a mi alrededor y Azhar había desaparecido. Le dije al misionero que era un milagro, la manera en que mi cuñado había desaparecido, pero me temo que no tenía sentido del humor.

—Pobre hombre —dijo la señora Ali en un tono compasivo.

—Ya lo creo. Allí estaba yo, a punto de encontrarme con mis amigos en la playa y viene ese tipo para hablarme de religión —dijo el señor Ali.

—Pobre el misionero, no tú —dijo la señora Ali—. Pobre hombre, mira que encontrarse contigo. Seguro que acabaste destruyendo su fe.

Aruna se echó a reír. El señor Ali le lanzó una mirada severa y ella inclinó la cabeza para volver a repasar las listas con atención.

—¿Por qué dices eso? —dijo el señor Ali volviéndose hacia su mujer.

—¿Hablaste o no hablaste con él?

—Sí, pero...

—¿Qué le dijiste exactamente? —preguntó la señora Ali.

—Bueno, él me enseñó un folleto que al parecer demostraba la verdad de la Biblia. El folleto hablaba de cómo en la Biblia se creaba primero la vida animal (los peces, los reptiles, las aves, los animales terrestres) y finalmente el hombre. Decía que la probabilidad de lograr esa secuencia era de una en muchos billones. Eso demostraba que la Biblia era un libro divinamente inspirado. Luego me pidió que me uniera a su iglesia para aprender más acerca de la Biblia y salvarme de la condena eterna.

—¿Qué le dijiste? ¿Lo insultaste? —preguntó la señora Ali con ligereza.

—¿Insultarlo? ¡Claro que no! Tu hermano fue el que lo insultó desapareciendo de esa forma tan grosera no bien abrió la boca. Yo tuve la cortesía de escuchar su discurso y responderle —dijo el señor Ali.

—Lo que me temía —dijo la señora Ali.

—Le señalé que la secuencia en el Corán era la misma. Le pregunté si eso no quería decir que el Corán también estaba divinamente inspirado. Dijo que no conocía el Corán, así que no podía opinar —explicó el señor Ali.

—¿Lo invitaste a que viniera a casa a estudiar el Corán? —preguntó la señora Ali.

—No, mujer, no seas burra —dijo exasperado el señor Ali—. Le dije, del modo más razonable posible, que aunque no conociera el Corán seguramente conocía el Dusavatar de la mitología hindú. Dijo que sí. Entonces le pregunté si conocía el orden de los diez avatares de Dios que vinieron a la tierra para acabar con el mal.

Aruna levantó la vista con interés.

—Le recordé que el orden de los avatares empezaba por el pez, la tortuga, el cerdo, mitad hombre mitad bestia... ¿Es correcto? —preguntó el señor Ali volviéndose hacia Aruna.

—Es correcto —dijo Aruna asintiendo con la cabeza—. Los Dusavatars empiezan con Matsya, Koorma, Varaha. Narasimha y los demás son encarnaciones humanas.

—Entonces le dije al tipo: fíjese qué coincidencia, parece

que la mitología hindú también recibió la inspiración divina, ¿no es así? Todas las religiones nos dicen lo mismo. Así que para qué va a tomarse uno la molestia de cambiar de religión. Nací musulmán y me siento feliz de seguir siéndolo.

El señor Ali miró a las dos mujeres, como si esperase un aplauso por su demostración de ingenio.

La señora Ali movió la cabeza de un lado al otro. Luego dijo:

—Querido, un día alguien va a darte una paliza. No estoy muy segura si será un hindú, un cristiano o un musulmán.

—Sin embargo, es cierto. Si le preguntas a cualquier pueblerino analfabeto en la India te dirá que Dios es uno solo y que las religiones son un invento de los hombres. Así que ya me dirás por qué toda esa gente supuestamente culta con estudios universitarios crea conflictos en nombre de la religión —dijo el señor Ali.

—No puedes hablar así. La gente se toma estas cosas muy en serio. Te lo vuelvo a decir, un día te darán una paliza —advirtió la señora Ali.

Aruna hizo un gesto de aprobación.

—La señora tiene razón —dijo—. Tiene que tener más cuidado al hablar de estas cosas.

Volvieron al trabajo. La señora Ali se quedó leyendo el periódico en telugú. Al cabo de un rato se puso de pie y dijo:

—Aruna, mañana estaremos muy ocupados. Tenemos que ir al tribunal. Tendrás que quedarte sola en el despacho.

—No hay problema, señora. Pero ¿por qué tienen que ir al tribunal?

La señora Ali suspiró.

—Es una larga historia. Tal vez el señor quiera contártela —dijo, y regresó a la casa.

Aquella tarde después del trabajo Aruna llegó a su casa y Vani la recibió con un grito de euforia:

—¡Akka, aprobé con matrícula de honor!

Una sonrisa floreció en el rostro de Aruna. Estrechó la mano de su hermana y le dio un abrazo. Su madre sonreía orgullosa, y también su padre. Toda la familia se sentía unida y Aruna se estremeció al pensar cuánto tiempo había pasado desde la última vez que habían estado unidos y felices.

Alguien llamó a la puerta y el padre fue a ver quién era. Se asomaron todos a la vez y Aruna dijo:

—Es el chico de la tienda. Le encargué un poco de arroz cuando venía para casa.

Aruna lo atendió y comprobó que el arroz fuera de la variedad que ella había encargado. Le dio al muchacho una propina y lo despachó.

Su madre preguntó:

—¿Has pagado el arroz?

—Sí, Amma. Lo pagué al ordenar el pedido.

Se sentaron sobre una esterilla para cenar. La madre sirvió el arroz al vapor y una sopa de tamarindo con berenjenas fritas y coliflor en salsa de *masala*. Dejaron el arroz con leche para el final. Después Vani sacó de su bolso una cajita de *khovas* hechos de pura mantequilla líquida de la marca Sivarama, la tienda de dulces. Le dio a cada uno un bocadito de leche envuelto en un finísimo papel de plata. Los dulces se derritieron en sus bocas.

—Dulces de Sivarama, ¿eh? ¿Cuánto has pagado por esto? —preguntó el señor Somayajulu.

—No he pagado nada, Naanna. Un compañero de clase pasó regalando cajas para todo el mundo a modo de obsequio —dijo Vani.

—Tienes que ir al templo y dar gracias a Dios —dijo la madre a Vani.

—Las dos deberíais ir al templo de Simhachalam —sugirió el padre—. Aruna, desde que empezaste a trabajar no has ido ni una sola vez.

Aruna asintió con la cabeza, pero Vani protestó:

—Es que está muy lejos, Naanna. Necesitas todo el día.

El templo de Simhachalam estaba en una colina a unos pocos kilómetros de la ciudad.

—Podéis ir un lunes —propuso la madre, ya que era el día libre de Aruna.

—Sí, estaría bien que fuerais este lunes. Es luna llena —dijo el padre.

—Llevaos algo para hacer un pícnic —sugirió la madre.

—Vale —dijo Vani conforme.

—En cuanto mamá menciona un pícnic cambias rápidamente de opinión —observó Aruna entre risas.

Vani se puso a hacer pucheros; luego también se echó a reír.

Después de cenar el padre de Aruna encendió el viejo televisor en blanco y negro para ver las noticias en telugú. La televisión mostraba al rey de Bután colocando una guirnalda en el Raj Ghat, el monumento en memoria de Mahatma Gandhi en Delhi. A continuación, un encuentro entre el rey, el primer ministro y otros mandatarios. La siguiente noticia trataba sobre la decisión del Reserve Bank de mantener fijas las tasas de interés. Después el presentador del telediario dijo:

—En Royyapalem la policía abrió fuego después de que manifestantes ignoraran la aplicación del artículo ciento cuarenta y cuatro para reunirse en una concentración pública. Dos personas resultaron muertas y ocho heridas, tres de ellas de gravedad. El ministro del Interior hizo un llamamiento a la calma...

—¡Oh, Dios mío! —dijo Aruna conmocionada.

—¿Qué pasó? —preguntó la madre. Los tres miraban a Aruna.

—El hijo del señor y la señora Ali era uno de los manifestantes —explicó ella.

—¿Quieres averiguar si está herido? —dijo su madre.

—No, hoy no estaba allí. Él fue uno de los primeros manifestantes. Él y sus amigos fueron apaleados y detenidos. Los trajeron de vuelta a la ciudad. Mañana tiene que acudir al tribunal.

—Por lo que tiene que pasar esa buena gente —dijo el señor Somayajulu—. Los hijos van por ahí correteando sin pensar siquiera en el sufrimiento que causan a sus padres.

Al día siguiente el señor y la señora Ali, acompañados de Azhar, se presentaron en el tribunal del distrito a las diez. El tribunal era un edificio de piedra de cien años de antigüedad construido durante los tiempos del Imperio británico. Tenía el típico estilo colonial de los edificios de su época, con anchas galerías por los cuatro costados y puertas y ventanas de listones verdes descoloridos. Estaba rodeado por una amplia zona despejada, salpicada de árboles de distintas especies (flamboyán, laburnum). Debajo de cada árbol se veía a un abogado vestido de blanco y con chaqueta negra rodeado de los litigantes y sus familiares.

Rehman y sus amigos contaban para su defensa con dos abogados de primera que habían venido volando expresamente desde Hyderabad, la capital del estado. El señor Ali daba por sentado que le correspondería pagar una parte de los gastos, pero Azhar le informó que se había reunido un montón de dinero mediante una colecta para pagar la defensa. Por todas partes había policías empuñando sus *lakhis*, bastones de bambú con bandas de hierro. También había un equipo de cámaras de la televisión junto a la entrada del tribunal.

—Por lo general no se ve tanta policía en el tribunal —dijo Azhar.

—Debe de ser por los disparos de ayer en Royyapalem. Estoy seguro de que las cámaras están aquí por la misma razón —dijo el señor Ali. Se volvió hacia la señora Ali y añadió—: Parece que nuestro hijo es famoso.

—No te lo tomes a broma, por favor —respondió la señora Ali con irritación—. ¿Qué futuro le espera si lo declaran culpable y lo tildan de criminal? Yo me pongo mala de sólo pensar que nuestro hijo podría ir a la cárcel mientras que tú aprovechas la ocasión para ejercitar tu sentido del humor.

El señor Ali cruzó una mirada con Azhar. Azhar le hizo un gesto disimulado con la mano, indicándole que se callara. El señor Ali apartó la mirada, prestando atención a los abogados y sus clientes. Los abogados de Rehman estaban debajo del árbol contiguo. El señor Ali se acercó y el abogado más joven, que llevaba un maletín, le salió al paso. El señor Ali se presentó y pidió al mayor de los abogados su opinión sobre cómo acabaría todo el asunto. Antes de que recibiera una respuesta, empezó a sonar un móvil. El abogado joven lo sacó de su bolsillo, cogió la llamada y se lo pasó a su compañero.

El mayor de los abogados se apartó para hablar por el móvil. Cuando el señor Ali le preguntó al más joven lo que pensaba, éste señaló al mayor y dijo:

—Es muy bueno. No se preocupe. Ahora está muy ocupado y no puede hablar. Ha dejado un caso importante en una instancia crítica en Hyderabad.

El señor Ali volvió a reunirse con su cuñado y su mujer cargando con una sensación de ansiedad provocada por la situación que estaba viviendo. Se preguntaba si no habría sido mejor contratar a un procurador de la ciudad en lugar de a ese abogado despistado y su ayudante.

De golpe y porrazo se generó un frenesí de actividad en la entrada del tribunal y la policía empezó a mostrarse más alerta. Un furgón se abrió paso entre las puertas e ingresó en el jardín. Los tres se desplazaron hacia el acceso que conducía a la sala de justicia, pero fueron interceptados por la policía a varios metros de distancia. El furgón se dirigió hacia la entrada posterior del edificio. Se quedaron bajo el sol preguntándose qué ocurría. Los abogados de Rehman atravesaron el cordón policial en dirección a la sala de justicia. Casi diez minutos después salió un guarda del tribunal vestido con un largo abrigo blanco y una faja roja sobre los hombros y alrededor de la cintura.

—El juez ha anunciado que el acto se celebrará a puerta cerrada —dijo, y se metió otra vez dentro, cerrando las puertas de la sala a sus espaldas.

—¿Eso qué significa? —preguntó la señora Ali.

—Que no podemos entrar —explicó el señor Ali.

—¿Cómo pueden hacer eso?

—El juez puede hacer lo que le dé la gana.

—Debe de ser por toda la publicidad que está teniendo este caso —opinó Azhar.

Pasaron un rato al sol antes de refugiarse bajo la sombra de un árbol cercano. Estuvieron mucho tiempo de pie, sintiéndose cada vez más incómodos. Un niño se acercó cargando con botellas de agua fría y realizó provechosas ventas hasta que un policía lo echó. La señora Ali se mordía las uñas. Casi no hablaban.

Finalmente, a eso de las doce y media, las puertas de la sala se abrieron. El abogado de Rehman y sus secuaces salieron y se marcharon a paso enérgico. El señor Ali y otras personas trataron de detenerlos, pero no lo consiguieron. Rehman y sus amigos salieron detrás de los abogados, sonriendo abiertamente y agitando los brazos en alto. El señor Ali y los demás dejaron marchar a los abogados y fueron a saludar a los jóvenes.

La señora Ali abrazó a Rehman. El señor Ali y Azhar se quedaron aguardando mientras le daban palmaditas en la espalda. Los cardenales habían desaparecido y la marca del golpe en la frente se había hecho más pequeña.

—¿Cómo ha ido? —preguntó la señora Ali.

—Nos han absuelto. El juez estuvo de acuerdo con los abogados en que el arresto fue un error ya que no recibimos el aviso.

—O sea que te han liberado debido a un fallo técnico —dijo el señor Ali.

—¿Eso qué más da? —dijo la señora Ali—. Lo han liberado, eso es lo que importa.

—O sea que el abogado se ha ganado el sueldo —concluyó Azhar.

Se encaminaron rumbo a la puerta. Dos de los amigos de Rehman se acercaron para estrecharle la mano. Uno de ellos tuvo que darle la mano izquierda, ya que llevaba el brazo derecho enyesado. Dio un grito de alegría y los tres amigos se abrazaron.

—¿Dónde están los demás? —preguntó Rehman.

—La mayoría se ha ido —dijo el joven con el brazo enyesado.

Rehman asintió con la cabeza.

—¿Y vosotros qué? —preguntó—. ¿Todavía estáis dispuestos?

—Estamos contigo —dijo uno de ellos, y el otro asintió—. Los otros han dicho que regresarán más tarde.

El señor Ali advirtió con satisfacción que Rehman era el líder del grupo y no un participante más. Salieron del recinto cerrado del tribunal y se dirigieron hacia donde estaban las cámaras de televisión. Una periodista los abordó. Al señor Ali no le sorprendió que ella se dirigiera a su hijo y lo llamara por su nombre. Era una mujer atractiva de veintitantos años y empuñaba un micrófono. Con una sonrisa le pidió a Rehman que se hiciera a un lado para que sólo ellos dos quedaran encuadrados.

—Señor Rehman, ¿qué puede decirnos de su puesta en libertad? —preguntó la joven.

—Siempre he confiado en nuestro sistema judicial —respondió Rehman—. Nosotros formábamos parte de una protesta legítima para proteger los derechos de los agricultores de Royyapalem.

—¿Cuáles son sus planes de ahora en adelante? —continuó la reportera.

—Mis amigos y yo regresaremos ahora mismo a Royyapalem.

Los amigos asintieron con la cabeza.

—¡No! —La señora Ali rompió a llorar.

La cámara realizó un paneo hacia donde estaba la señora Ali. La periodista dejó a Rehman y se plantó ante ella en dos zancadas.

—¿Quién es usted, señora? —preguntó.

—Soy la madre de Rehman —contestó la señora Ali.

—¿Está de acuerdo con la decisión de su hijo de regresar a Royyapalem y reincorporarse a la protesta?

—Por supuesto que no. Soy su madre. ¿Cómo voy a estar contenta de que mi hijo regrese al sitio donde fue golpeado y arrestado? Menos aún después de los disparos y las muertes de ayer.

—¿Qué le aconseja a su hijo?

—Que escuche a sus padres y se quede aquí. Él ya ha cumplido con su parte. Que deje que los demás sigan con esta lucha —declaró la señora Ali derramando lágrimas.

Rehman se acercó a su madre y la abrazó.

—¿Qué tiene que decirle a su madre? —insistió la periodista.

—Es comprensible que mi madre reaccione de una forma emocional —dijo Rehman—, pero a veces tenemos que mirar más allá de nuestro hogar y nuestra familia. No pretendo que nuestros padres estén contentos con nuestra decisión de regresar a Royyapalem. Pero mis amigos y yo hacemos esto por nuestro país. Todos queremos que nuestro país se desarrolle, pero no que lo haga pisoteando a los más débiles. De nada sirve el crecimiento económico si vendemos el alma a lo largo del camino.

Aquel día durante la cena la madre de Aruna le preguntó:

—¿Cómo te ha ido hoy? Pareces cansada.

—Lo estoy, Amma —dijo Aruna—. El señor y la señora Ali estuvieron fuera toda la mañana. Y al regresar estaban tan disgustados que tuve que cargar yo sola con todo el trabajo.

—Pobre gente —se lamentó la madre—. Siempre que los hijos no escuchan a sus padres terminan causándoles disgustos. Gracias a Dios tú te portas muy bien.

—¿Sigue en pie lo de ir de pícnic este lunes a Simhachalam? —preguntó Vani.

—No vas de pícnic, Vani, vas a visitar el templo —la regañó su padre en tono severo.

—Es lo mismo, papá. Tranquilo —dijo ella.

Acabaron de comer y el padre de Aruna encendió el televisor. Después de la información política habitual, el presentador del telediario dijo:

—Y ahora nos vamos a Vizag para ser testigos del sufrimiento de una madre.

Tras el corte apareció una imagen del tribunal y el rostro sollozante de la señora Ali se asomó a la pantalla.

—Es mi patrona —dijo Aruna horrorizada.

Todos siguieron con avidez la entrevista que la reportera realizaba a la señora Ali. El hecho de que Rehman y sus amigos hubieran sido puestos en libertad apenas se mencionaba. El estado emocional de la señora Ali cobraba mucha más importancia. Después del informe meteorológico el padre de Aruna apagó el televisor. Se quedaron un rato en silencio. Finalmente el padre dijo:

—Qué vergonzoso tiene que haber sido para los padres presenciar el arresto del hijo. Y menudo insensible es él..., ni las lágrimas de su propia madre pueden disuadirlo de su propósito.

—Pero lo que dijo el señor Rehman es cierto, Naanna —opinó Vani—. A veces tienes que pensar más allá de tu familia. Todo el mundo dice que nuestros libertadores fueron grandes personas. ¿Crees que sus padres estaban contentos de que sus hijos lucharan contra los británicos en lugar de convertirse en abogados o funcionarios?

—No discutas —ordenó el padre de Aruna—. Eres joven y no entiendes de estas cosas.

Vani hizo un mohín de disgusto, pero antes de que pudiera responder intervino Aruna:

—Vani tiene razón, Naanna. Pero la señora hace bien en llorar y decirle a su hijo que no vaya. Su hijo también tiene razón cuando dice que a veces debemos mirar más allá de nuestras propias necesidades y ayudar a los demás. Hay tristeza por todas partes.

—Mañana preguntaré a mis compañeros estudiantes qué estamos haciendo para apoyar a los campesinos de Royyapalem —dijo Vani.

—Ni se te ocurra participar en actividades peligrosas —advirtió el padre—. Somos pobres y no podemos darnos el lujo de meternos en problemas.

—Los campesinos también son pobres, Naanna —dijo Vani—. Pero descuida. No estoy pensando en ir a Royyapalem. ¿No citabas tú siempre las palabras que el Señor Krishna dijo al guerrero Arjona en la víspera de la batalla de Gita? Vivimos en una sociedad y si no ayudamos a los demás cuando nos necesitan no estamos contribuyendo a la comunidad y no somos mejores personas que los ladrones y los explotadores.

13

El lunes el señor Ali volvió a trabajar. Al final había conseguido alejar los pensamientos sobre su hijo. La señora Ali seguía en la cama, incapaz de enfrentarse al mundo.

El señor Ali empezó por preparar algunos anuncios. Por lo general era una tarea que le agradaba, pero esta vez su creatividad no fluía y se pasó un largo rato contemplando una hoja en blanco. Aruna revisaba los formularios de inscripción para pasar a máquina una lista con los datos de los miembros más recientes. Esta tarea llevaba una semana sin realizarse. Al cabo de diez minutos Aruna le enseñó un impreso al señor Ali y dijo:

—Esta señora, Sridevi, se inscribió el lunes cuando yo no estaba.

—¿Y? —dijo el señor Ali levantando la vista.

—¿Le enseñó usted la ficha de Venu, el informático? —preguntó Aruna.

—¿Quién?

—¿Se acuerda de Venu, el técnico de mantenimiento de una empresa de informática, el divorciado que venía de una ciudad pequeña? Tenía una hermana soltera —dijo Aruna.

El señor Ali tuvo que pensar un instante antes de acordarse:

—Pues no, no le mencioné a Sridevi ese candidato. Ella sólo quería conocer gente de su comunidad y Venu no estaba en esa lista.

—Pero si son de la misma casta, señor —dijo Aruna mientras se dirigía al armario para buscar la lista.

—¿Cómo es que te acuerdas de eso? Tienes una memoria extraordinaria —dijo el señor Ali, impresionado.

Aruna se sonrojó.

—La verdad es que no, señor. Me encontré con su ficha el otro día mientras repasábamos las listas para identificar a los no miembros.

Aruna encontró la lista y se la entregó al señor Ali. Él leyó la información y dijo:

—No me extraña que faltara. Sus datos están en la lista de «Sin Preferencia de Casta». Pero tienes razón, son de la misma casta. Pásame el formulario de Sridevi.

Él alargó la mano y lo cogió. Levantó el auricular y marcó el número que figuraba en el formulario.

—Hola. Habla Sridevi. Dígame —atendió una voz de mujer.

—Habla el señor Ali, de la agencia matrimonial.

—Buenos días, señor. El otro día me pareció verle en la televisión. ¿Era usted y su señora? —preguntó Sridevi.

El señor Ali descargó un suspiro. A esas alturas la noticia sobre el gesto público desafiante de su hijo ya debía de haberse expandido por toda la ciudad.

—Sí, era yo y mi señora.

—Su hijo es muy valiente, señor. Aunque de verdad que lo siento por su señora —dijo ella.

El señor Ali refunfuñó, sin saber con certeza si el elogio lo alegraba o no.

—¿Todavía estás buscando pareja? —preguntó.

—Así es, señor, todavía sigo en la búsqueda —respondió ella.

—Se llama Venu, tiene veintiséis añitos, casi tu misma edad. Trabaja como técnico de mantenimiento en una empresa de informática de la ciudad. No tiene preferencia de casta, pero pertenece a los Kamma, tu comunidad —informó el señor Ali.

—Suena bien, señor. Hoy no puedo ir, pero me pasaré mañana alrededor de las diez —dijo ella.

—No necesitas venir. Puedo enviarte los datos por correo. Tengo tu dirección y como vives en la ciudad recibirás el sobre en un par de días —dijo el señor Ali.

—¿Sería tan amable de hacer eso? Se lo agradezco mucho, señor. Mi *babayi*, el menor de mis tíos, vendrá a visitarme mañana y me habría supuesto una pequeña molestia acercarme. Así que si me lo envía por correo me hará un favor —dijo Sridevi.

—¿Tu tío paterno? Ésa es una buena noticia, ¿no es cierto? Tú me habías dicho que tu familia te estaba boicoteando —recordó el señor Ali.

—El resto de mi familia sigue boicoteándome. Mi babayi acaba de llegar del Golfo y me llamó ayer para decirme que quería verme. Estoy preparando el almuerzo para recibirle.

—Es genial. Con un poco de suerte quizá convenza a los demás miembros de la familia —dijo el señor Ali.

—Eso espero, señor. Mi tío no tiene hijas y yo siempre he sido su sobrina favorita. Ya veremos qué pasa —dijo Sridevi.

—Que tengas mucha suerte, tanto con tu tío como con este candidato. Te lo enviaremos mañana por la mañana, así que lo recibirás el martes o el miércoles.

El señor Ali colgó y dijo a Aruna:

—Le enviaremos la lista. Rodea los datos de Venu con un círculo rojo.

Aruna asintió y cogió un sobre.

—¿Qué pasa con Venu? ¿También le enviaremos los datos de Sridevi?

El señor Ali se lo pensó un momento y negó con la cabeza.

—No. Ya sé que así lo hacemos normalmente, pero dejemos la decisión a Sridevi. No quiero forzarla. Dejemos que sea ella quien tome la iniciativa, si eso es lo que quiere. Siempre puede llamarnos si no quiere contactar con él directamente. Pero mejor ponlo por escrito debajo de la lista. Hazle saber que no le hemos enviado sus datos a Venu y que depende de ella establecer el contacto si así lo desea.

El lunes por la mañana Aruna y su madre se levantaron temprano como de costumbre y prepararon *pulihora*, arroz al tamarindo sazonado con jengibre y guindilla.

Vani entró en la cocina cuando Aruna añadía la pasta picante al arroz. Se quedó mirando cómo Aruna trabajaba y finalmente le preguntó:

—¿Por qué siempre preparas pulihora cuando nos vamos de pícnic?

—El tamarindo ácido hace que el arroz no se eche a perder con el calor —respondió su madre girando la cabeza desde el hornillo, donde estaba friendo algunos boorulu, pastelillos redondos de lenteja con un corazón de azúcar moreno—. Vani —añadió—, coge unos cuantos plátanos y un par de botellas de agua. Recuerda que no debéis comeros todos los plátanos. Tenéis que dejar algunos como ofrenda al dios del templo.

—Sí, Amma —dijo Vani.

A las ocho y media ya estaban listas, pero no salieron hasta después de las nueve ya que querían dejar pasar la hora punta. Cogieron un autobús de línea hasta la estación terminal, donde hicieron transbordo con el autobús que iba a Simhachalam. El conductor se les acercó y Aruna compró un billete. Vani enseñó su pase de estudiante.

El autobús salió de la terminal y se sumergió en el denso tráfico de la ciudad. Les llevó varios minutos atravesar el primer cruce, pero de ahí en adelante el viaje fue relativamente fluido. El autobús rodeó el Diamond Park, luego pasó por el Sankar Matham, un templo dedicado a Shiva, y finalmente tomó la carretera que bordeaba la cadena montañosa. Para entonces el autobús estaba abarrotado y había tanta gente de pie que Aruna no podía ver al otro lado del pasillo.

—Qué suerte que subimos al principio del recorrido. Si no tendríamos que viajar de pie —dijo Aruna.

Vani asintió con la cabeza.

El autobús giró hacia el sur por la carretera y se encaminó a toda velocidad hacia el templo, dejando a un lado las montañas y al otro la ciudad. Aruna llevaba su sari nuevo e iba sentada junto a la ventanilla. Sujetaba el extremo verde oscuro del sari a la altura de su rostro para protegerse del sol, que achicharraba sin clemencia. Con el autobús en movimiento y las ventanas abiertas hacía fresco, pese al polvo; cada vez que el autobús se detenía la atmósfera se tornaba sofocante. Aruna y Vani conversaban sobre los clientes del señor Ali y sus exigencias, y sobre algunos compañeros de clase de Vani.

—¿Sabes qué? —dijo Vani—. Al final nunca terminamos de bordar la costura del dibujo zigzagueante en el sari azul que iba a ponerme para tu boda. Todavía está en el último estante del armario.

Aruna una hizo una mueca de disgusto y Vani le dijo que lo sentía.

—No lo sientas —dijo Aruna—. Esas flores ya están marchitas y en el cubo de la basura. No tiene sentido recordar su fragancia.

Vani la miró con los ojos como platos y le cogió la mano con fuerza durante un instante. Las dos hermanas sonrieron tristemente y se sintieron muy cerca la una de la otra, como sólo dos hermanas pueden sentirse.

El autobús se detuvo. Al principio Aruna no prestó atención y siguió conversando con Vani. Al cabo de un rato dejaron de hablar y se dieron cuenta de que todas las conversaciones en el autobús se habían ido apagando poco a poco. La gente estiraba el cuello intentando averiguar qué sucedía.

Después de algunos minutos todos aquellos que iban de pie empezaron a descender. Una vez que el pasillo estuvo libre, un hombre subió y empezó a pedir los billetes a los pasajeros. Aruna vio por la ventanilla a otros dos revisores que solicitaban los billetes a los pasajeros que se habían apeado del autobús y que ahora formaban una aglomeración al borde de la carretera.

Cuando el revisor se acercó a sus asientos, Aruna le enseñó su billete y Vani su pase de estudiante. El hombre le devolvió a Aruna su billete, pero en lugar de devolverle a Vani su pase llamó a alguien en voz alta. Otro revisor se acercó y el primero le enseñó el pase. Aruna y Vani se miraron desconcertadas. Vani se encogió de hombros.

—¿Algún problema? —preguntó al revisor.

El hombre se volvió hacia ella y contestó:

—Sí, que está viajando usted sin billete.

—¿Qué quiere decir? Llevo mi pase.

—El pase de estudiante no es válido para los trayectos fuera de la ciudad —informó el revisor.

—Oh, no lo sabía. ¿Cuánto cuesta el billete? Compraré uno —dijo Vani.

—Ahora es demasiado tarde —dijo el hombre bruscamente—. Tendrá que pagar una multa.

—¿Una multa? Le he dicho que no sabía que el pase no sirviera para salir de la ciudad —insistió Vani.

—Eso no importa. Tiene que pagar la multa.

Vani estaba dispuesta a protestar; Aruna la tocó con la mano e hizo que se callara.

—¿De cuánto es la multa? —preguntó.

—No lo sé. Eso lo decidirá el juez —respondió el hombre. Parecía estar disfrutando al dejar a las chicas con la intriga.

—¿Qué? —dijo Vani abriendo los ojos como platos—. ¿Un juez?

—Tenemos a un juez ambulante con nosotros. Venga, señoritas, abajo.

—Pero...

—No hay nada que hacer. ¿Van a bajar o llamo a la policía? También tenemos mujeres policías.

Aruna y Vani se miraron y lentamente se pusieron de pie.

Vani llevaba la bolsa de la comida en una mano y con la otra asía el monedero. Aruna llevaba su bolso cruzado al pecho. Las hicieron bajar y las mantuvieron apartadas de los demás pasajeros. El sol ardiente las castigaba. Aruna se cubrió la cabeza con el borde del sari. Vani vestía su churidar —una blusa de gasa larga hasta las rodillas— y unos pantalones estrechos haciendo juego con el *dupatta* —una tela fina cruzada sobre el pecho cuyos extremos caían sobre los hombros—. Aruna le señaló la tela y Vani se cubrió la cabeza con uno de los bordes. Aruna se dio cuenta de que todos los pasajeros, tanto hombres como mujeres, las miraban fijamente.

De repente un joven echó a correr. Los revisores le dieron el alto y dos agentes de policía empuñaron sus bastones, pero el muchacho los esquivó y consiguió escapar. Al cabo de un rato finalizó el control de billetes y todos los pasajeros regresaron al autobús.

«Hemos perdido nuestros asientos», pensó Aruna.

El autobús súbitamente se puso en marcha.

—¡Eh! —gritó Vani levantando una mano, como si con ese ademán fuera a conseguir que el autobús se detuviera, pero ya era tarde. El autobús aceleró y desapareció en medio de la polvareda. Las chicas se volvieron hacia los revisores; ellas eran los únicos dos pasajeros que no habían seguido viaje. Les dijeron que había otro autobús a cien metros esperándolas y que fueran hasta allí caminando. Al llegar a dicho autobús Aruna se quedó boquiabierta ante la sorpresa. Habían quitado todos los asientos del fondo para convertir el interior del vehículo en un pequeño tribunal rodante. Un hombre vestido de negro —presumiblemente el juez— estaba sentado en un cómodo asiento, y enfrente de él estaba el banquillo de los acusados. En los demás asientos del autobús había varios agentes de policía, entre ellos dos mujeres.

Aruna y Vani se acercaron al juez y éste le solicitó a Vani que permaneciera de pie en el banquillo de los demandados. Hasta ese momento ella se había sentido fuerte, pero mientras subía al banquillo empezó a temblarle el labio inferior. Aruna sentía pena por su hermana menor.

El revisor que les había pedido los billetes dio un paso al frente y declaró:

—Esta señorita viajaba sin billete, señor.

El juez parecía aburrido.

—¿Cómo se llama su padre, señorita?

—Somayajulu, señor. Maestro jubilado.

El juez tomó nota delante del revisor.

—¿Es cierto lo que dice el revisor? ¿Viajaba usted sin billete?

—No, señor. Tengo un pase...

—Señor —interrumpió el revisor—, el pase que lleva no es válido para trayectos fuera de la ciudad. Viajaba sin un billete válido.

El juez miró a Vani.

—¿Es cierto?

—Yo no... —intentó explicar Vani.

—Culpable —sentenció el juez silenciándola con un golpe de martillo—. La multa es de ciento cincuenta rupias.

—Pero, señor... —protestó Vani.

El juez levantó la mano.

—La multa podría ascender a trescientas rupias —dijo—. Es usted una mujer joven que ha cometido un error y puesto que su padre es un maestro jubilado he fijado una multa piadosa. Haga el favor de pagarla al salir.

El juez se volvió hacia el policía que tenía al lado y le dijo:

—Este sitio no vale la pena. Probemos en Gajuwaka; allí pillaremos más gente.

Aruna registró su bolso. Descubrió con horror que no llevaba suficiente dinero encima. Recordó que a principios de la semana había comprado arroz y no había vuelto a guardar dinero en el bolso. Sacó lo poco que tenía y lo contó. En total eran ciento treinta rupias. Volvió a hurgar en el bolso y encontró una moneda de cinco rupias.

—¿Tienes algo suelto? —preguntó a Vani en voz baja.

Vani abrió los ojos como platos y echó un vistazo dentro de su bolso.

—Veinticinco rupias —dijo entregándole el dinero a su hermana.

—Bien. Al menos nos alcanza para pagar la multa.

Vani y Aruna se acercaron al cajero. Estaba sentado junto a la puerta delante de una caja registradora. Aruna le pagó y el cajero se guardó el dinero en el bolsillo. Ella permaneció de pie enfrente de él.

—¿Sí? —gruñó el cajero irritado.

—Estoy esperando mi recibo —dijo Aruna.

—¿Su recibo? —preguntó perplejo.

—Sí —contestó Aruna tranquilamente. Su padre le había dicho que siempre que efectuara un pago ante un funcionario público exigiera el recibo.

El hombre resopló y sacó un talonario de recibos, puso un papel carbón debajo de la primera hoja y la rellenó. Arrancó el original y se lo entregó a Aruna con un gesto descortés.

Vani se volvió hacia el revisor que estaba junto a la puerta y le dijo:

—Este sitio está en medio de la nada. ¿Podrían llevarnos a la estación de autobuses más cercana?

—No. No llevamos pasajeros —dijo el hombre secamente, y las hizo bajar del autobús. Mientras se apeaban, Aruna lo escuchó murmurar—: No les basta con un recibo, también quieren un paseo.

Bajo el tórrido sol las hermanas contemplaron con tristeza cómo el tribunal rodante calentaba su motor para luego desaparecer.

—¿Qué vamos a hacer ahora? —preguntó Vani.

Aruna se había estado preguntando lo mismo. El punto de control se había establecido a mitad de camino entre dos paradas. Y ahora estaban a kilómetros de distancia tanto de la ciudad como del templo.

En la ciudad el señor Ali finalmente convenció a su esposa para que saliera de la habitación. Se sentaron a la mesa del comedor y el señor Ali dijo:

—Vamos a visitar a Azhar.

—No me apetece ir a ningún sitio —contestó la señora Ali.

—No puedo quedarme aquí encerrado. Casi no has salido de la habitación en tres días. Te hará bien salir —insistió el señor Ali.

—No, déjame en paz. No quiero ver a nadie —dijo la señora Ali.

—Tienes que olvidarte de todo eso —continuó el señor Ali.

—Creía que hoy era lunes —comentó la señora Ali.

—Sí, hoy es lunes. ¿Y qué? —preguntó el señor Ali.

—Eso significa que Aruna no viene a trabajar. ¿No tienes que ocuparte de la oficina? —insinuó la señora Ali.

—Ya está bien. Nos hará bien a los dos salir de casa. En marcha —ordenó el señor Ali.

La señora Ali suspiró.

—Ahora ya sé de quién ha heredado nuestro hijo esa maldita tozudez. Cuando se te mete algo en la cabeza no hay quien te lo quite.

—No me hables de Rehman. Ese muchacho es un necio que no escucha a sus padres y nosotros tenemos que cargar con eso —dijo el señor Ali.

La señora Ali se puso de pie y dijo:

—Está bien, deja que me arregle.

En las fértiles llanuras costeras del sur de la India no existe un lugar en el que uno pueda hallarse demasiado lejos de una u otra morada. Aruna señaló una aldea que estaba a un tiro de piedra. Las hermanas se dirigieron hacia las chozas cubiertas de hojas de palmera. Se abrieron camino por el costado de la carretera, a través del polvo y los tallos secos de las plantas de arroz y las cañas de azúcar aplastadas. El sol era una bola blanca incandescente en el cielo despejado. Todos los árboles que bordeaban la carretera tenían una franja blanca pintada alrededor del tronco, indicando que pertenecían al Departamento de Vialidad. Aruna y Vani caminaban a la sombra de estos árboles rumbo al pequeño montón de chozas. Vani señaló una palmera; su tronco recto y delgado estaba perforado a intervalos para facilitar la escalada y había una cazuela de barro atada en la copa del árbol.

Aruna miró hacia arriba y dijo:

—Para la savia.

Vani asintió.

Los exprimidores cortaban las flores de la palmera y ataban una cazuela al tronco. El corte rezumaba una savia dulce y refrescante llamada *neeru* que se acumulaba en la cazuela. Aruna sabía que si bien el neeru fresco era delicioso y nutritivo, casi siempre se fermentaba y se convertía en una fuerte bebida alcohólica rural llamada *arrack* que bebían muchos campesinos pobres.

Llegaron a la aldea. Una de las chozas era una cantina donde vendían té y comida ligera. Había un largo banco de madera en uno de los lados y las chicas fueron directo a sentarse. Era un alivio refugiarse del sol. El techo de hojas de palmera y el suelo encerado con estiércol de vaca aislaban el calor, mientras que una brisa fresca corría entre los dos laterales abiertos de la choza. En el fondo oscuro de la cantina se alcanzaba a ver una anciana.

Aruna se dirigió a ella alzando la voz:

—Baamma, ¿le importa si nos sentamos aquí un momento?

La anciana agitó la mano concediéndoles permiso. Las chicas se sentaron en el banco y la anciana salió del interior. Tenía la piel arrugada y oscura, vestía un sari de algodón desteñido de un color irreconocible, y en la mano derecha lucía un tatuaje que se había vuelto verde y que parecía un brazalete. El sari que llevaba era propio de las mujeres campesinas pobres de las castas inferiores, sin una blusa, con el borde más vistoso de la tela cubriendo sus pechos caídos. Aruna supo que la mujer era viuda; no llevaba joyas ni un punto rojo en la frente.

—Hola, señoras. ¿Desean una taza de té? —preguntó quitándose de la boca un puro casero para hablar. Tenía un ojo empañado y ladeaba la cabeza de tal forma que ellas quedaran dentro del campo de visión de su otro ojo.

—No, Baamma. Los revisores nos demandaron por viajar sin billete y nos hicieron pagar una multa que casi nos ha dejado sin dinero. Sólo tenemos diez rupias y las necesitaremos para regresar a casa —explicó Aruna.

—Estos funcionarios del gobierno se ponen un uniforme y se les sube el poder a la cabeza. ¿Cómo pueden dejar tiradas a dos señoras jóvenes como ustedes? ¿Es que no tienen hermanas o madres? —dijo la anciana—. No se preocupen por el dinero. No me voy a arruinar por dos tazas de té.

Fue a la cocina y llenó dos vasos con el té caliente de la tetera.

Vani no sabía si debían beber de esos vasos sucios, pero Aruna le hizo una seña disimulada a su hermana y bebió un sorbo. De mala gana Vani se llevó el vaso a la boca.

—Si quieren llamar a alguien, Seenu tiene un locutorio —dijo la anciana señalando con la mano a la distancia.

—Es una buena idea, Baamma —dijo Aruna. Se volvió hacia Vani y le preguntó—: ¿A quién llamamos? ¿Recuerdas algún número?

—Uno de mis compañeros de clase vendría si le llamásemos. Siempre lleva el móvil consigo, pero no recuerdo el número —dijo Vani.

—Probaré con el señor Ali. Seguro que se le ocurre algo para rescatarnos —dijo Aruna.

Dejó el vaso de té sobre el banco y se levantó. Dos chozas más allá en la dirección que la anciana había señalado saltaba a la vista un enorme cartel amarillo que decía PULSA Y HABLA. Aruna entró y se dirigió a un joven sentado en una silla de plástico.

—Quiero hacer una llamada.

El joven se retorció en la silla y levantó el auricular para alcanzárselo a Aruna.

—Adelante, señora. ¿Es una llamada urbana o interurbana?

—A Vizag —dijo Aruna cayendo en la cuenta de que el joven estaba lisiado. Una de sus piernas estaba marchita por la polio.

—Urbana, entonces —dijo él.

Aruna marcó el número del señor Ali, que se lo sabía de memoria. El teléfono sonaba y sonaba pero nadie atendía. Colgó y volvió a intentarlo. Seguía sonando sin respuesta. Aruna posó el auricular sobre la horquilla y se quedó pensando, mordiéndose el labio inferior. No sabía qué hacer. Tras unos segundos suspiró, abrió su bolso y sacó el monedero.

—¿Cuánto le debo? —preguntó.

—Nada, señora. No ha podido comunicarse así que no tiene que pagar —dijo Seenu.

Mientras cerraba el bolso Aruna alcanzó a ver una tarjeta blanca en el interior y la cogió. El corazón se le aceleró cuando se dio cuenta de que se trataba de la tarjeta de visita de Ramanujam. En ella figuraba su número de móvil. ¿Se atrevería a llamarle? Lanzó una mirada furtiva hacia donde estaba sentada Vani, pero su hermana estaba fuera de su campo de visión. Cerró los ojos y respiró hondo. Al abrirlos el nombre de Ramanujam parecía escrito en un tipo de letra más grande, excediendo los límites de la tarjeta. Miró a Seenu y le dijo en voz baja:

—Déjeme intentar con otro número.

Marcó el número de Ramanujam. Mientras llamaba no estaba segura de lo que quería. ¿Quería que él cogiera el teléfono o no? Después del cuarto pitido cortó. Sabía que en todos los móviles saltaba el buzón de voz cuando su dueño no atendía. No quería gastar dinero en una llamada a no ser que pudiera hablar directamente con Ramanujam.

Miró a Seenu frunciendo el entrecejo y dijo:

—Volveré a intentarlo en un rato.

Seenu sonrió enseñando su blanca dentadura.

—No hay problema, señora. No me moveré de aquí.

Aruna se dio la vuelta, olvidando su decepción por un instante. Se preguntó cómo era posible que un joven que no podía andar, que estaba atrapado en ese sitio tan pequeño, se mostrara alegre. Se escabulló del sol y regresó a la choza de la anciana para sentarse junto a Vani. Su hermana la miró con expectación y Aruna sacudió la cabeza. El rostro de Vani se resquebrajó.

Aruna dijo:

—El señor y la señora Ali deben de haber salido.

—Me pregunto cuánto tiempo nos quedaremos aquí —dijo Vani.

14

Aruna cogió su té, que ya se había enfriado, y bebió un sorbo. La anciana empezó a contarles su vida. Aruna descubrió que no era tan vieja; de hecho era más joven que su madre. Ella y su marido habían poseído una pequeña parcela de tierra cerca del río Sarada. Era una tierra fértil donde ella había dado a luz un hijo y en la que se vivía bien. Había quedado embarazada otra vez y esperaba a su segundo hijo cuando ocurrió la tragedia. El río Sarada, que tanta prosperidad les había traído, se volvió contra ellos con furia y de repente una noche la casa donde vivían quedó sumergida bajo una inundación atroz. Su marido la ayudó a ella y a su hijo a trepar por uno de los pilares de madera hasta alcanzar el techo de la casa. Luego él se fue a desatar la vaca. Ella permaneció allí durante dos días hasta que el agua bajó; estaba viva de milagro, su hijo había muerto en el transcurso de esos dos días y su marido había desaparecido. La vaca ya no estaba y la cosecha había sido arrasada. El gobierno y varias organizaciones benéficas le proporcionaron ayuda durante algunas semanas y después de eso se instaló el hambre. Ella tenía un embarazo avanzado y necesitaba comer el doble, pero ni siquiera tenía suficiente comida para ella.

—No me atreví a marcharme porque no sabía en qué momento podía regresar mi marido —dijo la anciana.

—¿No recibió ayuda de nadie? —preguntó Vani.

—El pueblo entero estaba devastado. Todo el mundo tenía problemas. ¿Quién iba a disponer de tiempo para ayudar a una mujer sola? —dijo la anciana.

—¿Qué ocurrió después? —preguntó Aruna.

—Al cabo de un mes di a luz a una niña. Pero mis pechos estaban secos y el bebé murió.

—Qué horror —dijo Vani.

—¿Regresó finalmente su esposo? —preguntó Aruna.

—Debe de haber muerto, aunque no hayan encontrado su cuerpo. No, él nunca regresó —dijo la anciana. Tras una pausa continuó—: Pero vinieron los hermanos de mi esposo. Dijeron que era una viuda y me afeitaron la cabeza y me echaron de la casa. —Hizo otra pausa, probablemente recordando el dolor de aquellos días, pues sus ojos se quedaron totalmente en blanco. Luego las miró con el ojo bueno y continuó—: Fueron tiempos difíciles, pero de algún modo sobreviví. Años más tarde empecé a trabajar como criada en la casa de un líder político y él finalmente me consiguió este lugar en un programa del gobierno para ayudar a las viudas pobres. Ahora las cosas no me van mal; la vida se ha encarecido, pero mis necesidades son mínimas.

Las tres se quedaron en silencio. Seenu se acercó a la choza.

—Señora —le dijo a Aruna—, hay una llamada para usted.

—¿Para mí? ¿Quién podría llamarme aquí? —dijo Aruna.

—Es la persona a la que usted llamó antes, señora. Dijo que tenía una llamada perdida —explicó Seenu—. Apresúrese, volverá a llamar en unos minutos.

Se dio la vuelta y se marchó a toda prisa arrastrando los pies, el hombro tensamente inclinado, sujetando con una mano su pierna lisiada a pasos alternos. Aruna fue detrás de él. Cuando llegó al puesto de Seenu el teléfono ya estaba sonando. Él levantó el auricular, atendió la llamada y le pasó el teléfono a Aruna.

—Es para usted, señora.

Aruna habló en un tono prudente.

—¿Hola?

—Aruna, ¿qué ocurre? —dijo una voz masculina. Era Ramanujam—. Salí del quirófano y encontré una llamada de este número.

—¡Gracias por llamar! —dijo Aruna con alivio—. Estamos aquí perdidas y no sabía a quién llamar. —Le explicó lo que había sucedido y cómo ella y su hermana se habían quedado sin dinero—. Me preguntaba si tú, tal vez, podrías enviarme a tu chófer —concluyó torpemente.

Ramanujam lo meditó un instante y luego dijo:

—No hay ningún problema. Claro que puedo. ¿Dónde estás exactamente?

Aruna no podía describir la ubicación del lugar, así que le pasó con Seenu, que explicó a Ramanujam cómo llegar.

Ella le dio las gracias a Seenu y regresó a la cantina de la anciana.

—¿Quién era? —preguntó Vani excitada.

—Oh, un cliente de la agencia. Dio la casualidad de que tenía su tarjeta en el bolso y lo llamé, pero no respondió. Vio la llamada en el visor del móvil y llamó —explicó Aruna.

—¿Entonces qué? —dijo Vani.

—Enviará a su chófer —dijo Aruna—. Más o menos en media hora debería estar aquí.

—¿Un chófer? ¡Excelente! ¿A qué se dedica tu cliente? —preguntó Vani.

—Es médico, trabaja de cirujano en el King George Hospital.

Vieron un coche que se detuvo y salieron de la choza. Aruna se sorprendió al ver a Ramanujam bajando del coche. Aun así ella no podía borrarse la sonrisa de la cara.

—Creía que ibas a mandar a tu chófer —dijo a Ramanujam.

—El paciente que tenía que operar cogió un constipado y tuvimos que suspender la operación. Estoy libre hasta la tarde, así que decidí venir —dijo sonriendo a ambas chicas—. Me siento como si estuviera haciendo novillos.

Aruna se echó a reír y se lo presentó a Vani. Aruna se dio cuenta de que Vani se moría de curiosidad. Intentó ver a Ramanujam a través de los ojos de su hermana. Era un chico guapo, alto y de espalda ancha. Vestía bien y conducía un coche caro; conversaba relajadamente con las dos.

Ahora ya tenían quien las llevara a la ciudad. La anciana salió de la choza para despedirse y Aruna se volvió hacia ella y le dijo:

—Baamma, gracias por ayudarnos. Ahora ya no tendremos problemas para regresar a la ciudad, así que déjeme pagarle el té.

La anciana protestó, pero al final aceptó las cinco rupias en monedas que Aruna le entregó. Cuando se dio la vuelta, Ramanujam la llamó:

—Un momento, abuela. Permítame que le eche un vistazo a esos ojos. —Cogió a la anciana por la barbilla y le observó un ojo y luego el otro. A continuación bajó el párpado del ojo bueno y le enseñó dos dedos de la mano—. Dígame ahora cuántos dedos ve —solicitó.

La anciana, concentrada, frunció el entrecejo y respondió:
—¿Uno?

Entonces él le cerró el otro ojo y volvió a preguntarle lo mismo. Esta vez ella respondió correctamente. Él repitió la prueba varias veces desplazando la mano delante de sus ojos. Ramanujam finalmente dijo:

—Tiene cataratas en ambos ojos. El izquierdo lo tiene totalmente opaco y el derecho parcialmente empañado. Es muy importante que se opere o pronto se quedará ciega.

La anciana evidentemente se asustó.

—¿Qué puedo hacer, señor? No quiero pensar lo que costará esa operación.

—No se preocupe —la tranquilizó él—. Es una operación muy simple. Estoy seguro de que el hospital oftalmológico tiene en funcionamiento clínicas gratuitas.

La anciana no parecía muy convencida. Ramanujam sacó el móvil e hizo una llamada. Después de intercambiar cumplidos de rigor con su interlocutor, dijo:

—Oye, Ravi, ¿tú cuándo atiendes en la clínica? Tengo aquí a una pobre viuda que presenta opacidad en ambos ojos. Tiene el izquierdo totalmente cubierto y el otro en un setenta por ciento.

Escuchó con atención durante un momento y luego formuló algunas preguntas.

—Te lo agradezco. Le daré una carta para que vaya a verte de mi parte.

Se volvió hacia la anciana y le preguntó:

—¿Cómo se llama?

—Gauramma —dijo ella.

—¿Qué edad tiene?

—Cincuenta.

Garabateó una carta con su estilográfica y se la entregó a la mujer.

—Vaya el jueves al Kasturbha Gandhi Hospital. Entregue esta carta en recepción y pregunte por el doctor Ravi. Él se lo solucionará.

—Gracias, señor. En mi vida anterior debo de haber desempeñado una buena acción que ha hecho que hoy estas señoras encantadoras y usted se acerquen hasta mi casa. Muchas gracias —dijo la mujer mientras las lágrimas surcaban las arrugas de su rostro.

Se acercaron al locutorio, donde Ramanujam pagó a Seenu una pequeña suma de dinero antes de marcharse.

—Ha sido un detalle de tu parte ayudar a esa pobre mujer —dijo Aruna—. Ha tenido una vida muy dura.

Simhachalam era un templo antiguo construido en el siglo XIII, en honor al Señor Vishnú en su avatar de Narasimha, mitad hombre mitad león. Contaba la leyenda que a un rey demonio le aseguraron que nunca nadie le daría muerte, ni un hombre ni una bestia, ni de día ni de noche, ni en su casa ni fuera de ella, ni en el cielo ni en la tierra. Sabiéndose invencible, sus estragos no conocían límites. Finalmente, para acabar con la malvada criatura, el Señor Vishnú se desprendió de una columna bajo la forma de un Narasimha furioso y atrapó al rey demonio en sus garras. En plena puesta de sol, esta deidad mezcla de hombre y bestia llevó a la presa hasta la entrada de su palacio. Allí, en el umbral del palacio del demonio, ni dentro ni fuera de su casa, a la hora del crepúsculo cuando no era ni de día ni de noche, Narasimha, que no era hombre ni era bestia, colocó al demonio sobre su regazo, lejos del cielo y de la tierra, y lo mató. Incluso ahora los hindúes evitaban detenerse en la entrada de un edificio.

Aruna, Vani y Ramanujam entraron en un patio grande surcado por un laberinto de vallas de acero dispuestas para que la gente formara cola hasta poder contemplar de cerca la deidad. No había demasiada gente; apenas un centenar de personas delante de ellos. Dejaron el calzado a un empleado del templo y se pusieron en la cola. Una cantidad considerable de fieles —tanto hombres como mujeres— se habían rapado para dejar su cabello al Señor a modo de ofrenda, y sus cabezas brillaban bajo el sol como una infinidad de bombillas eléctricas.

Ramanujam se volvió hacia Vani y comentó:

—Ya que hemos venido hasta aquí para dar gracias al Señor porque aprobaste el examen, podrías afeitarte la cabeza y ofrecerle tu pelo, ¿no crees?

—No, gracias —dijo Vani haciendo una mueca—. A decir verdad, también estamos visitando el templo porque mi hermana consiguió el empleo en la agencia del señor Ali. ¿Por qué no le pides a ella que se afeite la cabeza?

Aruna reparó en que Ramanujam se quedó contemplando su largo cabello durante un buen rato, pero no dijo nada. Se limitó a fingir que no había escuchado a su hermana.

La cola avanzaba rápido y en tres cuartos de hora ya estaban cerca del santuario. Entregaron a un sacerdote sus ofrendas de flores y frutas y entraron para encontrarse de frente con el ídolo. Ramanujam y Aruna cruzaron las manos sobre el pecho e inclinaron las cabezas. Vani hizo sonar una campanilla que colgaba allí mismo y se arrodilló delante del ídolo en un profundo acto de reverencia. No podían ver la forma real de la imagen; estaba recubierta con pasta de sándalo. Narasimha es un avatar en estado de cólera y la pasta de sándalo se usa para calmarlo y controlar su rabia. La figura del ídolo sólo revela su verdadero esplendor durante doce horas al año, ocasión en que la multitud de devotos que acude al templo es realmente enorme. Uno de los sacerdotes que estaba plantado junto a la figura del dios se encargaba de que la gente no se quedara más de un minuto. Enseguida los tres volvieron a salir a la luz del sol.

Después de recoger los zapatos y sandalias, Ramanujam dijo:

—Vamos a probar el *prasaadam*.

—No tenemos dinero, recuerda —dijo Aruna.

—¿Hemos venido a Simhachalam y vamos a irnos sin probar el dulce bendito? Así casi no vale la pena visitar este templo.

Vani se echó a reír y Aruna dijo:

—No seas tan irrespetuoso con la ofrenda de Dios.

Ramanujam se tapó los oídos y dijo:

—Lo siento, mamá. Prometo que no volveré a ser tan malo.

Aruna se rio junto con Vani.

Él le extendió a Aruna un billete de cien rupias. Al verla dudar le dijo:

—Es sólo un préstamo; ya me lo devolverás.

Aruna le dio las gracias y cogió el dinero. Se sintió un

poco más a gusto teniendo algo de dinero consigo. Para comprar el prasaadam había una cola aún más larga que para ver al dios. Finalmente les llegó su turno y Ramanujam compró dos paquetes de medio kilo del apetitoso dulce, fabricado en nombre del dios.

—Y ahora vamos a hacer el pícnic —dijo Vani.

—Buena idea. Conozco el lugar perfecto. Vamos —dijo él.

Subieron al coche y Ramanujam las llevó a la colina. Al pie de la montaña, en lugar de tomar el camino a la ciudad, giró hacia el otro lado. La carretera era nueva y viajaron cómodamente. El interior del coche se mantenía fresco por el aire acondicionado, mientras que la India enseñaba su cara más bonita a través de los cristales polarizados a medida que avanzaban por parajes arbolados y contemplaban la vida rural: agricultores preparando la tierra para las lluvias venideras, niños y fibrosos viejecitos arreando las manadas de cabras y búfalos, mujeres llevando cubos de agua o atados de leña sobre sus cabezas. Pasaron por un estanque y Ramanujam dijo:

—Mirad, una grulla.

Pronto, demasiado pronto para Aruna, el coche salió de la carretera principal y se internó en un estrecho camino serpenteante. En pocos minutos atravesaron un pueblecito y se adentraron en un enorme huerto cercado lleno de mangos y anacardos. Se apearon del coche y las chicas miraron alrededor con curiosidad. El camino de la entrada estaba flanqueado a ambos lados por ladrillos pintados, enterrados en el suelo hasta la mitad y en posición inclinada. Había buganvillas, jazmines, caléndulas y flores de *kanakaambaram* por todas partes. Había una casa con un amplio porche donde estaba reunido un grupo de lugareños, algunos sentados en sillas y otros en el suelo y otros en banquillos delante de un hombre fornido de unos cuarenta años.

El hombre se levantó para saludarles. Era alto y macizo,

con amplios pectorales y brazos musculosos. Llevaba una larga melena negra peinada hacia atrás y finos bigotes dalinianos. Tenía los dientes manchados de rojo con *paan*.

—Buenos días, doctor. ¿Qué le trae por aquí? —dijo con voz grave.

—Buenos días, señor Raju. Las damas querían hacer un pícnic después de visitar el templo de Simhachalam y las he traído hasta aquí —respondió Ramanujam.

—Debería haberme llamado. Habría hecho que le preparasen el almuerzo —dijo el señor Raju.

—No, ya tenemos comida. No esperaba encontrarlo por aquí. He oído que está muy ocupado con la construcción del centro comercial de la ciudad.

—Así es. Pero hoy tenía que resolver algunos asuntos relacionados con la propiedad, así que he venido para hablar con esta gente —dijo señalando a los campesinos que aguardaban pacientemente a que el caballero diera por terminada la charla.

Un joven salió de la casa con tres sillas de plástico y las colocó cerca de la silla del señor Raju.

El señor Raju les pidió que se sentaran y cogió una silla para él. Era fácil adivinar que ese hombre pertenecía a la casta Kshatriya, cuyos antepasados fueron soldados y reyes.

—Su hermana y su cuñado estuvieron aquí el fin de semana pasado —dijo.

—Lo sé. Me lo han contado. Nos llevaron algunos mangos —dijo Ramanujam.

—Se llevaron un montón —dijo el señor Raju echándose a reír.

Ramanujam le presentó a las chicas.

—Las damas son hermanas, Aruna y Vani. Su tío es pujari en el templo Annavaram.

El señor Raju y los campesinos asintieron impresionados.

Aruna y Vani entrelazaron las manos y saludaron:

—*Namaste.*

Aruna sacó un dulce y se lo dio al señor Raju.

—Prasaadam del templo —dijo.

El señor Raju hizo una inclinación y lo recibió, se lo llevó a la frente en un gesto de reverencia y luego a la boca.

—¿Dónde prefieren hacer el pícnic? La segunda casa de invitados está desocupada. Hoy nadie la usará —dijo el señor Raju.

—No, iremos a nuestra parcela. A la sombra de los árboles estaremos bien —dijo Ramanujam.

—Basavaaaaa... —dijo el señor Raju en voz alta dirigiéndose al interior de la casa. Enseguida salió un hombre joven—. Basava, prepara el almuerzo para esta gente.

—No es necesario que se moleste. Tenemos vianda y hay frutas por todas partes —dijo Ramanujam.

—No es ninguna molestia —dijo el señor Raju riendo—. Tratándose de brahmanes no tenemos que matar un pollo o una cabra, ¿verdad? —Se volvió hacia Basava y dijo—: Que sea algo vegetariano.

—Algo simple —dijo Ramanujam a Basava—, arroz con curry ya estará bien.

Basava asintió y regresó a la casa.

Ramanujam, Aruna y Vani enfilaron por un camino recto en dirección al huerto. Aruna llevaba la bolsa de la comida y Ramanujam llevaba una esterilla que había bajado del coche. A ambos lados del camino había árboles de mangos de edad madura. Todos estaban desbordantes de frutos amarillos. Los loros y los minás trinaban y revoloteaban entre las copas.

—El señor Raju compró este huerto hace varios años a unos granjeros, construyó estos caminos y las casas para los invitados. Luego dividió el terreno en parcelas y las vendió. En aquel entonces nosotros compramos algunas parcelas. Una de las parcelas la recibió mi hermana al casarse —explicó Ramanujam.

—Es precioso, pura tranquilidad, no escuchas nada salvo los pájaros —dijo Aruna.

Vani iba dando brincos delante de ellos como una niña.

—Sí, lo sé —dijo Ramanujam—. Nosotros venimos de pícnic tres o cuatro veces al año. —Ramanujam se detuvo después de haber andado unos minutos y dijo—: Es aquí.

El sitio no parecía diferente de todo lo que les rodeaba.

—¿Cómo sabes que ésta es tu parcela? —preguntó Vani.

—¿Ves esa piedra? —dijo Ramanujam señalando una estaca de piedra enterrada en el suelo a un costado del camino. Vani y Aruna asintieron. La piedra llevaba el número 21 escrito en negro—. La veintiuno es la nuestra. Todo lo que abarca desde esa piedra hasta aquella otra —dijo señalando otra estaca a menos de cien metros de distancia. Luego apuntó en ambas direcciones hacia el interior del bosque—. Hay otras dos piedras que marcan los límites restantes de la parcela.

Se apartaron del camino para echar a andar entre los árboles. Los árboles estaban separados por distancias de entre tres y cinco metros. Hacía fresco debajo de su manto de hojas brillantes y oscuras. Ramanujam extendió la esterilla debajo de un árbol de mango. Aruna sacó una sábana del bolso y la tendió sobre la esterilla. Se quitaron los zapatos y se sentaron sobre la sábana.

—Enseguida nos traerán comida caliente —dijo Ramanujam—. ¿Esperamos?

—Yo me muero de hambre —dijo Vani.

—Yo también —dijo Ramanujam—. Empecemos por coger algunos mangos. Venga.

Vani se puso de pie de un salto. Ramanujam le tendió la mano a Aruna. Aruna vaciló por un segundo y luego alargó el brazo. Ramanujam la ayudó a levantarse. Aruna se estremeció mientras él tenía cogida su mano. Era la primera vez que tenían contacto. Aruna se sonrojó y se puso de pie, sin poder disimular su confusión. Vani ya se había adelantado y Ramanujam también se apartó para ponerse los zapatos.

Aruna procuraba serenarse mientras con enfado pensaba: «No ha sido nada. No tiene importancia. Relájate.»

Sin embargo, no podía relajarse. Se quedó allí paralizada hasta que Vani se dio la vuelta y le gritó:

—Venga, Aruna.

Aruna fue con ellos.

—Parecen mangos de Banginpalli —dijo a Ramanujam.

—Así es —dijo él—, son los mejores del mundo. Mi padre siempre dice que si el mango es el rey de las frutas, el Banginpalli es el rey de los mangos. Cuando el señor Raju le dijo a mi padre que había árboles de Banginpalli, él no se paró a pensar en los beneficios. Firmó la compra de dos parcelas sin preguntar nada más.

Cada cual arrancó una fruta madura. Ramanujam dijo:

—Del otro lado hay un depósito de agua. Venid conmigo.

—¿Cómo vamos a cortarlos? —preguntó Vani—. Se supone que estos mangos son para cortar y comer, no para sorber como los Rassalu.

—Todo obstáculo tiene una solución. No os preocupéis —dijo Ramanujam riendo.

Se acercaron al grifo y lavaron los mangos. Se mancharon la ropa con polvo rojo pese a que tuvieron especial cuidado de mantenerse apartados del agua. Ramanujam fue hasta un viejo árbol con un hueco enorme. Cogió un palo y sacó una cajita de plástico del interior del árbol. La abrió y dijo:

—Voilà! Un cuchillo para la dama.

Aruna cogió el cuchillo y con habilidad cortó el mango en tiras, dejando el hueso grande y duro del medio con un fino revestimiento de pulpa amarilla. Con la deliciosa fragancia de la fruta se le hizo la boca agua.

Dieron varias vueltas por la parcela, comiendo el mango que Aruna había cortado. Cortaron algunos mangos más que estaban al alcance de la mano. Vani hizo de su dupatta un saco y los fue metiendo dentro. En una esquina de la parcela había una hilera de anacardos. Eran más pequeños que los árboles de mango, pero sus hojas eran más grandes. Ramanujam les echó un vistazo y preguntó:

—¿Habéis probado el fruto de anacardo?

Aruna se fijó en el fruto verde con una especie de nuez marrón adherida en el extremo inferior. Tenía un aspecto curioso, como si estuviera al revés. Las chicas negaron con la cabeza.

—No, no he probado el fruto de anacardo —dijo Aruna—. Tampoco es que hayamos comido tantas nueces. Son bastante caras.

Ramanujam asintió y dijo:

—Es una lástima que todavía no estén maduros. De aquí a un mes ya se podrán comer y las nueces estarán listas para tostar.

Regresaron al lugar del pícnic y se sentaron. Aruna cortó otro mango y se lo comieron entre los tres. Ramanujam se estiró sobre la sábana y colocó una mano debajo de la cabeza, como una almohada. Se quedaron en silencio, escuchando el canto de los pájaros y el zumbido de las abejas.

—Es pura tranquilidad —dijo él al cabo de un rato—. No sé qué será, pero los pueblos tienen un sonido distinto al de la ciudad. Debe de ser que no hay tanta gente o algo por el estilo.

Las chicas se limitaron a asentir con la cabeza. Los tres se sentían invadidos por la pereza en medio del clima cálido y después del subidón de azúcar provocado por los mangos. Aruna estaba sentada al lado de Vani con la espalda apoyada en un árbol y observaba a un regimiento de grandes hormigas negras marchando deprisa en busca de comida. A lo lejos se oía el canto de un grillo, pero ella no podía adivinar de dónde provenía. Parecía venir de todas partes. Poco a poco Aruna se iba impregnando de aquella atmósfera armoniosa y el mal trago de la mañana parecía cada vez más remoto. Durante un instante se quedó observando la figura larga y delgada de Ramanujam, tumbado delante de ella. Él se giró hacia ella y sus miradas se encontraron. A él se le escapó una sonrisa. Ella se sonrojó avergonzada y apartó la vista.

Al cabo de un rato llegó Basava con una bolsa de tela. Nada más verle Ramanujam y las chicas se pusieron de pie. Aruna recibió la bolsa con una sonrisa y Ramanujam sacó diez rupias de su cartera para Basava.

—No es necesario, señor —dijo él guardándose el dinero en el bolsillo antes de marcharse.

En el interior de la bolsa había una cesta, tres platos y tres vasos de acero inoxidable y algunas cucharas. Aruna lo sacó todo de la bolsa. Vani repartió los platos y los vasos. Aruna abrió la cesta. Adentro había tres recipientes apilados. Aruna los separó y los colocó uno al lado del otro. En el más pequeño había una fritada de patata y coliflor, en el mediano sambhar de lentejas y en el otro arroz al vapor. Todos estaban muy calientes. Vani sacó la comida que ellas habían traído y le hizo un lugar en el medio.

—Es fantástico, ¿no? —dijo Ramanujam contemplando el banquete—. Ahora me arrepiento de haber comido ese segundo mango.

Pero aún tenían apetito y el silencio se impuso nuevamente mientras empezaban a comer.

Al cabo de un rato Ramanujam se dirigió a Vani:

—De modo que has sacado matrícula de honor.

Vani tenía la boca llena, así que simplemente asintió con la cabeza.

—¿A qué universidad vas? —preguntó él.

—Gayatri —respondió ella.

Los tres se pusieron a hablar de sus universidades. Las chicas estaban fascinadas por todo lo que Ramanujam contaba sobre la vida en las residencias de estudiantes y en Delhi. Ninguna de las dos había vivido lejos de su familia ni había viajado fuera de la provincia. Discutieron sobre el relativo valor de una formación científica en comparación con una formación en humanidades. Ramanujam, como la mayoría de los licenciados en carreras científicas de la India, tenía una mala opinión de la enseñanza universitaria en las carreras de humanidades. Las chicas discrepaban al respecto. Para ellas una educación universitaria no sólo debía apuntar a una salida laboral. Ramanujam dijo que prefería las películas en hindi a las que estaban habladas en telugú; las chicas le llamaron esnob.

Terminaron de comer.

—Ahhhh —rezongó Ramanujam frotándose el estómago—. No me cabe un grano de arroz más.

Aruna opinó lo mismo.

Ramanujam volvió a tumbarse sobre la esterilla.

—¿De verdad tenéis éxito a la hora de encontrarle pareja a vuestros clientes? —preguntó mirando fijamente al cielo.

Vani se había ido al depósito de agua para lavar los platos y cubiertos.

—Y tanto —dijo Aruna—. Sé de algunos casos puntuales, aunque estoy segura de que hay muchos más. La gente viene a vernos por recomendación de amigos que se casaron gracias a nosotros, pero es raro que los implicados vengan a compartir la buena nueva. Es como si una vez que la boda está arreglada sintieran vergüenza de haber solicitado nuestros servicios. No siempre es así, desde luego. Hace poco un vendedor encontró novia a través de la agencia y nos invitó a la boda que se celebra este domingo.

—¿Vas a ir? —preguntó Ramanujam.

—No —respondió Aruna—. Me gustaría ir, nunca he asistido a una boda musulmana. Pero es fuera de la ciudad, así que dije que no podía. Además, el domingo es nuestro día más movidito y tengo que estar en la oficina ya que el señor y la señora Ali irán a la boda. —Hizo una pausa antes de preguntar—: ¿Y tú qué? ¿Nos avisarás cuando encuentres novia y me invitarás a tu boda?

—Por supuesto —dijo Ramanujam—. Y tanto que te invitaré a mi boda.

—No te creo. —Aruna se echó a reír—. Por cierto, ¿cómo va la búsqueda? —preguntó tras una pausa.

—Así así. Muchas ofertas, pero nada definitivo.

Vani regresó con la vajilla limpia y se sentó al lado de Aruna.

—Me parece a mí que pronto terminaremos de bordar ese sari azul —dijo.

Su hermana la miró con mala cara.

15

El domingo a las nueve de la mañana el señor y la señora Ali llegaron a la pequeña ciudad donde se iba a celebrar
la boda de Irshad y fueron transportados a una casa repleta
de gente. Les estaban esperando, y un muchacho adolescente
con un bigote desalineado los hizo pasar y les dijo que Irshad
se estaba arreglando.

Irshad salió de su habitación y recibió a ambos con un cálido saludo.

—Llevamos un poco de retraso, pero deberíamos estar saliendo dentro de una hora.

Uno de los amigos de Irshad comentó:

—A ti te tocará esperarla durante el resto de tu vida. Estoy
seguro de que hoy la novia puede esperarte a ti.

Todos se echaron a reír. La madre de Irshad abrazó a la
señora Ali y la llevó a otra habitación donde estaban reunidas
las mujeres. El señor Ali fue a reunirse con los hombres en la
habitación del novio.

Irshad le dijo al señor Ali que la casa de la novia estaba a
dos manzanas. Los padres de ella habían alquilado la casa en
la que ahora estaban para que la familia del novio se alojara
durante la boda. Dos chavales entraron y anunciaron:

—La banda ya está aquí.

Reinaba la confusión, puesto que el único cuarto de baño

de la casa estaba lleno de invitados. Algunas personas se enfadaban y murmuraban que los padres de la novia eran unos tacaños a juzgar por las molestias que les causaban apelotonando a todos en una casa tan pequeña. Los niños correteaban entre los adultos jugando al escondite o al corre que te pillo. Un grupo de chicas adolescentes, vestidas para la ocasión y maquilladas, esperaban riendo tontamente, ignorando con ostentación a un grupo de coetáneos que intentaban llamar su atención.

El señor y la señora Ali salieron a la calle. La atmósfera de la casa se tornaba agobiante con tanta gente dentro y era mejor esperar fuera. Poco a poco la confusión fue mermando y cada vez más gente fue saliendo de la casa. El señor Ali le enseñó a su mujer una mula que estaba al otro lado de la calle. Una capa antaño suntuosa y ahora descolorida cubría el lomo del animal hasta la silla de montar. Una solapa de cuero adornada con botones le protegía la parte frontal del rostro. El mozo de la mula sujetaba la brida con fuerza, de modo que no se moviera.

El señor Ali dijo:

—Hacía mucho tiempo que no asistía a una boda en la que el novio llegara en una mula. Es mucho más romántico que un coche.

Un hombre se acercaba por la calle en un escúter Bajaj. Al ver la multitud vestida de gala y la mula redujo la velocidad. Intentó abrirse paso muy despacio entre la gente, pero un anciano vestido con *sherwani* oscuro y un tocado marrón le dio el alto y le dijo:

—¿Es que no ves que la calle está llena de gente? Da la vuelta por otro lado.

El hombre del escúter miró a su alrededor y debió pensar que era una causa perdida, puesto que dio la vuelta. Justo cuando la gente apostada en la calle empezaba a ponerse inquieta por los efectos del calor, un chaval salió de la casa corriendo y gritando:

—¡Ahí viene el novio, ahí viene el novio!

Irshad hizo su aparición a paso cansino. Echó a andar vacilante, acompañado de un hombre joven que guiaba cada uno de sus pasos. No se le veía la cara, pues la llevaba oculta tras un frondoso velo de jazmines que colgaba de su turbante. Fue conducido hasta la mula y allí se quedó. En ese momento el señor Ali se dio cuenta de que probablemente Irshad nunca antes había montado en un animal y no sabía cómo hacerlo. Quizá tampoco ayudaba el hecho de que con el velo apenas pudiera verse los pies. De repente la mula retrocedió tirando del velo de Irshad. Antes de que él pudiera reaccionar, media ristra de flores ya estaba en la boca del animal y la otra mitad desparramada por el suelo. El novio tiró bruscamente de las riendas para quitarle a la mula las flores de la boca, pero el animal agachó la cabeza y resopló airado. Irshad reculó torpemente, tropezando con una piedra que había en la calle. Se agarró de las crines de la mula y el cuadrúpedo empezó a moverse nervioso adelante y atrás, pisoteando uno de los elegantes zapatos que Irshad se había puesto para la boda.

—¡Ay! —chilló él dando saltos sobre un solo pie. Una mancha negra había desfigurado el zapato.

El mozo aporreó a la mula en el cuello para que dejara de agitarse, pero esto puso más nervioso al animal. Uno de los invitados que parecía entender de mulas dio un paso al frente para echar una mano. Después de algunos minutos la bestia finalmente se calmó.

Una vez recuperado parte de su velo, Irshad miró indeciso el estribo y uno de los invitados lo ayudó a montar. A paso lento la mula fue conducida y toda la gente se colocó detrás del novio. ¡La procesión ya estaba en camino!

La banda abrió con una popular melodía de una película hindú.

Píntate las manos con henna,
y ten listo el palanquín.
Tu amor ya está en camino
para llevarte hasta el fin.
Oh, mi hermosa mujer.

El novio avanzaba seguido de su grupo de invitados, hombres y mujeres que lucían los atuendos más sofisticados, y una banda de colores estridentes que los acompañaba con la música. La procesión recorría lentamente su largo camino rumbo a la casa de la novia. A su paso la gente salía de las tiendas y los hogares atraída por el llamativo desfile. Algunos mendigos y perros extraviados con una inteligencia capaz de anticipar un banquete se unían a la comitiva, colocándose al final de la peregrinación.

Finalmente llegaron a destino. Nada más entrar en la calle el señor Ali oyó un grito:

—El *baraat** ya está aquí. ¡El novio ha llegado!

La calle estaba cubierta con una lona gruesa, había un escenario levantado al final y varias filas de sillas dispuestas delante. La mula se plantó en el borde de la lona con la cabeza gacha, negándose a avanzar. Irshad se tambaleaba precariamente en la silla y sujetaba las riendas con fuerza, blancos los nudillos. El mozo tranquilizó al animal. Tuvo que decirle a Irshad tres veces que aflojara las riendas antes de que éste le hiciera caso. Hubo más complicaciones porque Irshad no sabía cómo apearse de la mula. Finalmente lo consiguió conservando su dignidad más o menos intacta. La familia de la novia le dio la bienvenida.

Cuando llegaron a la carpa levantada enfrente de la casa, les esperaban un montón de parientes y amigos de la novia. Jehangir, hermano de Aisha, saludó al señor Ali dándole un abrazo. Una niña bonita de diez años cogió a Irshad de la mano y le dijo:

—Por aquí, hermano mayor.

* Desfile numeroso que acompaña al novio en las bodas. *(N. del T.)*

Lo condujo al escenario pasando entre las filas de sillas. Chicos y chicas de la familia de Aisha rociaban a los amigos del novio con agua de rosas contenida en rociadores de plata. Irshad se quitó los zapatos y se volvió hacia el chaval que había anunciado su partida.

—Recuerda lo que te dije. Más tarde te daré una chocolatina —le dijo.

El chaval asintió y se sentó junto a los zapatos. Irshad subió al escenario y tomó asiento con las piernas cruzadas. El señor Ali, que era uno de los testigos oficiales de la boda, se unió al novio. Los invitados del novio les siguieron y ocuparon los asientos enfrente del escenario. Luego la parte de la novia llenó los huecos restantes hasta que todas las sillas estuvieron ocupadas y el resto de la gente se quedó de pie.

Un anciano de aspecto solemne, con una barba primorosamente recortada, subió al escenario y se sentó al lado de Irshad. Se presentó ante él y el señor Ali. El hombre era el imán de la mezquita del barrio y conocía a la familia de la novia de toda la vida.

—Yo también oficié la boda de sus padres —dijo sonriente.

El otro testigo oficial era el mayor de los tíos de Aisha. El señor Ali sacó del bolsillo un gorro de encaje y se lo puso. El tío de Aisha hizo lo propio. Un joven vestido con ropa informal, evidentemente el técnico de sonido, cruzó gateando el escenario, le alcanzó un micrófono al imán y regresó gateando. El imán golpeó el micrófono con un dedo y el sonido amplificado de los altavoces silenció a la multitud. En medio del súbito silencio llamó la atención el llanto de un niño y los regaños de su madre. Todo el mundo se volvió hacia ellos y tanto el niño como la madre se callaron.

El imán aguardó unos segundos más y luego se acercó el micrófono:

—*Assalamu Alaikum*, la paz sea con todos vosotros.

Después del intercambio tradicional de saludos, el imán dijo:

—*Bismillah*, en el nombre de Alá, el más misericordioso, el más benefactor, estamos aquí reunidos en esta asamblea de musulmanes y no musulmanes para celebrar el matrimonio de Mohammed Irshad, hijo del difunto Mohammed Ilyas de Vizag, y Aisha, hija soltera de Mohammed Jalaluddin de esta ciudad. El matrimonio es la relación más sagrada. El novio y la novia se aceptan el uno al otro como marido y mujer por voluntad propia, sin coerción. Recordad el versículo del Corán: vuestras esposas son vuestra prenda así como vosotros sois una prenda para ellas. Una prenda que se lleva pegada al cuerpo: así de unidos deberían estar esposos y esposas. Del mismo modo que una prenda oculta nuestra desnudez y nuestros defectos, así deberían marido y mujer mantener sus secretos a salvo del resto del mundo. Del mismo modo que una vestimenta proporciona consuelo ante las inclemencias del tiempo, así deberían consolarse los cónyuges ante la adversidad del mundo. Del mismo modo que las prendas aportan belleza y gracia a nuestros ojos, así deberían obsequiarse el hombre y la mujer.

El imán miró a la concurrencia y luego se volvió hacia Irshad.

—Muchos hombres oprimen a sus mujeres —dijo—, pero recuerda que eso no es el islamismo. El Corán dice que si bien tú tienes ciertos derechos sobre tu mujer, ella también los tiene sobre ti para ser justos. Recuerda que el islam permite a una mujer tener su propio dinero y llevar sus propios negocios. ¿Quién no conoce acaso el ejemplo de la primera y más amada esposa de nuestro profeta, Khadijah, que tenía su propio negocio y que incluso contrató a Mahoma, bendito sea, como su representante para que comerciara en su nombre? Siente el temor de Dios en el trato hacia tu mujer, por haberla aceptado bajo el aval del Señor. Tu mujer es tu noble servidora, no tu esclava.

El imán prosiguió:

—Desde luego, debe haber reciprocidad. Las esposas también tienen responsabilidades hacia sus maridos. Una mujer debe proteger su honor y los bienes de su esposo. Una esposa virtuosa es en efecto el mejor tesoro al que un hombre puede aspirar. *In'shallah*, si Dios quiere, de esta unión nacerán hijos; es responsabilidad de la mujer educarlos para que sean buenas personas y buenos musulmanes.

El imán abrió el acta de matrimonio y se puso de pie. El señor Ali y el tío de la novia también se levantaron y lo acompañaron hasta el interior de la casa, donde Aisha y las otras mujeres escuchaban las palabras del imán emitidas por un altavoz. Aisha estaba sentada sobre una cama, vestida con un sari rojo con motivos dorados. Un velo rojo brillante le cubría la cabeza y los hombros. Llevaba las manos coloreadas con intrincadas figuras de henna. A su alrededor estaban su madre, varias amigas y algunas primas.

El imán solicitó al señor Ali y al tío de Aisha que se sentaran junto a él. En presencia de los testigos preguntó a la novia en voz alta:

—Aisha, ¿aceptas por voluntad propia a Mohammed Irshad como tu esposo, con una dote de viudedad de diez mil rupias a tu nombre?

—Sí —respondió Aisha con voz suave bajo el velo rojo.

La misma pregunta se formuló dos veces más y fue respondida en ambas ocasiones. El imán le entregó a Aisha el acta de matrimonio y le pidió que la firmara. Los tres hombres salieron de la habitación y se dirigieron nuevamente afuera, donde estaba sentado el novio.

El imán le preguntó:

—Mohammed Irshad, ¿aceptas por propia voluntad a Aisha como tu esposa, con una dote de viudedad de diez mil rupias a su nombre, suma que sólo pertenecerá a ella y de la que podrá disponer cuando lo estime conveniente?

—Sí —respondió Irshad.

La pregunta se formuló dos veces más y fue respondida en ambas ocasiones. El imán le entregó a Irshad el acta de matrimonio y le pidió que la firmara. Finalmente los dos testigos y el imán añadieron sus firmas.

El imán cerró el acta y dijo:

—Mohammed Irshad y Aisha, yo os declaro unidos en matrimonio en presencia de esta asamblea como testigos de vuestra unión. Que Dios os bendiga y os conceda una larga y feliz vida matrimonial. Elevemos una plegaria a Alá por habernos beneficiado con este matrimonio a fin de darnos el sustento, el consuelo y la paz.

El imán fue el primero en felicitar a Irshad. El señor Ali fue el siguiente. El padre, los tíos y los hermanos de Aisha le tendieron la mano a Irshad y le dieron tres abrazos cada uno, primero estrechándole el hombro derecho, luego el izquierdo y finalmente otra vez el derecho.

Todos bajaron del escenario y se calzaron los zapatos, a excepción de Irshad, que no encontraba los suyos por ningún sitio.

—¿Dónde están mis zapatos? —preguntó.

Todos se dieron la vuelta y le miraron perplejos.

—¿Dónde está Pervez? —preguntó.

Ellos habían visto al chaval sentado a cierta distancia de los zapatos comiendo un cucurucho. Irshad le había encargado que se los vigilara, pero al parecer el chaval había sido más listo.

—Vale ya —dijo Irshad—. ¿Quién ha cogido mis zapatos?

—¿Tus zapatos, tío? —preguntó con inocencia la niña de diez años que lo había conducido hasta el escenario.

Durante la ceremonia Irshad había pasado de hermano mayor a tío. El señor Ali sonrió. Definitivamente la niña no era tan inocente como aparentaba.

—Sí, querida. Mis zapatos —repitió Irshad impaciente.

—¿Se te han perdido, tío? —preguntó ella alegremente.

—Así es, mi niña. ¿Tú sabes dónde están?

—Si me das una propina te los encuentro.

—De acuerdo. —Irshad sacó un billete de cien rupias del bolsillo y se lo dio.

La niña agitó el billete con una mueca burlona.

—*Nah* —dijo—. Por esto ni me molesto.

Irshad sacó otro billete de cien rupias. Ello lo miró con el mejor gesto de desprecio que podía esbozar su rostro infantil. Irshad suspiró y sacó un billete de quinientas rupias.

—¿Voy y le digo a mi tía que se ha casado con un tacaño? —preguntó la niña jugando su carta triunfal.

Irshad miró a su alrededor. La gente se reía y él se sentía avergonzado. Definitivamente no saldría ganando en esa negociación. Añadió trescientas rupias más, ascendiendo la oferta a un total de mil. La niña observó el dinero con aire pensativo y luego desvió la mirada hacia sus primos mayores, que estaban a pocos metros. Uno de ellos hizo una inclinación de cabeza. La niña se volvió hacia Irshad, cogió el dinero y desapareció. Al cabo de unos minutos regresó con los zapatos.

—Estaban a la vuelta de la esquina, tío. No sé cómo llegaron hasta allí —dijo la niña.

—Claro, seguro que no tienes ni idea —dijo Irshad riendo mientras se ponía los zapatos.

A Irshad lo llevaron a una habitación dentro de la casa. El señor Ali decidió quedarse fuera mientras la gente empezaba a colocar las sillas y las mesas para el banquete de boda que se celebraría en la carpa. Se puso a conversar con el otro testigo, el mayor de los tíos de Aisha. El caballero se llamaba Iqbal y antes de jubilarse había trabajado para el estado, en el departamento de irrigación.

—Vamos a echar un vistazo a la comida. Ya debe de estar lista —dijo él cogiendo al señor Ali por el codo.

Los dos hombres atravesaron la casa atestada y salieron al espacio abierto en la parte posterior. Allí la escena era de un caos organizado. Hombres y mujeres se ajetreaban llevando condimentos y utensilios. Sobre tres piedras dispuestas en triángulo había una caldera de gran tamaño que superaba en altura al más grandullón de los muchachos. Debajo de la caldera ardían pilas de leña. El vapor envolvía la silueta de un hombre que removía el *khatta* de berenjena y calabaza verde con una espátula de hierro de metro y medio. Junto a una caldera aún más grande había un hombre robusto con el torso desnudo y una toalla atada en la cabeza para evitar que el sudor de la frente se le metiera en los ojos. Esa olla estaba precintada con un paño de algodón cubierto de masa entre la tapa y el recipiente, mientras que el fuego de debajo se alimentaba constantemente. Las brasas del fuego se esparcían encima de la tapa, de modo que la comida se cociera como en un horno. Lo que se estaba cociendo en su interior era el famoso *dum biryani*, un plato que no puede faltar en ninguna boda musulmana del sur de la India.

El menú musulmán de un banquete de boda en el sur de la India es siempre el mismo: biryani de cordero, un plato acompañante de berenjena y calabaza verde y una salsa *naita* de cebolla y coco. Mucho tiempo después de la boda, cuando todo lo demás se hubiese olvidado y la novia se hubiera convertido en una matrona con hijos adultos, quedaría el recuerdo del biryani, que serviría para valorar en la memoria la calidad del banquete. La mejor carne de cordero es la que se obtiene de un carnero maduro. Debe haber la misma cantidad en peso de carne que de arroz —preferentemente entre un cincuenta y un cien por ciento más de carne, si es que la familia se lo puede permitir—. Lo ideal es el arroz Basmati, pero suele estar fuera del alcance de la mayoría, de modo que una variedad local de grano fino y largo es aceptable. No basta, sin embargo, con la carne y el arroz. También cuenta el talento del cocinero y la combinación precisa de cebollas, guindillas, *ghee*, sal, especias —clavos, cardamomo, canela, semillas de amapola, jengibre, ajo y muchísimos otros ingredientes—, todo cocinado a la temperatura adecuada y durante una cantidad de tiempo exacta. Cocinar para un millar de personas no es un trabajo para pusilánimes, menos aún cuando todos y cada uno de los invitados ya han comido el mismo plato cientos de veces y se complacen ejerciendo de críticos.

El señor Ali observaba al hombre robusto y sabía que era

el cocinero encargado del biryani. Se paseaba alrededor de la olla gigante controlando el precintado que rodeaba la tapa. El tío de la novia notó que el señor Ali estaba observando al chef.

—Se llama Musa —dijo—. Es un buen cocinero, pero no tan bueno como su padre. Su padre preparó el biryani para todas nuestras bodas y la gente todavía habla de aquellos banquetes.

Musa dio un grito y varios hombres corrieron hacia él, incluido el que estaba removiendo el khatta o salsa de curry. El momento de la verdad había llegado. El señor Ali y el tío de la novia se apartaron para que los hombres tuvieran espacio suficiente. Los hombres barrieron con cuidado las brasas que estaban encima de la tapa. Trajeron dos palos largos de madera y los colocaron debajo de los bordes salientes de la caldera. Ataron los palos con viejos saris de algodón. Cada uno de los hombres ocupó una posición sosteniendo ambos palos.

—¡Uno, dos, tres! —contó el chef.

A la cuenta de tres los brazos de los hombres se hincharon y sus rostros se tensaron por el esfuerzo a medida que levantaban la pesada caldera hirviente para posarla sobre una fosa de arena previamente excavada junto a las piedras. Así la retiraron del fuego. La masa que rodeaba la tapa se había secado completamente y se apresuraron a quitarla, haciendo luego lo propio con la tapa. Una enorme nube de vapor emergió de la caldera, trayendo consigo el aroma del arroz, la carne, el ghee y las especias. Todo el mundo hizo un alto en sus tareas para mirar al cocinero mientras hundía una espátula en la comida y sacaba una muestra del biryani. Probó el arroz, palpó la textura de la carne entre el pulgar y el índice y se llevó un trozo a la boca. Masticó durante un instante, luego hizo una inclinación de cabeza y sonrió. Sin darse cuenta el señor Ali había estado conteniendo el aliento y justo entonces lo liberó en un suspiro de alivio. A su alrededor los gestos de concentración fueron reemplazados por las sonrisas. Musa se dio la vuelta y llamó al padre de Aisha. El tío de la novia se aproximó a donde estaba su hermano, y se llevó al señor Ali con él. Los tres probaron el biryani y dieron su visto bueno. Musa asintió satisfecho y ordenó a sus hombres que volvieran a tapar la caldera dejando un pequeño resquicio para que saliera el vapor, y a continuación se retiró. Su trabajo ya estaba hecho.

Después de la comida hubo una pausa que todo el mundo aprovechó para descansar, el novio y la novia por separado. Al caer la tarde, el señor Ali bien lo sabía, empezaría otra ceremonia: el *jalwa*, el show. En esta ceremonia el novio y la novia están cara a cara, a la manera tradicional, por primera vez. Son comunes la procacidad y las burlas por parte de los amigos de ambos. Luego viene el *bidaai*, el adiós, cuando la novia se marcha de la casa de sus padres y de su infancia y acompaña a su marido a un nuevo hogar para empezar una nueva vida. En cada bidaai siempre se derraman mares de lágrimas, lo que seguramente también ocurriría en esa boda.

Pero el señor Ali no quería quedarse para ver eso. Miró alrededor hasta que vio a su mujer hablando con algunas señoras de la familia de la novia. Finalmente llamó su atención y ella se acercó.

—Ha estado bien la boda, ¿no te parece? —dijo el señor Ali.

La señora Ali suspiró.

—¿Sabes cómo se sienten las jovencitas a las que les entran ganas de ser madres cuando ven a los bebés de sus amigas? Pues así me siento ahora —dijo ella.

—¿Qué? ¿Que quieres tener otro hijo? —preguntó alarmado el señor Ali.

—¡Que no, bobo! —Ella se echó a reír—. Estoy deseando asistir a la boda de nuestro hijo. Ojalá pudiera verlo montado en una mula con un velo de flores sobre su rostro yendo al encuentro de la novia.

—Te comprendo. A mí también me ocurre lo mismo,

pero no creo que el tonto de nuestro hijo nos dé esa satisfacción —dijo él—. En cualquier caso, vámonos a casa. No quiero presenciar todo el lloriqueo y los lamentos del bidaai.

A la señora Ali le pareció bien. Así que se despidieron y se marcharon.

16

Aruna estaba en la oficina y se aburría. Se preguntaba cómo estaría saliendo todo en la boda de Irshad. Nunca había asistido a una boda musulmana, así que no conocía la secuencia de la ceremonia. El señor Ali había dejado pasar el plazo para anunciar en los periódicos del domingo y el día era muy tranquilo. En toda la mañana no había venido un solo cliente y el teléfono apenas había sonado.

El señor Ali le había dicho que se pusiera en contacto con el padre de una chica de casta Kapu para pasarle información sobre un candidato potencial. El pretendiente trabajaba en una compañía multinacional en Delhi, aunque sus padres vivían en la ciudad. Ella llamó al padre de la chica, pero él no estaba en casa. Le dejó un mensaje y colgó. Decidió ponerse a redactar las postales que solían enviar como respuesta a la gente que contestaba a los anuncios.

Al cabo de media hora Aruna había escrito una pila de postales y tenía los dedos acalambrados. Dejó el bolígrafo sobre el escritorio y se masajeó los dedos de la mano derecha. Estaba pensando en cerrar y marcharse a casa temprano cuando sonó el timbre y Ramanujam entró en el despacho.

—Hola —dijo sorprendida.

—Hola, Aruna —dijo él.

—¿Te ha llamado el señor Ali para informarte sobre alguna candidata? —preguntó ella—. Que yo recuerde, no ha aparecido ninguna nueva.

Ramanujam no dijo una palabra. Ella se puso de pie y extrajo su archivo del armario. Al no hallar ninguna nota en el interior revisó la carpeta de nuevos miembros. Una chica brahmán se había apuntado el día anterior, después de que ella se fuera a casa.

—Debe de ser ésta —dijo, y sacó el formulario de la carpeta. Leyó los datos de la chica—: Veinticuatro años, un metro setenta. —Aruna levantó la vista—. Es bastante alta, ¿no? —le dijo.

Ramanujam asintió.

Ella siguió leyendo.

—Licenciada en Ciencias del Hogar, no quiere trabajar después de casarse, rubia. Es de familia rica. Tienen varias casas en la ciudad y están dispuestos a pagar una dote considerable. Aunque no han especificado la suma. Tiene un hermano que es médico y vive en Estados Unidos. —Aruna levantó la vista y dijo—: A mí me parece ideal. ¿Qué opinas tú?

—Yo... —dijo Ramanujam.

—¡Ah, mira! —interrumpió Aruna—. Si hasta tenemos una foto de ella.

De un salto alcanzó el armario y cogió una fotografía. La miró y se la entregó a Ramanujam.

—Parece bonita —dijo—. Ya me gustaría a mí tener ese cutis —añadió riendo tristemente.

Ramanujam echó un vistazo fugaz a la fotografía y la dejó a un costado.

—Aruna... —balbuceó.

Había algo en su voz que a ella le llamó la atención. Lentamente regresó a su silla.

—Tranquila —continuó él—. No he venido por ninguna candidata.

—Ah —dijo ella confundida—. Pero qué más da para qué

has venido. Esta chica es perfecta para ti. Estoy segura de que tu familia estará encantada con ella.

—Andaba por aquí y pensé que podría pasar a verte —dijo.

—Es un detalle de tu parte. Los señores están fuera y ha sido un día muy tranquilo. Suerte que no viniste más tarde; cuando apareciste estaba pensando en cerrar el despacho e irme a casa antes de hora —dijo Aruna—. Oye, por cierto, gracias por llevarnos a tu huerto. Lo pasamos de maravilla. Vani también te lo agradece.

—Para mí fue un día estupendo. Yo soy el que debería daros las gracias. O quizás al revisor del autobús por ser tan oficioso. —Ramanujam se echó a reír.

Aruna se estremeció.

—Gracias a Dios devolviste mi llamada. Ya empezaba a preocuparme viéndome allí en medio de la nada y sin dinero. Eso me recuerda que te debo dinero —dijo ella, y sacó un billete de cien rupias de su cartera.

—No seas tonta —dijo él rechazándolo con un gesto de la mano—. Si no me hubieras llamado me habría perdido un día precioso al aire libre.

—No, no —insistió Aruna—. Dijiste que era un préstamo.

—Vale —dijo Ramanujam, y cogió el dinero—. ¿Cómo está Vani? Dile que no me he olvidado de los frutos de anacardos. Cuando estén maduros cogeré algunos.

—Gracias —dijo Aruna—. A ella le encantó el huerto.

—¿Y a ti? ¿También te gustó? —preguntó Ramanujam.

—Por supuesto —dijo Aruna—. Es realmente maravilloso. Me recordó a varios pueblos en los que viví de pequeña. Pero esta vez no era sólo el lugar..., creo que la compañía también estuvo bien.

Ramanujam la miró intensamente.

—¿De verdad?

Aruna se sonrojó.

—Sí —afirmó levantando la barbilla—. Disfruté de tu compañía.

—Eso es lo que me gusta de ti, Aruna —dijo—. Eres natural.

—¿Es un cumplido? —preguntó ella.

—Sí, lo es. La mayoría de las chicas piensan que es guay coquetear —dijo Ramanujam.

—Lo sé, pero yo he crecido fuera de todo ese rollo —dijo Aruna riendo.

—¿Cómo está tu padre? —preguntó Ramanujam—. ¿Todavía se opone a que te cases?

Los ojos de Aruna se encendieron.

—No es que no quiera que me case. Es que no podemos permitirnos una boda sin endeudarnos. Y él no entiende cómo va a sobrevivir la familia una vez que estemos endeudados y yo ya no aporte mis ingresos.

—Lo siento —dijo Ramanujam—. No lo había visto de ese modo. O sea que el problema no se ha resuelto.

Aruna suspiró.

—No —dijo suavemente.

—¿Qué te parece si vamos a comer? —propuso él.

—¡No! —respondió Aruna sobresaltada—. Mis padres me están esperando en casa.

—¿Quizás otro día? —preguntó Ramanujam.

—Quizá —dijo Aruna vacilante. Ella nunca había salido con un hombre salvo el día del pícnic, pero incluso en aquella ocasión Vani había estado presente. Se suponía que los ricos lo hacían a menudo, y que para ellos salir a comer en pareja no era nada especial. Pero si alguien del entorno de sus familiares y amigos la viera a solas con un hombre se produciría un escándalo y el hecho acabaría con su reputación.

Ambos guardaron silencio y Aruna se puso a manipular algunos papeles que estaban sobre la mesa.

Al cabo de un rato Ramanujam dijo:

—Aruna...

—¿Sí? —dijo ella levantando la vista del escritorio.

Antes de que Ramanujam pudiera continuar, sonó el teléfono.

—Perdona —dijo ella, y atendió la llamada.

Era un cliente que se había hecho miembro hacía una semana y todavía no había recibido las listas. Aruna revisó la carpeta de nuevos miembros y encontró sus datos. Las listas le habían sido enviadas dos días antes debido a todos los retrasos producidos durante la semana.

—Sus listas ya están en camino, señor. Le ruego que vuelva a llamarnos si no las recibe en los próximos días —dijo ella.

Aruna colgó el teléfono y volvió a decir:

—Perdona.

—No pasa nada —dijo Ramanujam.

—¿Qué ibas a decirme? —preguntó ella.

Ramanujam respiró hondo.

—Aruna, ¿te casarías conmigo? —preguntó.

Sobresaltada ante la pregunta, Aruna lo miró directo a los ojos:

—No, Ram —dijo llamándolo por su nombre por primera vez—. No puedo casarme contigo.

Él acusó el impacto y Aruna supo que le había hecho daño. Ella sabía que estaba haciendo lo correcto, pero, por Dios, ¿por qué tenía que doler tanto?

Aruna cerró los ojos, pero todavía lo seguía visualizando en su mente, el rostro risueño. «Es perfecto», pensó, pero su propuesta era imposible. Su familia estaba buscando una novia hermosa de familia acaudalada. Su madre y su hermana eran muy sofisticadas y ella se sentiría demasiado cohibida en medio de ellas. No podía imaginarse a Ramanujam estando a gusto en el salón de su casa, sentado en una silla plegable de metal despintada por el uso prolongado. ¡Y el escándalo! ¿Qué diría su padre si ella llegara a casa anunciando que había encontrado un esposo por su propia cuenta? Y por si todo esto fuera poco, ¿cómo se las arreglaría su familia si ella dejara de trabajar? Vani ya no podría seguir estudiando.

Ramanujam estaba sentado en el sofá con la cabeza colgando. Lo que Aruna más deseaba era sentarse a su lado y abrazarlo. ¿Por qué tenía que rechazarlo? ¿No sería todo más hermoso si ella simplemente dijera «sí» sin pensar en las consecuencias? Se llevarían más que bien; podrían hablar de muchísimas cosas, reírse juntos. Él era rico, tenía un buen trabajo y sin duda era un buen partido en el mercado matrimonial. Ella sabía que dadas las circunstancias de su familia cualquier propuesta la convertía en una afortunada, más aún si venía de parte de un soltero cotizado como Ramanujam. «Es un sueño y la gente pobre no puede permitirse el lujo de soñar —pensó finalmente—. Ese camino conduce a la infelicidad.» Ella tenía que ceñirse a sus obligaciones y dejar que su karma siguiera su curso, como así lo haría.

Al cabo de un minuto Ramanujam se puso de pie:

—Hasta luego, Aruna —dijo.

Ella también se puso de pie.

—Lo siento. Espero que sigamos siendo amigos. No quiero perderme esos frutos de anacardos, ya sabes —dijo sonriendo con tristeza.

—¿Estás segura? —preguntó él.

—Claro —respondió Aruna, pese a que sabía que era peligroso. Lo mejor era cortar todo vínculo con él definitivamente, pero eso era algo que ella no podría soportar, no de momento. Pensaba que él era uno de los hombres más atractivos que había conocido, el primero que le había propuesto matrimonio por el bien de ella y no como resultado de un acuerdo concertado entre familias. Aunque pusiera toda su energía para mantenerse firme en su decisión, la idea de no volver a verle le resultaba insoportable.

Ramanujam asintió.

—Pues entonces ya nos veremos. Siempre te desearé lo mejor, Aruna —dijo, y se marchó rápidamente.

Aruna esperó hasta oír el portazo en el coche y el ruido del motor que se alejaba. Regresó al escritorio a paso cansino y se sentó. De súbito, sin previo aviso, rompió a llorar. ¿Por qué? ¿Por qué? ¿Por qué la vida era tan difícil?

Probablemente él la olvidaría pronto y seguiría con su vida. Ella dudaba de si sería capaz de hacer lo mismo.

El señor y la señora Ali encontraron el taxi. El conductor estaba roncando en el asiento delantero con la puerta abierta. Sin duda estaba durmiendo a la espera de que le bajara el excelente biryani. El señor Ali lo despertó.

—Disculpe, señor —dijo el conductor incorporándose en el asiento—. ¿Ya nos vamos?

—Así es —dijo el señor Ali—. Nos vamos.

Subieron al taxi y se acomodaron en el asiento trasero. El taxista ya estaba a punto de arrancar cuando el señor Ali se inclinó hacia delante y le preguntó:

—¿Sabe cómo llegar a Royyapalem? ¿Está lejos de aquí?

—No está lejos, señor. Menos de una hora —respondió el conductor.

El señor Ali se volvió hacia su esposa y le preguntó:

—¿Quieres que vayamos?

Ella asintió con entusiasmo mientras se le iluminaban los ojos.

El señor Ali se volvió hacia el conductor y dijo:

—Vamos primero a Royyapalem.

—El servicio sólo cubre un trayecto directo —dijo el conductor—. Si quiere ir hasta allí le costará doscientas rupias más. Además, si no regresamos a la ciudad antes de las siete tendré que cobrarle un recargo por espera.

—Está bien —dijo el señor Ali—. En marcha.

Royyapalem era un pueblo situado al lado de la carretera. El taxi salió de la carretera doblando a la izquierda y se adentró en el pueblo por un camino estrecho lleno de baches. La señora

Ali había oído tantas cosas acerca de Royyapalem en las últimas semanas que se decepcionó al ver que era otro pueblo pequeño como cualquiera de los que ella había visto a lo largo de su vida. Sin embargo, había algo extraño en aquel lugar que en un principio no conseguía descifrar. A medida que avanzaban traqueteando vio algunas casitas de ladrillo y muchas chozas apiñadas con techo de paja. A la sombra de las casas había perros sin dueño que jadeaban. El coche redujo la velocidad hasta casi detenerse para pasar por el lado de un búfalo negro que estaba defecando en medio del camino. Llegaron a un mercadillo. La señora Ali lo reconoció porque era un espacio abierto con montículos a ambos lados del camino. Por la tarde los montículos se convertían en puestos de venta de diferentes tipos de verduras. Mientras atravesaban el mercadillo la señora Ali cayó en la cuenta de qué era lo que le resultaba tan extraño.

Se volvió hacia su marido y le dijo:

—No se ve un alma. En cualquier pueblo ves gente caminando o sentada en la puerta de las casas mirando la carretera, pero este sitio está vacío. Parece abandonado.

El señor Ali asintió.

—Estaba pensando lo mismo —dijo.

Tras una curva el camino se volvió serpenteante hasta llegar a una plaza situada enfrente de una vivienda *pucca* con una estatua de Gandhi delante. Había una multitud de personas y muchos agentes de policía con bastones reunidos en pequeños grupos. Sobre un lado de la plaza habían levantado carpas rojas y naranjas, semejantes a la que había en la boda de Irshad y Aisha. La carpa del medio era la más grande y estaba presidida por una extensa pancarta que colgaba de dos elevados postes de bambú con la inscripción: JUSTICIA PARA LOS GRANJEROS.

Un agente de policía se acercó a ellos y el taxi se detuvo. Se inclinó por la cintura y asomó la cabeza por la ventanilla del taxi.

—¿Por qué han venido hasta aquí? —preguntó.

—Hemos venido a ver a nuestro hijo —dijo el señor Ali.

—No pueden entrar en el pueblo —dijo el agente.

—Por favor —dijo la señora Ali inclinándose hacia delante de cara al agente.

El agente la miró y dijo sorprendido:

—Yo a usted la conozco, señora. Usted es la madre que salió por la tele.

—Sí, soy yo —dijo la señora Ali.

El agente continuó:

—Estábamos todos en mi casa viendo la tele cuando apareció usted. A mi madre le afectó más que a nadie. Dijo que podía entender perfectamente lo que sentía. Nosotros somos cristianos, señora, y cuando mi madre fue a misa el domingo siguiente rezó por usted.

—Oh, su madre es muy amable. Por favor, dele las gracias de mi parte.

El policía asintió y les pidió que aparcaran a un lado y se acercaran a la carpa grande que estaba en el centro.

Mientras se dirigían allí otro policía trató de detenerlos, pero el primero gritó:

—Déjalos pasar. Tienen mi permiso.

—El poder de la fama —comentó el señor Ali.

—No te mofes. De otro modo no podríamos ver a nuestro hijo —dijo ella.

En la entrada de la carpa un joven les salió al paso. La señora Ali lo reconoció como uno de los amigos de Rehman que había estado en el juicio junto a su hijo. El joven parecía sorprendido de verles.

—Señor, señora... ¿Ya se han enterado?

—¿Enterarnos de qué? —dijo el señor Ali.

—Rehman se encontraba perfectamente hasta hace dos días. Probablemente comió algo que le sentó mal, porque empezó a vomitar y pronto se puso enfermo.

La señora Ali se mostró preocupada. Ella y su marido se apresuraron a entrar en la carpa y el joven los siguió.

—¿Dónde está Rehman? —preguntó ella.

—Allí, señora —dijo el joven, y la llevó a una esquina separada con una cortina.

Pasaron detrás de la cortina. Rehman yacía sobre un *charpoy*, un catre de campaña engarzado con hilo de cáñamo. Estaba sudando. Había tres hombres de pie alrededor del catre.

—¿Qué le ocurre a mi hijo? —La señora Ali se echó a llorar y corrió hacia el catre.

Rehman se apoyó sobre la almohada con dificultad. Hizo una mueca y dijo:

—Estoy bien, Ammi.

Ella se sentó en el catre y lo abrazó.

—Estás ardiendo —dijo llorando.

Él le acarició la mano y se volvió hacia los hombres.

—Iros a dar una vuelta. El artículo ciento cuarenta y cuatro sigue en vigor. Aquí sólo pueden estar cinco personas. No les demos una excusa para que nos arresten.

Los hombres salieron enseguida y Rehman miró a sus padres. El señor Ali se sentó al otro lado del catre y apoyó una mano sobre la frente de Rehman.

—No estás nada bien, hijo.

—No es nada grave, Abba. Es sólo fiebre.

—¿Qué ha dicho el médico? —preguntó la señora Ali.

Rehman no respondió. Su amigo que estaba al pie del catre dijo:

—Todavía no lo ha visto ningún médico.

—¿Cómo es posible? —dijo la señora Ali volviéndose hacia el amigo—. Se encuentra realmente mal. Aunque él no quisiera tú tendrías que obligarle a ver un médico. ¿Qué clase de amigo eres?

El amigo parecía avergonzado. Se marchó con la cabeza gacha y arrastrando los pies. Ella se volvió hacia Rehman.

—Tú vas a ver a un médico y no dirás una sola palabra.

Rehman se recostó en el catre.

—Ammi —dijo con un hilo de voz—, en este pueblo no hay médicos.

—¿Ninguno? ¿Cómo que no hay médicos? —dijo la señora Ali.

—Tú vienes de un pueblo, Ammi. Tú conoces los pueblos mejor que yo —dijo Rehman—. No hay ningún médico por aquí. Y aunque hubiera uno, no hay farmacias.

Ella se quedó en silencio.

Un joven entró y se dirigió a Rehman:

—Perdona, Rehman, pero es que tengo al presidente del centro estudiantil de Vijayawada al teléfono. Quiere saber cuántos hombres necesitas. Dice que puede movilizar a más de quinientos estudiantes.

Rehman lo meditó un instante y dijo:

—No tiene sentido que vengan. Les detendrán antes de entrar al pueblo.

Cerró los ojos y la señora Ali le secó la frente con un pañuelo. Abrió los ojos y dijo:

—Ya sé. Dile que organice una concentración en Vijayawada apoyándonos. De hecho creo que es una gran idea. Dile que hable con los líderes del los centros estudiantiles de las otras ciudades. Nosotros también lo haremos. Nos tomaremos unos días para organizarlo bien y protestar de manera simultánea por todo el estado. Así pondremos nervioso al gobierno.

El joven que había entrado también se mostraba excitado.

—Es una idea fantástica. Me pondré a ello ahora mismo.

Rehman quiso levantarse, pero no pudo.

La señora Ali dijo:

—Rehman, estás muy débil. Regresa con nosotros a la ciudad. Puedes ver a un médico y regresar cuando te encuentres mejor.

Rehman sacudió la cabeza.

—No, Ammi. Ya casi estamos terminando. Sólo tenemos que resistir un poco más y habremos ganado. No puedo irme ahora.

—No seas terco, Rehman —dijo el señor Ali—. No te encuentras bien. A saber qué enfermedad habrás pillado. La temperatura no te ha subido por ingerir un alimento dudoso. Esto es algo totalmente distinto. Lo intuyo. Cuanto antes veas a un médico, mejor.

El amigo de Rehman dijo:

—Puede que tenga razón, señor. Dijo que vomitó restos de sangre.

Rehman le lanzó una mirada a su amigo y éste se tapó la boca con una mano.

—No hagas callar a tu amigo —dijo el señor Ali—. Parece que es grave de verdad. Por favor, ven a casa con nosotros.

Discutieron durante un buen rato hasta que Rehman se dejó caer en el catre totalmente exhausto, aunque sin ceder. Finalmente el señor y la señora Ali se despidieron y se marcharon.

Al salir de la carpa la señora Ali le dio su número de teléfono al amigo de Rehman y le dijo:

—Por favor, llámame todos los días para informarme sobre su estado.

—Lo haré, señora —dijo el amigo.

Regresaron al taxi. Una mujer joven los llamó a gritos cuando estaban a punto de subir. Era la misma periodista que había entrevistado a Rehman y a la señora Ali en el tribunal.

—Señor, señora. Me llamo Usha —se presentó—. ¿Puedo tener una pequeña charla con ustedes delante de la cámara? La policía no me permite entrar en la carpa. Llevo esperando toda la mañana para hablar con su hijo, pero ni siquiera he podido verle.

Al principió la señora Ali se negó, pero la mujer logró persuadirla.

—Su hijo es realmente valiente, señora. Es un héroe y nuestros televidentes lo adoran —dijo Usha.

De pronto la cámara estaba enfocando a la señora Ali y la reportera.

—Usted le pidió que no regresara a Royyapalem. Ahora que le ha visto aquí, ¿cuál es su opinión?

—Lo que temía como madre se ha cumplido. Mi hijo no se encuentra bien, pero no abandonará la lucha. La protesta se mantiene y él dice que no puede irse ahora —respondió la señora Ali.

—Lamento oír que su hijo no se encuentra bien. ¿Qué le ocurre? —Usha parecía preocupada.

—Tiene mucha fiebre. No sé qué puede ser —dijo la señora Ali mientras las lágrimas caían por sus mejillas—. No le ha visto ningún médico y se niega a dejar el pueblo para venir a la ciudad. El gobierno quiere construir grandes industrias aquí mismo, pero resulta que en este pueblo no hay un solo médico. La gente que gobierna debería dejar claras sus prioridades.

La mujer le hizo una señal al cámara:

—Corta —dijo.

Después de regresar de Royyapalem la señora Ali estaba deprimida. Durante algunos días también se sintió terriblemente avergonzada. En la televisión repetían una y otra vez el corte en el que ella salía hablando con la periodista, bajo el título «El tormento añadido de una madre».

Unos días después de su regreso, escuchó por casualidad al señor Ali hablando con Rehman por teléfono.

—Tu madre está muy decaída. No quiere ver a nadie y se niega a salir de casa. Ni siquiera se asoma a la puerta por las tardes para ver a la gente pasar —dijo el señor Ali. Se quedó un instante escuchando y luego continuó—. ¿Qué quieres decir con que la protesta es importante? ¿Acaso el sufrimiento de tu madre no tiene ninguna importancia? Tanto a ella como a mí nos preocupa que hayas contraído una enfermedad grave. Sólo te pido que vengas un día, veas a un médico y luego regreses.

La conversación se prolongó un rato más y la voz del señor Ali adoptó un tono de súplica. Rehman obviamente no aflojó, porque el señor Ali colgó el teléfono, se reclinó en la silla y cerró los ojos. Parecía agotado y sentía pena por su esposa. Ella se alejó sigilosamente, pensando que el señor Ali mencionaría más tarde la llamada para que hablaran del asunto, pero él nunca lo hizo.

Cada tarde ella recibía una llamada del amigo de Rehman. Después de algunos días las noticias finalmente fueron alentadoras: a Rehman le había bajado la temperatura y podía dejar la cama durante algunas horas al día. A partir de entonces fue evolucionando favorablemente. Una semana después de su visita, la señora Ali habló con Rehman. Él ya había vuelto a la normalidad. Le dijo a la señora Ali que se habían coordinado con líderes estudiantiles de todo el estado y que estaban organizando marchas de protesta para el martes siguiente. La señora Ali le dijo que se cuidara.

El señor Ali no quiso hablar con su hijo. La señora Ali se debatía una vez más entre dos fuerzas tenaces, ninguna de las dos dispuesta a aflojar.

17

Aruna llevaba toda la semana deprimida. Había perdido la chispa. Se sentía como el agricultor que observa una plaga de langostas pululando sobre su campo listo para la cosecha, contemplando la desaparición de su cultivo y sabiendo que eso es sólo el principio. Aruna no le había contado a nadie lo de la propuesta de Ramanujam, ni siquiera a su hermana. Vivía los días como un autómata.

El lunes Vani le dijo:

—Mañana quiero que vayas a Jagadamba Junction a las nueve en punto.

—¿Para qué? A esa hora tengo que estar en la oficina —dijo Aruna.

—Akka, has estado triste toda la semana. Te vendrá bien hacer algo diferente —dijo Vani.

—No estoy triste —dijo Aruna.

—Sí lo estás. Amma también lo ha notado. Creemos que trabajas demasiado. Sólo te pido que mañana vayas allí. Te aseguro que cuando le cuentes a tu jefe lo que viste, no le importará que hayas llegado tarde a la oficina —prometió Vani.

—¿Qué? ¿Qué sabes tú lo que dirá el señor Ali? Ni siquiera lo conoces —replicó Aruna.

—No discutas, Akka. Sólo hazlo por mí, por favor... —suplicó Vani.

Aruna suspiró.

—De acuerdo. Iré, sólo para demostrarte que no estoy deprimida.

—¡Genial! —dijo Vani.

Al día siguiente Aruna salió de casa un poco más temprano que de costumbre para ir a Jagadamba Junction. Una vez allí se sorprendió al ver policías por todas partes. Se colocó a la sombra de una tienda y se quedó mirando. Enfrente de ella estaba el epónimo cine Jagadamba. En un cartel grande aparecía una chica rubia profiriendo un grito de terror ante una cosa espeluznante y oculta. Era el único cine de la ciudad que a menudo pasaba películas de Hollywood. Todos los demás proyectaban películas en hindi o en telugú.

Aruna aguardó un instante, mirando su reloj con irritación. Eran casi las nueve y veinte y no pasaba nada. El lugar parecía más concurrido de lo normal, pero en Jagadamba Junction siempre había mucha gente, de modo que ella no lo notaba. Del extremo norte del cruce, a ambos lados de un antiguo y pequeño cementerio cristiano, salían dos travesías: una ascendía hasta la universidad y la otra hasta la parte más nueva de la ciudad. La calle en dirección sur conducía a la parte antigua de la ciudad y la que iba hacia el este pasaba por las oficinas de Hacienda y el King George Hospital. Aruna se acordó de Ramanujam y no pudo dejar de pensar en él.

Debía de tener el aspecto de una persona abatida, porque alguien se le acercó y le dijo:

—¿Por qué tiene esa cara, señorita? Es usted joven y parece sana. Seguro que todo saldrá bien.

Aruna salió bruscamente de su ensoñación y miró a la anciana sin dientes que tenía delante. Nunca antes la había visto. Aruna sacudió la cabeza y dijo:

—No es nada, Baamma. Estoy bien.

La anciana asintió y se marchó. Aruna miró alrededor. Había mucha más gente que antes. Y la gente no se movía. Estaban allí de pie como ella, como si esperasen a que algo sucediera. Después de cinco minutos oyó un ruido proveniente de la calle que bajaba desde la universidad. Se oía cada vez más fuerte y enseguida todas las cabezas se giraron en dirección al ruido. Los policías se habían alineado a lo largo de la calle y hablaban por radio. De repente se cortó el tráfico.

Una ruidosa manifestación estudiantil se acercaba por el medio de la calzada. La procesión no dejaba de avanzar, debían de ser más de mil estudiantes. Algunos llevaban tambores y trompetas. Muchos de ellos portaban pancartas.

JUSTICIA PARA LOS GRANJEROS
RESPETO POR LOS DERECHOS DE LOS AGRICULTORES
DE ROYYAPALEM
LOS CAMPESINOS NECESITAN MÉDICOS,
NO MULTINACIONALES
ESCUCHA EL LLANTO DEL PUEBLO,
NO LA LLAMADA DEL DINERO
ABAJO LA OMC

Aruna se preguntaba por qué la Organización Mundial del Comercio se había visto involucrada en esta protesta. ¿Acaso era una pancarta sobrante de una manifestación anterior?

Al frente iba un estudiante que caminaba de espaldas, de cara a la procesión. Llevaba un megáfono en la mano y con voz amplificada exclamó:

—Justicia...

—Para los granjeros —atronó la multitud de estudiantes.

Retumbaron los tambores, bramaron las trompetas.

El estudiante que empuñaba el megáfono gritó:

—Más hospitales...

—Menos multinacionales —rugió la multitud.

La procesión pasaba lentamente por delante de Aruna. Ella intentaba buscar a Vani entre el gentío, pero no la veía por ningún lado.

—¡Abajo el gobierno! —gritó el que iba al frente de la marcha.

—¡Abajo, abajo!

Los tambores retumbaron: tum, tum.

Las trompetas sonaron con estridencia.

La manifestación tardó más de cinco minutos en despejar el cruce. Aruna escuchó a alguien decir que los estudiantes se dirigían al edificio de las oficinas de Hacienda para presentar una carta con diez mil firmas en contra de las expropiaciones de las tierras de Royyapalem. Esperó a que la multitud se dispersara y cogió un autobús rumbo a la casa del señor Ali.

Durante la semana siguiente el estado de ánimo de Aruna no mejoró. Ella lo atribuía al clima. Tras el primer chaparrón había parado de llover y se había impuesto una ola de calor. La temperatura diaria no bajaba de los cuarenta grados y había mucha humedad.

Su madre le dijo que se tomara unas vacaciones, pero Aruna se negó. Un día después, cuando Aruna estaba a punto de dirigirse al trabajo, su padre le dijo que quería visitar a su hermano en Annavaram y que necesitaba que ella lo acompañara.

—Esto es cosa de mamá, ¿verdad? —preguntó Aruna.

Su padre le dirigió una mirada severa y ella se sonrojó.

—Lo siento —dijo.

—Pareces agotada, Aruna. Te vendrá bien descansar unos días. Y es verdad que te necesito: no quiero viajar solo —explicó su padre.

—No, Naanna, ahora no puedo. Tenemos mucho trabajo en la oficina —dijo, y salió a la calle.

A las diez de la mañana el señor Ali fue al banco para ingresar un cheque que un cliente le había extendido y Aruna se quedó sola en el despacho. El cartero acababa de marcharse y ella estaba ocupada con la correspondencia del día cuando sonó el teléfono.

—Agencia Matrimonial. ¿En qué puedo ayudarle? —dijo ella.

—Buenos días, ¿está el señor Ali? —preguntó una voz de mujer que le sonaba vagamente familiar.

—No, señora. En este momento no está. ¿Puedo ayudarla en algo? —preguntó Aruna.

—Tal vez —dijo la voz—. Nosotros somos clientes vuestros. Yo soy hermana de Ramanujam, el médico.

Durante un instante Aruna sintió que se le paraba el corazón. Empuñó con fuerza el auricular. Tragó saliva y dijo:

—Ya me acuerdo, señora. Usted vino con su madre y su hermano. Dígame de qué se trata.

Se alegró de que no le temblara la voz.

La hermana de Ramanujam dijo:

—Ayer tuvimos una reunión familiar y decidimos que hay que intensificar la búsqueda. Creo que deberíais volver a anunciar publicando en más medios.

—Muy bien, señora —dijo Aruna—. Se lo diré al señor Ali cuando regrese.

—Dígaselo. En los próximos días estaré ocupada, pero en cuanto pueda me dejaré caer por la oficina.

Aruna colgó lentamente y se quedó mirando al vacío. De pronto su aplomo se quebró y tras ocultar el rostro entre sus manos empezó a sollozar.

—¿Todo bien, Aruna?

Aruna levantó la vista al instante y descubrió con horror que tenía a la señora Ali delante. Asintió con la cabeza y apartó la vista. La señora Ali permaneció en silencio un momento, mientras Aruna albergaba la esperanza de que no la hubiese visto llorar.

—¿Qué ocurre, Aruna? —preguntó la señora Ali gentilmente—. ¿Qué son esas lágrimas?

Aruna volvió a mirarla a regañadientes y contestó:

—No sé qué hacer, señora. Estoy tan confundida.

Lágrimas frescas rodaron por sus mejillas.

La señora Ali se acercó a Aruna.

—Ven conmigo, cariño. Vamos adentro. Aquí puede entrar alguien en cualquier momento.

La señora Ali llevó a Aruna al interior de la casa y se sentaron juntas en el sofá.

—No pasa nada, cariño, no llores. Todo se arreglará. Cuéntame, ¿cuál es el problema?

Aruna se quedó callada durante un rato, debatiéndose entre su reticencia natural y la necesidad de compartirlo con alguien. La señora Ali permaneció en silencio a su lado.

Finalmente Aruna habló:

—¿Conoce usted a Ramanujam? Es uno de nuestros clientes.

La señora Ali se quedó pensando y luego dijo:

—Sí, lo recuerdo. Es el médico, ¿verdad?

—Así es, señora.

Aruna no dijo nada más, y al cabo de algunos segundos la señora Ali la apremió:

—¿Qué ocurre con él?

—Me propuso matrimonio —dijo Aruna.

La señora Ali se echó a reír.

—¿Y por eso estás llorando? Cariño, deberías sentirte halagada.

—Le dije que no, señora. Lo rechacé —explicó Aruna, y empezó a llorar de nuevo.

—¿Has hablado de esto con alguien más? —preguntó la señora Ali.

Aruna negó con la cabeza mientras se deshacía en lágrimas. La señora Ali rodeó con el brazo sus hombros de mujer joven y le dijo:

—Pues no haces bien en guardártelo. Anda, cuéntame. ¿Te gusta?

Aruna asintió con la cabeza.

—Que Dios me perdone, sí, me gusta. Ya lo creo que me gusta. Después de decirle que no pensé que el dolor solamente duraría un tiempo. Creía que al cabo de unos días ya volvería a sentirme bien. ¡Pero no! El dolor no ha hecho más que empeorar. Me está consumiendo y no sé qué puedo hacer.

La señora Ali se quedó en silencio, abrazando a Aruna mientras se desahogaba. Al cabo de un rato Aruna dejó de llorar, se secó las lágrimas con la tela del dupatta y levantó la vista, avergonzada.

—Discúlpeme, señora.

—No hay nada que disculpar. Necesitabas llorar. Ahora, dime una cosa, si tanto te gusta, ¿por qué lo rechazaste?

—Imagínese, señora. Usted sabe bien qué clase de chica está buscando su familia. Yo estoy muy lejos de ser la mujer apropiada. Quieren a una mujer hermosa de buena familia. Yo no soy hermosa. Y la mía es una familia común y corriente; no somos millonarios como ellos.

—No te menosprecies, cariño. El dinero no lo es todo. La sabiduría y la reputación son valores más importantes, y en este sentido tu familia no es inferior a ninguna.

—Pero eso no basta, señora. En estos momentos mi familia me necesita. Mi hermana está en la universidad y a mi padre le han recortado la pensión. Lo tendrían realmente difícil si tuvieran que arreglárselas con esa pensión. Necesito seguir trabajando hasta que mi padre recupere su pensión y mi hermana complete sus estudios. La familia de Ramanujam no quiere que él tenga como esposa a una mujer que trabaje. Y aun si pudiera trabajar, ¿qué esposo me permitiría donar mis ingresos a mis padres? Por lo menos de aquí a cuatro años no puedo pensar en casarme —dijo Aruna.

La señora Ali dijo:

—Aruna, a veces en la vida hay que ser egoísta. Tu familia se las arreglará de algún modo. Ramanujam no va a esperar tres o cuatro años para casarse. Sus padres no lo permitirían. También tienes que pensar en ti. Es sabido que para las chicas se vuelve más difícil casarse a medida que pasa el tiempo. De aquí a unos años tu hermana se casará y se irá de casa. Tus padres son mayores, ¿quién sabe cuánto tiempo más vivirán? Te convertirás en una mujer solitaria y amargada. Tu hermana empezará a sentirse molesta contigo, porque las personas no pueden estar agradecidas de por vida, ya sabes. Conozco casos similares, y esto es algo que siempre les ocurre a las mejores muchachas, como tú. Paradójicamente, aquellas chicas que no piensan tanto en la familia y se centran un poco más en sí mismas a la larga no sólo son más felices sino que mantienen una buena relación con sus padres.

—Yo sé que usted sabe más que yo, señora —dijo Aruna—. Pero no estoy segura de poder actuar de otro modo. Además, él es rico y nosotros somos muy pobres. Como yerno tendrá que venir de vez en cuando a la casa de mis padres y ser tratado como se merece. ¿Cómo harán ellos para permitírselo? Y si él ofendiera a mis padres por vivir en una casa pequeña y ser pobres yo no podría soportarlo.

La señora Ali dijo:

—Si él fuera tan grosero como para hacer una cosa así no sería un hombre para ti. Pero nada indica que Ramanujam vaya a actuar de ese modo. Y no olvides que los dos sois de la misma ciudad. No es que él vaya a verse en la necesidad de pasar alguna que otra noche en la casa de tus padres. Vendrá a visitarlos de vez en cuando y estoy segura de que tratará a tu familia con la cortesía que se merece.

—Eso nunca se sabe, señora. Él siempre ha sido rico, ¿cómo va a saber tratar con gente pobre? Además, todo el asunto se presta a discusión. Al rechazar su petición de mano lo ofendí y dudo mucho que vuelva a aceptarme. Su hermana llamó hace un momento para pedir que pongamos más anuncios. Los hombres son muy orgullosos, señora, no digieren un rechazo tan fácilmente.

Tras unos minutos Aruna se levantó del sofá.

—Por favor, no se lo cuente al señor —dijo—. Es sumamente vergonzoso.

La señora Ali asintió.

—No tienes nada de que avergonzarte, cariño. Pero si así lo quieres, no diré una palabra.

—Gracias, señora —dijo Aruna sonriendo con ternura.

Aquella misma tarde, después de comer, ella habló con su padre y le dijo que lo acompañaría a visitar a su hermano en el templo de Annavaram.

La ausencia de Aruna fue un serio golpe para el sistema de trabajo del señor Ali. De pronto comprendió cuán útil era disponer de una ayudante eficiente. Se vio obligado a acortar los paseos y, con bastante frecuencia, las siestas. Por suerte hacía tanto calor que eran muy pocos los clientes que se presentaban antes de las cinco de la tarde. Pero basta con que aparezca uno sólo para tener que interrumpir la siesta, pensaba con amargura.

Un miércoles, cuando todos se habían ido y él estaba a punto de cerrar, entró una antigua cliente: Sridevi, la florista divorciada.

—*Namaste* —saludó ella con las manos sobre el pecho.

El señor Ali la correspondió en el saludo y dijo:

—¿Recibiste los datos de Venu, el ingeniero informático? ¿Estás buscando otros candidatos?

—No —dijo Sridevi riendo—. Voy a casarme de nuevo, y como andaba por aquí quería pasar para darle las gracias.

—¿En serio?... Es una noticia excelente. ¿De modo que te pusiste en contacto con Venu? —preguntó el señor Ali.

—No, no es con él con quien voy a casarme, ni con ningún otro de los que usted me envió, pero aun así quería agradecérselo —dijo ella.

—¿Cómo es eso? —preguntó el señor Ali perplejo—. Por favor, siéntate —añadió al darse cuenta de que ella seguía de pie.

Ella tomó asiento y dijo:

—Supongo que será más sencillo si se lo cuento todo desde el principio.

El señor Ali asintió y dejó su bolígrafo sobre la mesa, dispuesto a escucharla.

—Como usted ya sabe, después de divorciarme mi familia

me boicoteó. No me hablaban ni me invitaban a las celebraciones familiares. Era como si nunca hubiera existido. Fue duro de soportar. En fin, yo me mantuve ocupada en mis asuntos y eso me compensó de algún modo. Al final decidí empezar de nuevo y volver a casarme. Fue entonces cuando me puse en contacto con usted. ¿Recuerda que le dije que mi tío venía a cenar el día que usted me llamó para hablarme de Venu?

—Sí, me acuerdo perfectamente —dijo el señor Ali.

—Él es el menor de los hermanos de mi padre. Pasó su estancia universitaria viviendo con nosotros cuando yo era pequeña. Yo era su sobrina favorita. Cuando me casé él se había ido a Omán y le supo muy mal no estar presente en mi boda. Resumiendo, le fue bien en el Golfo y regresó hecho un hombre rico. Compró cantidad de regalos para todo el mundo, incluyéndome a mí, y al llegar descubrió que la familia me había aislado. Me llamó enseguida y vino a comer conmigo.

El señor Ali asintió.

—Durante la comida yo no podía parar de hablar y finalmente me eché a llorar. Él me consoló y luego se marchó. Pensé que allí se acabaría todo, pero dos días más tarde apareció por mi tienda en el hotel y dijo que le apetecía comer comida china. Me sorprendió ya que eran las tres de la tarde. Me llevó al restaurante del hotel. Estaba completamente vacío excepto por un hombre que ocupaba una mesa en una esquina. Era mi ex marido. Yo quise largarme, pero mi tío me lo impidió. Como podrá imaginarse, la atmósfera entre mi ex marido y yo era muy tensa al principio, pero poco a poco nos fuimos relajando. Siempre nos habíamos llevado bien excepto en algunos puntos muy específicos. En un momento el móvil de mi tío empezó a sonar y él se levantó para atender la llamada, dejándonos a solas. Nos pusimos a hablar y así averigüe que él no había vuelto a casarse, lo cual me sorprendió ya que yo pensaba que nada más divorciarnos sus padres volverían a casarlo con la primera que apareciera. También me enteré de que mi ex marido estaba al corriente de que la floristería del hotel era mía. Después de un rato mi tío regresó. Él vio que la cosa entre nosotros iba bien y nos dijo que ese fin de semana había hecho una reserva y pagado una cena para dos personas en otro restaurante, pero que su amigo no iba a presentarse. Quería que nosotros fuéramos a cenar juntos. Yo me olía algo raro, así que le dije que no podía esperar que saliera con un hombre que no era mi marido.

Sridevi hizo una pausa y miró al señor Ali. Éste asintió e hizo un gesto con la mano pidiéndole que continuara.

Sridevi continuó:

—Mi tío se echó a reír y dijo que el hinduismo no reconoce el divorcio. De modo que aunque la ley afirmara que ya no éramos marido y mujer, ante los ojos de Dios seguíamos estando casados. Mi ex trató de interrumpirlo, pero mi tío no había hecho más que empezar. «No somos musulmanes», dijo, «cuya religión les permite divorciarse, ni tampoco cristianos que prometen estar juntos hasta que la muerte los separe. Somos hindúes y vosotros contrajisteis matrimonio con el fuego sagrado como testigo; disteis siete vueltas al fuego como parte de la ceremonia y seguiréis unidos más allá de la muerte, juntos durante siete vidas».

El señor Ali asintió con un gesto de comprensión.

—¿Qué ocurrió después? —quiso saber.

Sridevi continuó:

—Salimos juntos un par de veces y descubrimos que nos llevábamos bastante bien y yo me fui haciendo a la idea de volver con él. Sin embargo, mi ex no mostraba señales de querer dar el primer paso hasta que yo les comenté que tenía interés en un candidato del que usted me había hablado. Una vez dicho esto a mi ex le entraron las prisas. Al principio parecía que no le atraía la idea de volver a casarse. Y de la noche a la mañana se convirtió en el que mete presión para llevar a cabo la boda y yo en la que tiene que posponerla. En cualquier caso, como ahora estoy en una posición de privilegio, he podido negociar todo lo que quería. Él dejará la casa de sus padres y nos instalaremos por nuestra cuenta. Yo seguiré llevando mi tienda y todo el dinero que gane será mío para disponer de él como me venga en gana. Le dije que tenía pensado contratar a una criada a tiempo completo con mi dinero para no tener que oír más quejas acerca de la comida o las tareas del hogar. En fin, que bien está lo que bien acaba, y voy a casarme dentro de quince días por lo civil.

—Es una noticia fantástica —dijo el señor Ali—. La mejor que he recibido en toda la semana.

—Se lo agradezco, señor —dijo ella.

—Ahora bien —dijo el señor Ali—, voy a hablarte como una persona mayor, así que espero que no lo tomes a mal. El matrimonio se basa en la transigencia. Siempre digo que la mayoría de mis clientes no son lo bastante flexibles. Lo quieren todo: un yerno alto con un buen trabajo que sea hijo único y pertenezca a una familia rica, siendo que tienen una hija más bien fea y ni siquiera están dispuestos a pagar una buena dote, o bien exigen que la nuera sea preciosa, culta y ocupe un cargo de ejecutivo, cuando su propio hijo es un gandul fracasado del tres al cuarto. Para encontrar un compañero tienes que ser transigente. Pero la necesidad de transigencia no se acaba aquí. La vida conyugal aporta el placer más grande, sólo si estás dispuesto a ceder. En caso contrario es un infierno en vida. Tú eres una mujer muy afortunada. Por la gracia de Dios y los esfuerzos de tu tío te están dando una segunda oportunidad. No la desaproveches. Sin duda el dinero que ganas es tuyo, pero no hagas alarde de ello. Dale a tu marido una parte de tus ingresos cada mes para que la destine a los gastos de la casa. No hagas que él tenga que pedirte dinero. Pídele su consejo sobre cómo invertir tus ahorros. Él ha accedido a separarse de sus padres. Acompáñale a visitarlos regularmente, una vez a la semana o cada quince días. Haz que tus suegros estén de tu lado; ignora cualquier comentario sarcástico de su parte, hazles pequeños regalos en todo momento. Está bien que contrates a una criada a tiempo completo, pero dale un día libre de vez en cuando y cocina para tu marido. No digo que sólo tú tienes que ceder, pero está visto que eres la única que tiene el control.

Sridevi asintió y dijo:

—Gracias por el consejo. Lo tendré muy presente. Tiene usted razón. Soy una mujer afortunada que ha recibido una segunda oportunidad.

Mientras él acompañaba a Sridevi a la salida, entró en el despacho la hermana de Ramanujam.

—Buenos días. Por favor, tome asiento —dijo él—. Aruna me informó que usted había llamado.

Ella se sentó en el sofá y dijo:

—Ya no tenemos más candidatas para ver. Creo que deberíamos poner más anuncios.

El señor Ali asintió y dijo:

—Puede que no sea una mala idea. Ya tengo un anuncio listo. Esta vez nos concentraremos en periódicos de lengua inglesa. Aunque le costará un poco más. Nuestra tarifa no cubre los gastos de publicidad de segundos anuncios en la prensa inglesa. Probablemente tendrá que pagar unas doscientas o trescientas rupias adicionales.

—Eso no es un problema —dijo la hermana de Ramanujam, y sacó trescientas rupias de su bolso.

—Déjeme comprobar si recientemente se ha incorporado alguna candidata brahmán —dijo el señor Ali. Revisó la lista de nuevos miembros y encontró una al final—. Aquí hay una que se apuntó hace diez días. Creo que aún no le hemos enviado los datos. Se llama Sita, ¡un nombre ideal para alguien llamado Ram!

La hermana de Ramanujam sonrió; el señor Ali prosiguió:

—Tiene veinticuatro años y mide un metro setenta.

—La estatura perfecta —dijo ella alzando la vista.

—Licenciada en Ciencias del Hogar, no quiere trabajar después de casarse, rubia. Tienen varias casas en la ciudad y están dispuestos a pagar una dote generosa. No han especificado cuánto, pero me dijeron que si se trata del novio ideal no escatimarán en gastos. Ella tiene un hermano médico en Estados Unidos.

—Parece un buen partido —dijo la hermana de Ramanujam—. ¿Tiene una foto?

Él volvió a mirar el formulario.

—Pues sí, debo de tener una por aquí.

Sacó la foto del armario y se la entregó. Ella se quedó mirando la fotografía atentamente y dijo:

—Parece guapa..., rubia y delgada.

El señor Ali copió los datos en un folio y se lo dio. Ella dobló el papel y lo guardó en el bolso.

—¿Puedo llevarme también la foto? —preguntó.

El señor Ali dudó.

—Normalmente no permitimos que los clientes se lleven las fotos de las chicas.

—Lo entiendo, pero le prometo que se la devolveré. Es una candidata tan buena que no quisiera seguir perdiendo el tiempo.

El señor Ali asintió.

—Está bien, pero le ruego que la cuide y se asegure de que vuelva a nuestras manos en un par de días.

Ella asintió y se puso de pie, lista para marcharse. El señor Ali también se levantó y la acompañó a la puerta.

—¿Y su secretaria? ¿Se ha tomado el día libre? —preguntó ella.

—No, no se siente bien y le he dado una semana de vacaciones —respondió el señor Ali antes de cerrar la puerta.

Al día siguiente la señora Ali estaba preparando dosas —crepes de lentejas— para el desayuno mientras el señor Ali se afeitaba. Como de costumbre, él tenía la radio encendida con el volumen alto y escuchaba las noticias.

El locutor dijo:

—Esta mañana en una sesión informativa el gobierno anunció que la adquisición de tierras en Royyapalem queda suspendida. El primer ministro expresó que su gobierno no está en contra de los agricultores y que se dispone a llevar a cabo una consulta más amplia para determinar la ubicación de las zonas económicas especiales. El gobierno también revisará los paquetes indemnizatorios actuales y estudiará la posibilidad de que al menos un miembro de cada familia desplazada tenga garantizado un puesto de trabajo en la zona económica. La declaración se produjo tras días de protestas extendidas por todo el país que sacudieron al gobierno y pusieron en duda su permanencia.

La señora Ali dio un grito de alegría y el señor Ali dio un respingo provocado por el susto.

—¡Ayyyy! —se lamentó tras hacerse un corte con la maquinilla de afeitar. La sangre manaba de su barbilla y se la limpiaba con una toalla. Se quitó la espuma de afeitar de la cara y fue a la cocina. Le escocía la barbilla.

—¿Lo has oído? ¿No es una gran noticia? —preguntó la señora Ali mirándolo de cerca—. ¿Por qué tienes sangre en la barbilla?

—Porque tú has gritado —dijo el señor Ali.

—¡Con esta noticia como para no gritar! Si tú no puedes evitar cortarte cuando te afeitas después de cincuenta años de práctica, yo no puedo evitar gritar —dijo la señora Ali.

—Es una buena noticia, sí —coincidió el señor Ali—. Pero yo no he cambiado de opinión. Si Rehman no vino a casa cuando se lo pedimos, entonces que ya no venga.

La señora Ali titubeó.

—Déjalo estar —dijo—. Ahora qué más da. Lo pasado, pasado.

—No quiero dejarlo estar —dijo el señor Ali—. No te lo he dicho, pero volví a hablar con él después de regresar a la ciudad. Le dije que estabas deprimida y que no salías de la cama. Aun así se mantuvo en sus trece. No tengo tiempo para un hijo que no aprecia a sus padres.

La señora Ali iba a decir algo, pero el señor Ali levantó la mano.

—No quiero oír más. La decisión ya está tomada. No discutas.

La señora Ali no estaba contenta, pero conocía bien a su marido. Una vez que se le metía algo en la cabeza era imposible hacerle cambiar de opinión. Ella suspiró y regresó a sus tareas.

18

El lunes el señor Ali estaba hablando con un hombre cristiano acerca del matrimonio de su hija, cuando de repente Ramanujam entró en el despacho.

El señor Ali lo saludó.

—Tu hermana vino el otro día y se llevó los datos de una chica —dijo.

—Lo sé —respondió Ramanujam—. Por favor, atienda al señor. Yo esperaré.

Cuando el otro cliente se fue Ramanujam sacó la foto de Sita de un sobre y se la devolvió al señor Ali.

—Gracias por dejar que mi hermana se llevara la foto —le dijo.

El señor Ali dejó la fotografía a un lado y se volvió hacia Ramanujam.

—¿Qué te pareció la chica? —preguntó.

—He oído que Aruna no se encuentra bien —dijo Ramanujam—. ¿Le pasa algo?

El señor Ali se vio desconcertado por el cambio de tema, pero aun así le respondió:

—Las últimas dos semanas estaba muy apagada. Así que se ha tomado una semana para acompañar a su padre a Annavaram. Espero que el cambio de aire le siente bien y vuelva a ser la misma de antes.

—Tengo que confesarle algo —dijo Ramanujam—. En realidad me alegro mucho de que Aruna se encuentre en ese estado.

—¿Lo dices en serio? ¿Y se puede saber por qué? —preguntó el señor Ali con aspereza. La sonrisa desapareció súbitamente de su rostro. A Aruna la consideraba una hija y el comentario de Ramanujam lo había tomado por sorpresa.

—No piense mal —dijo Ramanujam—. Yo la quiero mucho. Verá, he compartido con ella algunos momentos aquí y fuera de la oficina, y hemos tenido largas conversaciones y..., no sé... Pienso en ella todo el tiempo. Estoy atendiendo a un paciente y de pronto me viene a la mente la sonrisa de Aruna o el brillo de sus ojos cada vez que me mira. Puedo oír su voz que se burla de mí amablemente o se ríe de algo que he dicho. No sé si esto es amor, lo único que sé es que nunca antes me había sentido así.

El señor Ali frunció los labios. Aruna estaba bajo su custodia durante el horario de trabajo y ahora él estaba preocupado por lo que acababa de oír.

—¿Entonces por qué te alegras de que Aruna no se encuentre bien? —preguntó.

—¿Desde cuándo empezó a sentirse mal? —preguntó Ramanujam a modo de respuesta.

El señor Ali hizo memoria y dijo:

—Creo que su depresión comenzó el día que fuimos a la boda en Kottavalasa. Recuerdo que el día anterior se encontraba perfectamente y el domingo no la vi porque salimos temprano y al regresar ella ya no estaba. Recuerdo que me pareció extraño, ya que esperaba encontrarla aquí. El lunes era su día libre. Fue después de eso. Sí, estoy seguro, fue entonces cuando todo comenzó. —El señor Ali permaneció en silencio un momento y luego lanzó a Ramanujam una mirada severa—. ¿Estuviste aquí el día que ella se quedó sola? ¿Le dijiste algo que pudo haberla afectado?

Mientras observaba el rostro de Ramanujam, los miedos del señor Ali se confirmaron.

—He acertado, ¿verdad? Estuviste aquí aquel domingo. ¿Qué le dijiste? Te advierto que si está triste por tu culpa no te lo perdonaré. ¿Tú eres médico? ¡Bah! Debería darte vergüenza. Llamaré a tus padres y les diré qué clase de hijo tienen. No tendría que haberla dejado sola en la casa. Ha sido culpa mía.

El señor Ali no era consciente de que se había puesto de pie y de que estaba gritando con indignación. La señora Ali salió a la galería.

—¿Qué ocurre? —preguntó.

El señor Ali señaló a Ramanujam con el dedo.

—Este hombre... —farfulló. Y fue incapaz de continuar.

Ramanujam levantó las manos.

—No es lo que usted piensa. Por favor, cálmese y déjeme que se lo explique. Lo que pasó fue que le propuse matrimonio. Le pedí que se casara conmigo.

—¿Qué? —dijo el señor Ali. Lanzó una mirada a su mujer y se sorprendió al ver su rostro impasible, como si ella ya lo supiera.

—Así es, le pedí a Aruna que se casara conmigo y ella no aceptó. Dijo que no podía casarse conmigo.

—Genial —gruñó el señor Ali groseramente. Todavía estaba indignado.

La señora Ali tomó asiento y le rogó a su marido que se sentara. Pero el señor Ali estaba demasiado alterado para sentarse. Por último, la señora Ali le pidió que trajera tres vasos de agua.

—¿Es que no ves que nuestro invitado tiene sed?

El señor Ali murmuró algo por lo bajo, pero su cortesía innata se impuso. Cuando regresó con los tres vasos de agua en una bandeja ya estaba más calmado y dispuesto a razonar. Justo en ese momento llegaba un hombre. El señor Ali salió al jardín y el hombre le preguntó:

—¿Es aquí la agencia matrimonial? He visto un anuncio en el periódico.

—Sí, es aquí —respondió el señor Ali—, pero ahora está cerrado. Vuelva mañana, por favor, un poco más temprano.

El hombre se retiró y el señor Ali cerró la puerta. Era la primera vez que se negaba a atender a un posible cliente. Regresó a la galería y se sentó junto a la señora Ali, de cara a Ramanujam.

—Bien —dijo—, por favor, vuelve a contarnos lo que pasó.

—No hay mucho más que añadir —dijo Ramanujam—. Aruna me gusta mucho y pensé que yo también le gustaba. Le pedí que se casara conmigo y ella se negó. Yo me largué, preguntándome cómo pude haberla interpretado tan mal. Pero cuando escuché a mi hermana decir que ella estaba deprimida y se había tomado unos días de descanso, volví a tener esperanzas. Después de todo quizá fuera el síntoma de que sentía algo por mí. Así que empecé a pensar en nuestra conversación y caí en la cuenta de que ella no dijo en ningún momento que no quería casarse conmigo. Dijo que no «podía» casarse conmigo. Por eso estoy aquí, para pedirle que me ayude a hablar otra vez con Aruna y convencerla de que sea mi esposa.

El señor Ali se quedó pensando. Era evidente que había juzgado mal al joven que tenía delante.

—Lamento lo que dije antes. No debería haberte hablado así —dijo.

Ramanujam hizo un gesto con la mano, quitándole importancia a las disculpas.

—Usted estaba preocupado por el bienestar de Aruna, eso no es malo —dijo.

—Supongamos que podemos ayudarte a convencer a Aruna para que se case contigo... —empezó a decir la señora Ali. A Ramanujam se le iluminó el rostro de esperanza y ella rápidamente añadió—: No digo que vayamos a conseguirlo, es sólo una posibilidad. ¿Has pensado detenidamente en lo que eso supondría? Tanto tus padres como tu hermana están buscando para ti un tipo de novia que supera a Aruna en belleza. Todas son más altas, más rubias y más glamurosas.

Ramanujam respondió:

—He visto un montón de fotos y he visitado a algunas de las candidatas que mis padres y mi hermana han preseleccionado. Aruna es más guapa que cualquiera de ellas. Van tan pintadas que me resultan artificiales. La de Aruna es una belleza natural; es tan sencilla..., sin afectación alguna. Luce elegante hasta cuando lleva ropa vieja, a diferencia de las otras, que tienen que vestirse de gala y adornarse con joyas caras para parecer atractivas.

—Ramanujam, parece que realmente Aruna te gusta mucho —dijo el señor Ali—. Pero ¿has pensado en tu familia? ¿Cómo se lo tomarán? Están moviendo cielo y tierra para encontrarte la novia perfecta y de pronto llegas tú y les dices que has escogido a una por ti mismo.

—Eso no me preocupa —respondió Ramanujam—. En el momento que Aruna me dé el sí yo los convenceré. Estoy seguro de que estarán encantados con Aruna tanto como yo. Nunca me han negado nada y no creo que vayan a frustrarme en algo que para mí es tan importante.

—Estás siendo un poco ingenuo, jovencito —dijo la señora Ali—. Puede que no te lo impidan. Es probable que contigo se comporten igual que siempre, pero que al mismo tiempo le hagan a Aruna la vida imposible. Supongo que estarás pensando en quedarte a vivir con tus padres después de casado.

—Sí, señora. Por supuesto que me quedaré a vivir con mis padres después de casado. ¿Por qué tendríamos que irnos a otro sitio? —preguntó Ramanujam.

—Como te decía, ellos podrían ponérselo difícil a Aruna. Podrían hacerla trabajar como un sirviente o no dirigirle la palabra o rebajarla delante de tus parientes o insultarla. Podrían hacer cientos de cosas con ella, y Aruna, teniendo en cuenta la clase de chica que es, probablemente nunca te lo diría para no disgustarte.

—Usted no conoce a mi familia, señora —dijo Ramanujam fríamente—. No son esa clase de gente. Y tenemos sirvientes en nuestra casa que llevan toda una vida con nosotros. ¿Por qué tendría que ocuparse Aruna de las tareas del hogar si no lo desea? Vaya tontería.

El señor Ali se levantó, fue hasta el armario de los ficheros y sacó el impreso de solicitud de Ramanujam. Lo leyó y dijo:

—Aquí pone que estás buscando una chica alta, rubia y culta de familia adinerada que pague una dote considerable. Si bien estoy de acuerdo contigo en que Aruna es una chica atractiva, sabemos que no es alta ni rubia. Y aunque es una chica culta, su familia no tiene dinero. De hecho, la razón de que no se haya casado hasta el momento es que su familia no puede pagar una boda decente y ni siquiera la dote.

Ramanujam parecía avergonzado.

—No puede usar eso en mi contra. Todas ésas son condiciones estipuladas por mi familia. Yo nunca reclamé una dote.

—Puede que no, y eso dice mucho a tu favor —dijo el señor Ali—. Pero tú estás de acuerdo con los requisitos de tu familia. Nunca te opusiste a ellos ni dijiste que no querías cobrar la dote de la familia de tu novia. ¿Qué ocurrirá el día de mañana cuando tu familia maltrate a Aruna porque no vino con su dote correspondiente? ¿Acaso te enfrentarás a ellos cuando ni siquiera eres capaz de hacerlo ahora?

—Está ofendiendo a mi familia —dijo Ramanujam airadamente—. Somos gente respetable y nunca maltrataríamos a nadie por el simple hecho de ser pobre.

—Serénate, Ramanujam —dijo el señor Ali—. Nosotros hemos visto bastante más que tú. Ciertas cosas no deberían suceder en las familias respetables, pero suceden. En los periódicos puedes encontrar infinidad de casos. En estos tiempos la gente se ha vuelto materialista y no le importa la riqueza que una nuera pueda aportar al hogar a menos que esté compuesta de tierras y dinero. La verdadera riqueza de una nuera está en su cultura, en su naturaleza noble y en la felicidad que transmite a un hijo. Es triste, pero así es como funciona. Estas cosas pasan, créeme.

Ramanujam suspiró y dijo:

—Por favor, díganme cómo puedo convencerlos de que Aruna será feliz conmigo y mi familia si nos casamos. No me pidan que deje a mi familia y me instale en una casa propia, eso sería un disgusto muy grande para mis padres. Pídanme cualquier cosa menos eso y estaré dispuesto a hacerlo.

—Aruna es una chica inteligente y estoy seguro de que ya ha pensado en todas estas cosas y por eso te ha dicho que no se casará contigo —dijo el señor Ali—. Para convencernos a nosotros y, lo que es más importante, para convencer a Aruna, lo primero es que tomes conciencia de que ese tipo de cosas desagradables ocurren incluso en las mejores familias. No puedes negarlo sin más. Convéncete a ti mismo y a nosotros de que una nuera puede ser maltratada en cualquier ámbito familiar, ya sea entre gente respetable o normal. Y asume que ese riesgo de maltrato es mayor cuando contraes matrimonio en contra de los deseos de tus padres, especialmente si decides seguir viviendo con ellos.

Ramanujam se quedó en silencio.

La señora Ali dejó transcurrir una pausa y luego dijo:

—Tienes que decirlo en voz alta, sólo así estarás convencido. Adelante, dilo, no por ello estarás insultando a tu familia. No digo que sea inevitable que todo eso ocurra, pero podría ocurrir. El poder para evitar que ocurra está en tus manos. Pero para darle rienda suelta, primero debes reconocer que lo necesitas.

Ramanujam seguía sin pronunciar palabra. La angustia se reflejaba claramente en su rostro. Era evidente que sentía veneración por sus padres y un gran aprecio por su hermana.

—Ramanujam, estás haciendo esto por Aruna —dijo el señor Ali—. No te estamos pidiendo que lo grites a los cuatro vientos, sólo que se lo digas a Aruna, a la gente que la tiene muy presente y sobre todo a ti mismo.

Ramanujam respiró hondo y suspiró. Tenía la cabeza gacha y la mirada clavada en el suelo.

—Tienen razón. Ustedes tienen más experiencia y más mundo que yo. Si Aruna da su consentimiento a mi propuesta, me casaré con una chica que no eligieron mis padres o mi hermana. Ellos podrían despreciarla ya que no es la viva imagen de la novia que soñaron para mí. No creo que llegaran a maltratarla a conciencia, pero podrían hacer que ella se sintiera excluida y miserable —dijo

—Repítelo. Créetelo —dijo el señor Ali.

Ramanujam levantó la vista y miró con desconcierto al señor Ali. Abrió la boca para protestar, pero se contuvo y dijo:

—Si me caso con Aruna, mi familia podría maltratarla.

El señor Ali le sonrió satisfecho.

—Enhorabuena, Ramanujam. Has sorteado el obstáculo más difícil. Ahora que has reconocido lo que puede llegar a pasar, te será mucho más fácil enfrentarte a ello —dijo el señor Ali—. Tu novia..., cualquier novia deja la casa de sus padres y se va a la casa de su esposo. Deposita una enorme confianza en su esposo. Tú, como esposo, tienes que salvaguardar esa confianza. Se producirán conflictos, especialmente entre tu madre y tu esposa. Al fin y al cabo, ella irrumpe en un hogar ya estructurado y tiene forzosamente que provocar algún tipo de alteración. A todo esto, puede que tus padres se sientan inseguros; podrían pensar que están perdiendo a un hijo por culpa de una extraña. No debes cerrar los ojos ante estos conflictos. Tienes que tomar una posición firme, no siempre a favor de tu mujer, pero tampoco apoyando siempre a tus padres. Puedes pedirle a tu esposa que cambie en algunos aspectos, ya que es más joven y debería estar más abierta al cambio que tus padres. Pero del mismo modo debes explicarle a tus padres que algunas cosas van a ser diferentes por necesidad con una nuera viviendo en casa. Cuando hables con tus padres acerca de esto, tu mujer debe saberlo; ella no tiene que sentirse sola y abandonada como si nadie en el mundo estuviera de su lado. Es un trabajo difícil, un hombre llega a sentirse dolorosamente dividido al tener que actuar como hijo y como marido. Pero nadie dijo que ser un hombre fuera fácil. ¿Crees que estás preparado?

Un gesto de resolución iluminó el rostro de Ramanujam.

—Lo estoy —respondió—. Creo que puedo hacerlo. Como usted dijo, no será nada fácil. Pero lo haré, por el amor que siento por Aruna y por mis padres. Seré consciente de los problemas que surjan e intentaré resolverlos. Me ocuparé de que Aruna no se sienta sola en su nuevo hogar.

—Puede que incluso tengas que dejar la casa natal e irte a vivir con Aruna —añadió el señor Ali—. En tal caso tendrás que dejar claro a tus padres que, si bien los quieres mucho, también te importa tu felicidad con Aruna.

Ramanujam parecía descontento con la idea, de modo que la señora Ali añadió:

—Bastará con que seas capaz de hablar de esto para que existan menos probabilidades de que ocurra. Aruna es una chica madura y no intentará separar a tu familia. Tú lo sabes bien.

—Tiene usted razón —dijo Ramanujam asintiendo con la cabeza—. Debo confiar en que tanto mis padres como Aruna son personas sensatas. Tengo que asegurarme de que la más mínima discordia sea cortada de raíz antes de que empiece a supurar como una herida mal curada. —Tras un momento de silencio, añadió—: Ahora todo lo que queda es convencer a Aruna. —Se puso de pie—. Muchas gracias. Aruna tiene suerte de que gente como ustedes se preocupen por ella.

Cuando Ramanujam ya se había ido, el señor Ali preguntó:

—¿Crees que debemos contarle a Aruna lo que hemos hablado?

La señora Ali lo pensó y respondió:

—Creo que no.

—¿Hacemos bien animando a Ramanujam? ¿No deberíamos respetar los deseos de Aruna?

—Normalmente te daría la razón, pero ella no sabe lo que quiere. Se lo ha pensado un poco y le ha rechazado, pero no está feliz con su decisión. Ésa es la causa de que últimamente esté tan afligida, pobrecilla. Ramanujam parece quererla de verdad, y si es cierto que cuidará de ella como promete es un candidato fantástico. Eso no hay quien lo niegue; tenemos que intentarlo e insistir para que tome la decisión correcta. Si fueran de diferentes castas, yo no estaría tan convencida. Pero ambos son brahmanes, de modo que se ahorrarán un montón de problemas —dijo la señora Ali.

—Eso es verdad —coincidió el señor Ali—, para empezar los dos son vegetarianos.

—¡Tú y tu obsesión con la comida! —La señora Ali se echó a reír—. Estaba pensando en lo que le decías a Ramanujam antes de que yo saliera. Reconocías que habías hecho mal en dejarla a solas con él. Creo que tienes razón. ¿Dejarías sola a una hija para luego enviar a un hombre a hablar con ella? Seguro que no. Pues cuando él venga para hablar con ella no pueden estar solos.

—Pero ¿qué podemos hacer nosotros? Necesitan privacidad para resolver todo este asunto —dijo el señor Ali.

—No podemos pedirle que se quede sola. Eso está mal —dijo la señora Ali—. Ya se me ocurrirá algo.

Se quedaron en silencio durante un rato. Luego la señora Ali preguntó a su marido:

—¿De verdad lo ves tan fácil? ¿Crees que él vendrá el miércoles y después de proponérselo permanecerán unidos?

Tras meditarlo un segundo, el señor Ali movió la cabeza.

—Lo dudo —respondió—. Él tiene que convencer a su familia. Ramanujam es un encanto de chico, pero su hermana es una mujer mordaz, de esas que te cuentan los intestinos cada vez que bostezas. Ella no va a dar su consentimiento para esta boda y no estoy seguro de que él tenga la entereza necesaria para enfrentarse a su familia.

—Entiendo —dijo la señora Ali suspirando—. Es una lástima, porque harían buena pareja.

Aruna regresó a trabajar el martes. Sonreía más que antes de las vacaciones y el descanso parecía haber hecho milagros con su estado de ánimo.

El señor Ali, que llevaba toda la semana encadenado al escritorio, aprovechó para dejar a Aruna en la oficina e ir al banco y a correos. Antes de media mañana todos los clientes se marcharon y Aruna se quedó sola. La señora Ali salió con dos vasos de limonada fresca para compartir y tomó asiento. Aruna le dio las gracias y se pusieron a beberla a sorbos.

—¿Qué tal esas vacaciones? —preguntó la señora Ali.

—Muy bien, señora. Fuimos a la casa de mi tío. Por suerte estábamos allí, ya que mi tía se puso enferma y yo pude cuidar de ella y ocuparme de la casa.

La señora Ali abrió el periódico en telugú y se puso a leer.

—Esto es interesante —dijo.

—¿De qué se trata, señora? —preguntó Aruna levantando la vista del escritorio.

—¿Te sientes avergonzada por tu nivel de inglés?

—¿Quién, yo?

—¡No! —La señora Ali se echó a reír—. Es lo que pone en el periódico. Van a sacar una serie de artículos semanales para ayudar a los lectores a mejorar su inglés.

Se quedaron calladas durante un instante. La señora Ali frunció los labios, pensativa, y dijo:

—Podría intentarlo. Ya sé un poco de inglés, pero estaría bien familiarizarse un poco más con la lengua.

Sonó el teléfono y Aruna atendió. Mientras escuchaba, sus ojos se dilataban y su tez palidecía. Colgó lentamente y a continuación una lágrima rodó por su mejilla.

La señora Ali se acercó a ella de inmediato.

—¿Qué ocurre, Aruna? ¿Te sientes bien?

Aruna giró la cabeza despacio y la miró.

—¿Por qué no habría de sentirme bien, señora? Al fin y al cabo esto no tiene que ver conmigo —dijo, y se echó a reír sin una pizca de alegría.

Ahora la señora Ali estaba preocupada.

—¡Ya basta, Aruna! —dijo con aspereza—. Dime quién ha llamado y qué te han dicho.

—Era la hermana de Ram —dijo Aruna—. Esta tarde irán a ver a la familia de su futura esposa.

La señora Ali la tomó de la mano.

—Lo siento, querida. No sabes cuánto lo siento.

Por la noche Aruna comía con desgana. Era evidente que no estaba disfrutando de la cena.

—¿Qué te pasa, Aruna? —preguntó su madre—. Te he preparado tu comida favorita, plátano frito y sambhar de pollo, y te la estás comiendo como si tuvieras enfrente un plato de carbón.

—No me pasa nada, Amma. Estoy bien.

—Esta mañana estabas bien, ahora estás decaída. ¿Va todo bien en el trabajo? —insistió su madre.

—Sólo me duele un poco la cabeza. Creo que me iré directo a dormir —respondió Aruna.

Antes de un cuarto de hora Aruna ya estaba en la cama; se había cubierto la cabeza con la sábana para protegerse los ojos de la luz de la habitación. En la oscuridad su almohada pronto se humedeció, pese a sus esfuerzos por contener las lágrimas. Se preguntaba si Ram estaría conversando con la otra chica. ¿Le estaría hablando de su estancia en Delhi? ¿Se estarían riendo de sus esfuerzos para concertar una cita con las señoritas de la residencia? ¿Acaso ella no había elegido libremente? ¿Entonces por qué tenía que sentirse tan desdichada? Él podía conocer a quien quisiera. A ella no tenía que importarle.

Al cabo de unos minutos Aruna empezó a recitar en voz baja el Gayatri mantra, una oración en sánscrito de tres mil años de antigüedad, tal como su padre le había enseñado a hacer siempre que se sintiera desdichada o confundida. «*Om bhur bhuvah svaha...* Oh, Krishna, Tú que das la vida, que destruyes el dolor y la tristeza, que otorgas la felicidad. Oh, Creador del universo, concédenos Tu luz suprema y guíanos en la dirección correcta.»

Tuvo que repetirlo varias docenas de veces, hasta que finalmente logró conciliar el sueño.

A la mañana siguiente la señora Ali salió temprano para visitar a su hermana. Antes le entregó a Aruna la llave de la puerta principal.

—No regresaré hasta la noche —le dijo—. El señor tiene que salir por la tarde. Quédatela y si es necesario cierra con llave al salir.

Aruna guardó las llaves en el bolso.

Antes del mediodía Aruna y el señor Ali estuvieron ocupados con varios clientes. Justo antes de cerrar para ir a comer recibieron una llamada de Venu, el ingeniero informático divorciado. El señor Ali se puso al teléfono.

—Lo siento —dijo—. No hemos encontrado nada para usted. Enviamos sus datos a una señora divorciada que nos parecía apropiada, pero al final todo quedó en nada. Ella se casó a través de contactos familiares. Ahora mismo no tenemos a nadie más en nuestras listas.

El señor Ali colgó y se encogió de hombros mirando a Aruna.

—A veces no hay nada que podamos hacer —dijo.

—Así es, señor —respondió ella.

Poco después Aruna se fue a su casa.

Después de comer Aruna regresó a la oficina, poco antes de las tres, y entró con la llave que la señora Ali le había dejado. El señor Ali no estaba en casa. A Aruna le pareció extraño, ya que él nunca salía hasta que empezara a refrescar. No había clientes que la interrumpieran, así que aprovechó para ponerse al día con el trabajo de archivo. Leela entró en el despacho y dijo:

—Señorita, estaré en el patio trasero lavando los platos.

Aruna sonrió y siguió trabajando. Al cabo de veinte minutos la puerta principal se abrió y entró Ramanujam. Nada más ver su esbelta y atractiva figura acercándose a grandes pasos, Aruna se quedó sin habla. Él tuvo que saludarla varias veces hasta que ella se repuso y contestó «*namaste*» de un modo bastante formal.

Aturdida, empezó a revisar los papeles que estaba archivando, como si en medio de ellos fuese a encontrar la solución definitiva. Ramanujam aguardaba pacientemente sin pronunciar palabra, hasta que al final Aruna se decidió a mirarlo a la cara.

—¿Puedo ayudarte en algo? —preguntó.

—Atrévete a dar el paso más importante de tu vida: cásate conmigo —respondió él.

—¡No! No empieces con eso otra vez. Por favor, vete —gritó ella.

—Aruna, creo que la última vez no me expliqué bien. Por eso estoy aquí. Te quiero, Aruna. Te quiero mucho. Por favor, cásate conmigo —dijo él.

—Si no me equivoco anoche viste a esa muchacha rica —dijo Aruna.

—Sí, fui a verla. Mi familia me llevó a rastras y me di cuenta de que para mí tú eres la única. Te amo, Aruna. Por favor, dime que sí.

—¡No! ¿Cuántas veces te lo tengo que decir? Por favor, deja de torturarme.

—Todo lo contrario, Aruna. Tú nos estás torturando. Mírame a los ojos y dime que no sientes nada por mí y entonces te dejaré en paz. Me iré y nunca más volveré a hablarte de matrimonio.

Aruna vio brillar una luz de esperanza.

—Yo... —empezó a decir con firmeza, mirándole a los ojos. Luchaba por pronunciar las siguientes palabras que la liberarían, pero se veía arrastrada hacia la profundidad de sus ojos castaños y las palabras se ahogaban en su garganta—. Yo... —repitió con un hilo de voz.

Ramanujam esperó y el silencio se hizo eterno.

Finalmente la interrumpió diciendo:

—Aruna, mi corazón me dice que me quieres. ¿Por qué te cuesta tanto aceptarlo?

Aruna respondió con un grito encarnizado.

—¡Sí, te quiero! Ya está, ya lo he dicho. Lo diré otra vez. ¡Te quiero! ¡Te quiero! ¡Te quiero! ¿Satisfecho?

—Por algo se empieza —dijo Ramanujam con el rostro iluminado por una amplia sonrisa—. Me siento estupendamente. Me siento fuerte como Hanuman, el dios mono que podía cruzar los océanos de un solo salto.

—Pues, como Hanuman, te quedarás soltero. Porque aun así no me casaré contigo —dijo Aruna seriamente.

La sonrisa de Ramanujam se hizo pedazos.

—¿Por qué no, mi cielo? —preguntó con ternura.

Su gesto de afecto no pasó inadvertido para ella, que de inmediato se sonrojó. Se inclinó hacia delante y desde lo más profundo dijo:

—No nos casamos por amor, Ram. Eso lo sabes bien. Se supone que el amor es posterior al matrimonio, y no al revés. Un matrimonio no es cosa de dos. Es cosa de dos familias. No te has parado siquiera a pensarlo. Simplemente te has encaprichado con una idea que es una locura, y como cualquier niño mimado quieres satisfacerla a toda costa. Eso es todo.

—El amor es una locura, Aruna. No puedes pararte a pensar. Claro que suele ser posterior al matrimonio, pero eso no significa que cuando realmente existe tengas que ignorarlo.

Dime qué inconvenientes ves y juntos los solucionaremos. ¿No has oído nunca el dicho: «el amor lo hace todo más fácil»?

Aruna movió la cabeza.

—No. He oído otro: «el amor todo lo complica».

—Ésa es una de las razones por las que me gustas tanto. Nadie te gana discutiendo.

—Apuesto cualquier cosa a que no opinarás lo mismo cuando llevemos algunos años de casados —dijo ella antes de cerrar la boca de golpe, deseando haberse mordido la lengua para no dejar escapar aquellas palabras.

—Venga, apostemos. Si en nuestro tercer aniversario sigo sosteniendo lo mismo te compraré un collar de diamantes. ¿Qué apuestas tú? —dijo Ramanujam sonriente.

Aruna sacudió la cabeza con desesperación.

—Por favor, Ram, esto es serio. De verdad que no podemos casarnos.

Ramanujam también se puso serio.

—Aruna, sólo dime por qué —insistió.

—¿Crees que tu familia me aceptará? El tipo de mujer que ellos quieren para ti es bastante especial.

—Tú sí que eres especial, Aruna —dijo él—. No puedo garantizarte que desde el primer día no habrá resentimientos. Pero puedo prometerte una cosa: una vez que aprecien tu bondad innata empezarán a quererte. Hasta que llegue ese día tendrás todo mi apoyo. Cualquier problema que tengas, yo me encargaré de resolverlo. Tienes mi palabra, Aruna.

—¿Cómo puedes prometerme eso? Fíjate en tu hermana. Siempre está divina. Parece perfecta. En tu casa yo estaría totalmente fuera de lugar. No soy una mujer sofisticada como ella; mi inglés no es tan bueno como el suyo. Puede que ahora te guste mi sencillez, pero de aquí a unos años la encontrarás desagradable. Te fijarás en las mujeres de tus amigos y sentirás desprecio por mí.

—Aruna, ¿por qué eres tan dura contigo? Gran parte de lo que tú llamas sofisticación se reduce a una cuestión de dinero e imagen. Lo aprenderás enseguida. Tú ya posees un porte y una elegancia superior a la mayoría de las mujeres. En cualquier caso, espero que no aprendas demasiado, porque lo que tú entiendes por sofisticación no es más que mundanería y cinismo.

—En tu solicitud pusiste que no querías a una mujer trabajadora por esposa. Yo quiero conservar este trabajo durante algunos años más hasta que mi hermana se case y la situación económica de mi familia sea estable —dijo Aruna.

—Ésa es una preferencia de mi familia. A mí me da igual. En realidad creo que para ti es mejor salir que quedarte en casa viendo series de televisión y engordando como hacen tantas mujeres casadas —opinó Ramanujam.

—¿Estás seguro? —preguntó Aruna—. Que sepas que no estaré en casa cocinando para ti cuando llegues del trabajo.

—Tenemos una cocinera que está en casa desde que yo era niño. Aunque quisieras cocinar, dudo que Kaka vaya a permitírtelo. También tenemos un chófer, un criado a tiempo completo y un jardinero. La lavandera viene dos veces a la semana para hacer la colada. ¿Alguna cosa más?

Aruna movió la cabeza por la manera en que él había mencionado a todo el personal de servicio que trabajaba para ellos. «Los ricos no se parecen en nada al resto de la gente», pensó.

—Nosotros somos una familia pobre —dijo—. Vivimos en una casa de una sola habitación y si vienes de visita mis padres no podrán darte el trato al que estás acostumbrado. De hecho, en nuestra calle no podrás entrar con el coche, ya que es muy estrecha. Tendrás que dejarlo aparcado en la carretera y caminar.

—Pues caminaré. Que sea rico no significa que sea un consentido, Aruna. Tú eres la que está resentida con el dinero, no yo.

Ella movió la cabeza diciendo:

—No he oído lo que has dicho, Ram. Mi respuesta sigue siendo no y no pienso cambiar de opinión.

Ramanujam se puso de pie. Aruna también se levantó,

mostrando una actitud resuelta. Ella lo miró sin pestañear, retándolo a decir algo. Pero antes de que él abriera la boca entró Leela.

—Señorita, ya he lavado los platos... —empezó a decir cuando de pronto vio a Ramanujam—. Doctor Babu, ¿es usted? —preguntó asombrada.

A Ramanujam le sorprendió que la criada se dirigiera a él. La miró atentamente y le dijo:

—¿Cómo se encuentra su nieto?

—Se está recuperando. Todo gracias a usted, señor. De no haber sido por usted habría muerto.

—Hacemos lo que podemos, pero en última instancia todo está en Sus manos —dijo Ramanujam—. ¿Está tomando las pastillas que le receté?

—Sí, señor. Son caras, pero la señora a veces me ayuda a comprarlas y, además, trabajo en otro sitio y eso también ayuda. Mi hija y mi yerno se ocupan del resto.

—Sí, son caras, pero procure que no deje de tomarlas —dijo Ramanujam.

—Como usted sabe, mis nietos Luv y Kush son gemelos. Solían estar a la par en todo, pero ahora Kush se ha quedado atrás. Luv ha superado a su hermano en el habla, en las manualidades y en otras cosas. ¿Siempre será así? —preguntó Leela.

—Es difícil saberlo —respondió Ramanujam—. Recuerde que le hemos abierto el cráneo. Una neurocirugía supone un gran trauma. No es de extrañar que vaya un poco rezagado. En cuanto empiece a hacer progresos, alégrese. De momento no lo compare con su hermano.

Leela suspiró.

—Tiene usted razón, doctor Babu. Deberíamos estar agradecidos de que haya superado el peligro y siga con vida. Discúlpenme por interrumpir —dijo, y regresó a la casa.

Ramanujam se volvió hacia Aruna y dijo:

—¿Es tu última palabra? ¿Sigues rechazándome?

—Sí, es mi última palabra —contestó ella.

—No te creo. Por hoy me conformo con que me hayas declarado tu amor. No voy a dejar este asunto. Hasta la vista, *baby*. Regresaré —dijo, para luego marcharse.

Aruna se quedó de pie junto al escritorio, siguiendo con la mirada a Ramanujam mientras subía a su coche. «A veces utiliza unas expresiones muy raras», pensó.

Leela volvió a entrar en el despacho y Aruna le preguntó:

—¿Ese caballero es el médico que trató a su nieto?

—Así es, señorita. Es un buen hombre. Operó a mi nieto sin cobrar un céntimo.

—No es gran cosa. Usted acudió al KGH, que es un hospital público. No iba a cobrarle por una operación —dijo Aruna.

Leela se echó a reír.

—Perdone que se lo diga, señorita, pero es usted muy ingenua. Los médicos de los hospitales públicos no suelen atender como Dios manda a menos que uno vaya a verlos a su clínica privada. Le cobrarán lo que le cobran a un paciente de la clínica y luego le atenderán en el hospital público. Es así, debería saberlo.

—Desde luego tiene razón —admitió Aruna—. Estoy al corriente de todo eso. Mi padre estuvo enfermo durante mucho tiempo.

—Y no es sólo el hecho de que no nos pidiera dinero —añadió Leela—. Usted ya sabe cómo nos tratan a los pobres y analfabetos en esos sitios. Con condescendencia. No nos explican nada y nos miran con mala cara. Pues el doctor Babu fue el único que nos trató de igual a igual. Nos explicó todo claramente en un lenguaje que podíamos comprender, dibujó esquemas y nos dijo qué iba a hacer, qué podíamos esperar y cuáles eran los riesgos. Ningún otro médico, ni siquiera un funcionario de poca monta, haría eso.

Aruna permaneció en silencio, asimilando lo que Leela había dicho.

—Me voy, señorita —dijo Leela—. Ya he acabado la faena.

Aruna volvió a sentarse despacio, pensativa. Visualizó todos sus encuentros con Ramanujam. Recordó las fervientes promesas que él había hecho. Rápidamente alargó la mano hacia el teléfono y marcó aquel número que tenía grabado en la mente. El teléfono sonó una, dos veces, y para su alivio contestó una voz que le resultaba familiar.

—Aquí Ramanujam.

—Soy yo, Aruna.

—¡ARUNA! —Ramanujam gritó tan fuerte que ella dio un respingo y apartó bruscamente el teléfono de su oreja—. Lo siento —dijo él—, es que me has pillado por sorpresa. ¿Qué puedo hacer por ti?

—¿Puedes regresar? Te has olvidado una cosa —dijo ella.

—¿Ahora mismo? ¿No puede esperar hasta la próxima vez que nos veamos? —preguntó él—. Porque ya sabes que volveré a verte.

—No, no puede esperar. Más te vale que vengas ahora mismo —dijo ella.

—Pues ahora voy —dijo él, y colgó.

Ramanujam regresó al cabo de pocos minutos, aunque a Aruna la espera se le hizo eterna y no dejó de andar de un lado para otro con inquieta agitación. Finalmente oyó la puerta que se abría y lo vio entrar. Se quedó tensa, tiritando de excitación.

—¿Qué es eso que me he olvidado? —preguntó él.

—Te has olvidado de preguntármelo otra vez —respondió ella dulcemente.

—¿Qué? —reaccionó él con la mirada confusa.

—Vuelve a preguntarme lo mismo de antes —dijo Aruna con los ojos cerrados.

Al momento, una sonrisa se extendió por todo su rostro y finalmente Ramanujam preguntó:

—Aruna, querida, ¿quieres casarte conmigo?

—Sí —se limitó a decir ella, abriendo los ojos y escudriñando su expresión.

Él dio un paso adelante y la abrazó con fuerza. El cuerpo de Aruna, sobrecogido por la sorpresa, se puso rígido, y finalmente cedió acoplándose a él. Permanecieron abrazados durante varios segundos y luego Aruna gentilmente se liberó. Estaba avergonzada y evitaba mirarle a los ojos.

—Te amo —dijo él.

—Yo también —respondió ella con vacilación.

—¿Cómo? No he oído bien —insistió él.

—Yo también —repitió ella con firmeza.

—¿Tú también qué? —preguntó el.

Aruna finalmente lo miró a la cara y contempló su amplia sonrisa, y se ruborizó.

—¡Eres un bruto! —dijo.

Ramanujam se echó a reír.

—¿Por qué no cierras y salimos?

—¿Que cierre? —Aruna lo miró con suspicacia—. ¿Cómo sabes tú que yo tengo la llave?

—Pues..., lo suponía —dijo él.

—Lo sabía. Todos vosotros, malvados, habéis tramado esto a mis espaldas.

—Por tu propio bien, cariño —respondió él—. Anoche al llegar a casa hablé con los Ali. Venga, vámonos. Te compraremos unos zapatos y luego subiremos al monte Kailasagiri para contemplar el atardecer.

—¿Zapatos? Pero si ya tengo dos pares. No necesito más zapatos —dijo ella.

—Créeme, cariño —dijo él—, las mujeres siempre necesitan más zapatos.

19

A primera hora del día siguiente, el timbre de la casa del señor Ali empezó a sonar insistentemente. El señor Ali salió y vio a un señor mayor que parecía enfadado. Había un coche blanco aparcado en la calle.

—¿En qué puedo ayudarle? —preguntó el señor Ali abriendo la puerta.

El hombre se precipitó en la casa y dijo:

—¿Qué clase de negocio inmoral es el suyo? A la gente como usted habría que pintarle la cara de negro y hacerle desfilar a lomo de burro por toda la ciudad.

Gritaba, tenía la cara roja de cólera.

El señor Ali se apresuró a cerrar la puerta. No quería promover el cotilleo entre los vecinos. Le dijo al hombre:

—Cálmese, señor, y dígame de qué se trata. Gritar no ayudará en nada.

—¿Cómo quiere que no grite? —replicó el hombre—. Usted ha destruido la felicidad de mi familia.

—¿Quiere decirme de qué está hablando para que así podamos tener una conversación inteligente? —preguntó el señor Ali exasperado.

—Hablo de mi hijo, a quien ha llevado por el mal camino. Usted y esa bruja que trabaja aquí deben de haber recurrido a la magia negra con tal de atraerle. Nunca debimos confiar en gente como usted —dijo el hombre volviendo a levantar la voz.

El señor Ali cayó en la cuenta de que el caballero era el padre de Ramanujam.

—Señor, veo que está enfadado, pero, por favor, modere su lenguaje. Nadie ha practicado la magia negra con su hijo. De hecho...

—¿Por qué voy a moderar mi lenguaje? El inspector general adjunto de la policía es amigo mío. Le haré arrestar. Eso le enseñará a no interferir en los asuntos de mi familia. ¡Con la ilusión que me hacía la boda de mi hijo, la idea de una nuera hermosa, culta y refinada, con una familia tan prestigiosa y rica como la nuestra! En cambio, ¿qué hemos conseguido? Una chica que trabaja en una agencia matrimonial. La gente se burlará de nosotros. Ya no podremos ir con la cabeza en alto —dijo el padre de Ramanujam.

—En primer lugar, señor, no me amenace. Aruna es una chica muy razonable y, sabiendo que esto ocurriría, rechazó a su hijo desde un principio. Él fue el que la estuvo presionando hasta que ella finalmente aceptó. Y no quiero oírle decir que sale perdiendo porque a su hijo se le ha ido la cabeza. Confíe en su hijo, señor. ¿Por qué iba a querer mancillar el buen nombre de la familia?

—¡Claro! —exclamó el hombre con desdén—. Como su hijo no le escucha y discrepa públicamente de su madre en la televisión, es posible que usted piense que no hay nada de malo en que un hijo arregle su propio casamiento. Pues nosotros procedemos de una familia con tradiciones más elevadas.

—No se atreva a hablar mal de mi familia —dijo el señor Ali levantando la voz—. Mi hijo está luchando contra la injusticia y mi mujer se limita a expresar lo que cualquier madre diría si tuviese un hijo en peligro. Mi familia no tiene de qué avergonzarse.

Respiró hondo y alzó las manos en un gesto apaciguador. Bajando un poco la voz, dijo:

—No se trata de mi familia. Hablemos de la boda de su hijo. No tiene que mirar a Aruna y a su familia con malos ojos. Es muy buena chica y será valiosísima para usted. Su familia no es menos prestigiosa que la suya. Su hijo ya le debe haber dicho que son brahmanes. ¿También le ha contado que sus antepasados fueron sacerdotes reales del Rajahmundry? Aruna ha leído los Vedas en sánscrito y conoce los Puranas. ¿Acaso necesita una nuera más culta?

—Bah, palabras... —dijo el hombre.

—No son sólo palabras, señor. Aruna es una chica excelente, pero lo más importante es que su hijo se ha enamorado de ella. ¿No ha pensado en sus deseos? Respete su decisión. Acepte sin reservas a Aruna como nuera y su familia encontrará la felicidad.

—No me hable de la felicidad de mi hijo. Soy su padre y sé mejor que usted dónde está su felicidad. Esto es sólo un capricho y pronto volverá a entrar en razón, una vez que se haya roto este presunto compromiso y yo encuentre una novia apropiada para él —replicó el hombre.

El señor Ali preguntó:

—¿Conoce a los hermanos Bezwada? Son dueños de la tienda de saris más grande del centro.

—Sí —contestó el caballero. El repentino cambio de tema lo pilló desprevenido, tal como pretendía el señor Ali.

—Empezaron en un mercado cerca de mi pueblo. Hace muchos años, antes de que abrieran la tienda en la ciudad, tenían un negocio de venta de saris al por mayor. No eran tan ricos como ahora, pero ya tenían bastante dinero. El mayor de los Bezwada tenía una hija adolescente que a veces echaba una mano en el mercado. Se enamoró de un joven tejedor musulmán muy guapo que solía proveerles saris de seda. No sabemos cuánto tiempo estuvieron enamorados, pero un buen día se fugaron juntos. Ella se llevó algo de dinero y joyas de su casa que usaron para escapar de su padre y sobrevivir un par de meses. Su padre estaba destrozado y se valió de su dinero y de los contactos que tenía en la policía para buscarles por todas partes. Finalmente la policía los localizó cuando intentaban vender algunas joyas en una ciudad cercana. Una vez que los pillaron, a la chica la llevaron de regreso a la casa de su padre y al joven lo arrestaron. Lo acusaron de haber robado las joyas y el dinero. Lo soltaron al cabo de una semana, pero antes le dieron una seria paliza causándole un daño irreparable en la mano derecha que le impidió volver a usar el telar. Entretanto, el padre encontró a un viudo para que se casara con su hija. No le importó que fuese veinticinco años mayor que ella, ni que tuviera dos hijos, ni que su anterior mujer hubiese muerto en circunstancias sospechosas. Era rico y pertenecía a su misma casta. En la víspera de la boda la pobre chica ingirió veneno para ratas y se suicidó.

—¿Está insinuando que mi hijo va a suicidarse si la boda no se lleva a cabo? En cualquier caso no me creo esa historia absurda —replicó iracundo el padre de Ramanujam.

—No digo que Ramanujam vaya a suicidarse, desde luego. Su hijo es mayor de edad y sin duda más sensato que esa pobre muchacha. En cuanto a la historia, el tejedor era un primo lejano mío, de modo que sé de lo que hablo. Todo lo que quiero señalar es que el padre de la novia actuó en función de lo que él creía correcto. ¿Cómo iba a dejar que su hija se casara con un pobre tejedor, y además musulmán? La mayoría de la gente en su lugar habría hecho lo mismo. Pero ese tipo de actos sólo conducen a la desgracia. Todos procuramos encontrar el mejor novio o novia para nuestros hijos, pero si ellos siguen su instinto y se enamoran creo que debemos dar marcha atrás. Debemos confiar en su elección y hacer todo lo posible para que el matrimonio sea un éxito.

—Pero este matrimonio es un despropósito —se lamentó el padre de Ramanujam.

—No sé por qué le parece un despropósito que Aruna sea su nuera. A diferencia de la chica de la que le hablaba, su hijo no está llevando a casa a una musulmana o a una cristiana.

Aruna no sólo es una hindú, sino también una brahmán como usted. Es una chica madura y razonable, no es una muchacha caprichosa ni una cabeza de chorlito. Proviene de una familia tradicional y no sólo se ocupará de hacer feliz a su hijo, también velará por usted y su mujer como una buena nuera.

—Son demasiado pobres. La familia ni siquiera puede permitirse una boda decente —dijo el padre de Ramanujam.

—Dígame qué prefiere. ¿Una chica como Aruna que le tratará con respeto o una chica de familia acomodada que no ha trabajado un solo día de su vida y que pensará que usted y su mujer son unos aburridos? Es probable que una chica como Aruna no pierda el tiempo intentando apartar a su hijo de ustedes. ¿Es más importante una boda por todo lo alto que una larga vida de felicidad que usted y su familia podrían disfrutar junto a una nuera maravillosa? —preguntó el señor Ali.

El hombre movió la cabeza con un gesto de frustración.

El señor Ali continuó:

—¿Por qué le importa tanto el dinero? Aruna viene de una familia de pujaris; su padre es un estudioso del sánscrito y maestro retirado. ¿No es eso más importante que el dinero? ¿No debería ser más importante? ¿Acaso sus antepasados eran mercaderes, que le da usted tanta importancia al dinero? Dios le ha concedido abundantes riquezas y por si fuera poco tiene un hijo médico que gana aún más dinero. ¿Para qué necesita una nuera rica? Sólo le brindará algo que usted ya posee en grandes cantidades. Una persona como Aruna le brindará respeto, sabiduría, reputación; ella se mantendrá fiel a las tradiciones antiguas. Éstos son valores de los que usted nunca podrá decir que ya tiene suficiente. Después de todo, como reza el Tirukkural: si el amor y la virtud reinan en el hogar, serán el beneficio y la gracia perfecta de la vida.

El padre de Ramanujam se quedó en silencio. Parecía estar pensando. El señor Ali lo interpretó como una buena señal y dijo:

—Comprendo que un hombre de su posición tenga muchos compromisos sociales y que todo el mundo espere que su único hijo celebre una boda a lo grande. Creo que tengo la solución para eso.

El padre de Ramanujam levantó la vista.

—¿Qué solución? —preguntó.

—El tío paterno de Aruna es sacerdote del templo Annavaram. Dígale a la gente que la familia de la novia tiene como tradición que los hijos se casen en el templo en el marco de una ceremonia sencilla. Organice una gran fiesta de recepción en la ciudad; alquile un salón en un hotel de cinco estrellas e invite a todo el mundo.

—¿Es cierto que tienen esa tradición? —preguntó el caballero.

—No lo sé, me lo acabo de inventar. —El señor Ali sonrió—. Pero nadie tiene que enterarse. Al fin y al cabo, las tradiciones de cada familia encierran pequeñas diferencias.

El padre de Ramanujam se marchó. El señor Ali volvió a entrar en la casa y se dejó caer pesadamente sobre el sofá. La señora Ali sonrió en señal de reconocimiento y le sirvió un vaso de leche fresca.

—¿Qué? —exclamó Vani dando un respingo.

Excitada, se volvió hacia su hermana y la rodeó por los hombros y se puso a saltar.

—¡Cuéntame más! —chilló.

La gente en la calle las miraba con curiosidad y Aruna se inhibió.

—Vamos a un sitio más tranquilo —dijo.

Eras las ocho y media de la mañana y las dos chicas habían salido de casa hacía pocos minutos. Para Aruna era demasiado temprano, pero había salido junto con su hermana para darle la primicia del compromiso.

Las hermanas entraron en una cafetería. La hora punta del desayuno llegaba a su fin y encontraron un sitio en una esquina en la que las mesas de alrededor estaban vacías. El aroma del café, el té y el sambhar se mezclaban impregnando el ambiente. Se acercó un camarero y Vani ordenó:

—Un té para dos.

Apenas se retiró el camarero, Vani se volvió hacia su hermana y le dijo:

—Venga, cuéntame. ¿Cuándo ocurrió? ¿Cómo?

—Ayer por la tarde. El señor y la señora Ali salieron y Ram pasó por la oficina. Me lo propuso y le dije que sí —explicó Aruna.

Vani dio un taconazo. Aruna sonrió ante la cara de exasperación de su hermana.

—Detalles —dijo Vani—. Quiero detalles.

El camarero regresó con dos vasos de té por la mitad y Vani guardó silenció hasta que se fue. Entonces se puso a tamborilear sobre la mesa con los dedos. Aruna bebió tranquilamente un sorbo mientras que Vani parecía dispuesta a estrangularla.

—Ya me lo había propuesto antes y yo le había dicho que no —dijo finalmente Aruna.

—¿Qué? No me lo creo. ¿Cuándo? —preguntó Vani—. Sacarte información es como exprimir una piedra.

—Hace dos semanas. Antes de que me fuera a visitar al tío —respondió Aruna.

—Pero ¿por qué lo rechazaste? Creía que te gustaba. ¡Espera! Por eso estabas de mal humor y te pusiste mala. Sabía que tenía que ver con eso —dijo Vani.

—Supongo que no quería ser una de esas chicas que se casan por amor —dijo Aruna—. Además, su familia tiene tanto dinero que no creía que fuera a funcionar.

—¡Idiota! Cualquier mujer daría un salto si un hombre rico y guapo se le declarase. Su riqueza sólo puede volverlo más atractivo —dijo Vani—. ¿Qué ocurrió después? ¿Por qué terminaste aceptándolo? Que quede claro, yo creo que has tomado la decisión correcta. Lo que no puedo creer es que hayas sido tan atolondrada como para rechazarle. ¿Qué habrías hecho si no llega a declararse otra vez?

—Ahora todo me parece un sueño. Creo que tuve suerte de que insistiera. La señora se enteró y tuvimos una conversación. Ella me dijo lo mismo que tú, que debería haber aceptado la proposición. Le dije que no creía que Ram siguiera interesado, pero parece que los dos se pusieron de acuerdo para no estar en casa cuando él vino a verme.

—Tienes suerte de que haya gente que se preocupa por tu bienestar. Supongo que si eres buena persona, la gente que te rodea también lo es —dijo Vani.

—No tengo ni idea —dijo Aruna—, pero es verdad que tengo mucha suerte.

—¿Cómo piensas decírselo a Naanna? Afortunadamente, él es brahmán. ¿Te imaginas la que se armaría si te diera por casarte con alguien de otra casta? —preguntó Vani estremeciéndose.

—No creo que hubiera aceptado esta proposición si él perteneciera a otra casta, por muy bueno que fuera. A Naanna le daría un ataque —dijo Aruna.

Omitió que no sólo no se habría casado con alguien de otra casta por el disgusto que pudiera causar a sus padres y el desprestigio familiar, sino también porque después de eso sería sumamente difícil encontrarle un buen marido a Vani.

—Tengo un plan para decírselo a Amma y Naanna. Pero necesito tu ayuda —dijo Aruna.

—Lo que sea, Akka. Cuéntame tu plan —dijo Vani inclinándose hacia su hermana.

—¿Qué es esto, Aruna? ¿Por qué me llevas a un salón de té? —preguntó tío Shastry.

—Quiero hablarte acerca de algo.

Eran las tres de la tarde y Aruna le había dicho al señor Ali que llegaría con un poco de retraso.

Un camarero se acercó a la mesa y Aruna pidió té. Shastry pidió idlis, tortitas de arroz con lentejas al vapor, sin sambhar pero con una ración extra de salsa de coco. Durante los minutos sucesivos hablaron de cosas sin trascendencia. Una vez que el camarero les trajo la comida y la bebida, Aruna dejó que su tío empezara con las tortitas. Cuando acabó de comerse la primera y estaba a punto de empezar con la segunda, ella preguntó como por casualidad:

—¿Qué pasa con mi boda, tío?

Él la miró con dureza y Aruna se sonrojó.

—Aruna, tú eres una buena chica, no como esas chicas modernas que sólo piensan en los chicos y en la moda. Supongo que debes de estar muy preocupada por tu futuro para que seas tan directa al hablarme de tu boda.

Aruna bebió un sorbo de té sin decir nada.

Tío Shastry suspiró y continuó:

—Ya sabes cuál es la situación, cariño. A tu padre se le ha metido en la cabeza que no puede permitirse que tú te cases. Nunca antes se ha preocupado por el dinero, así que no entiendo por qué ahora se pone así. He intentado hablar con él, pero se muestra increíblemente terco.

—Lo sé, tío —dijo Aruna—. Y sé que te has esforzado en ayudarme. Te lo agradezco mucho. Tengo que hacerte una confesión. —Taconeó impacientemente sobre el suelo de linóleo y, evitando mirarle a los ojos, continuó—: Un hombre me ha propuesto matrimonio y he aceptado.

—¿Qué? —farfulló Shastry, y se atragantó al tiempo que un trozo de tortita salía en la dirección contraria.

Aruna se levantó y le palmeó la espalda a su tío hasta que se recuperó. El hombre bebió un buen trago de agua. Tenía la cara colorada. Aruna regresó a su sitio y se sentó.

—Me lo podrías haber advertido. Podría haber muerto —dijo él enojado—. Y además, ¿qué estás diciendo? No esperaba esto de ti, Aruna. Sé que tu padre es un terco, pero le haremos entrar en razón. ¿No has pensado en el honor de la familia? ¿Y en el futuro de Vani? ¿Qué familia respetable aceptará a tu hermana si tú te casas por amor? Me decepcionas. Eres la última persona que esperaba que hiciera algo así. ¿Y qué dirá tu padre? ¿O tu madre? Es una lástima que esté viva en este día. Mejor sería que mi hermana estuviera muerta en un día tan triste como éste.

Aruna estaba disgustada, aunque la reacción de tío Shastry era la que ella esperaba. Levantó el pañuelo y le hizo al camarero la señal preacordada. El camarero salió del local. Aruna permaneció en silencio hasta que entró Vani. Tío Shastry la vio y dijo:

—¿Has oído lo que acaba de decirme tu hermana?

—Sí, tío Shastry, Akka ya me lo ha contado todo. Por cierto, éste es Ramanujam —dijo Vani.

Ramanujam había entrado detrás de ella.

Se paró delante del tío de las chicas, unió las manos en un gesto de reverencia y dijo:

—*Namaste*.

—Hummm... —gruño tío Shastry. Vani le dio un codazo y él la miró frunciendo el entrecejo, y luego se volvió hacia Ramanujam—. Toma asiento —le dijo en voz baja—. Ya has tomado a nuestra hija, que más da que tomes asiento.

Aruna alcanzó a escuchar el murmullo y ensartó a su tío con una mirada áspera, pero él la ignoró.

Tío Shastry miraba a Ramanujam de arriba abajo, haciendo una valoración. Aruna estaba nerviosa, pero sabía que su tío era un hombre justo y dejaría hablar a Ramanujam. Por eso se lo había presentado a él y no a sus padres.

—Entonces, ¿a qué se dedica, joven? —preguntó tío Shastry.

—Soy médico, trabajo en el KGH —contestó Ramanujam.

Vani volvió a propinarle un codazo a su tío.

—Se llama Ramanujam —le recordó alegremente.

Tío Shastry sonrió con frialdad.

—Hábleme de su familia. ¿Quién es su padre? ¿Dónde nació usted?

Ramanujam respondió:

—Somos del distrito Godavary Oeste. Todavía tenemos algunas tierras en la zona, pero mi padre se vino aquí antes de que yo naciera y aquí nos quedamos. Mi padre se llama Narayan Rao y vivimos en la zona alta de Waltair.

—Es una zona pija, ¿verdad, tío Shastry? —preguntó Vani alegremente.

Él le lanzó una mirada a su sobrina y siguió hablando con Ramanujam.

—¿A qué casta pertenece?

—Somos Niyogi brahmanes, señor, de ascendencia Vashishta.

Tío Shastry miró a Aruna, que le devolvió una mirada esperanzada. Mantuvo el contacto visual con él durante algunos segundos antes de ruborizarse y bajar la vista. Aruna sabía que el candidato no era perfecto. Ramanujam venía de una familia de Niyogi brahmanes mientras que ellos eran Vaidiki brahmanes. Los Niyogi ejercían profesiones seculares y los Vaidiki eran sacerdotes y oficiaban en ceremonias religiosas. Pero ésa era una cuestión menor que podía pasarse por alto sutilmente; al menos eso era lo que ella esperaba. Ella sabía que todo lo demás era correcto, incluso tenían ascendencias diferentes, por lo que no podían ser considerados hermanos y les estaba permitido casarse.

—Cuénteme más acerca de su familia —dijo tío Shastry inclinándose ligeramente hacia delante.

Aruna y Vani ya habían advertido a Ramanujam que tendría que impresionar a su tío si quería que éste llevara su caso ante el padre de familia. Mantuvieron una charla de casi un cuarto de hora. Tío Shastry averiguó que la familia de la madre de Ramanujam era del pueblo que estaba pegado al suyo y eso le bastó para identificarlos. La conversación prosiguió mientras Aruna intentaba descifrar lo que su tío estaba pensando. ¿Aprobaba el matrimonio? No había modo de saberlo.

Tío Shastry dijo:

—La familia de Aruna está atravesando por un momento económico difícil y ahora mismo no puede permitirse una boda. Incluso ya se han presentado algunos candidatos y su padre los ha rechazado por ese motivo.

—Lo sé. El jefe de Aruna, el señor Ali, ha sugerido una solución. Dice que deberíamos casarnos en una ceremonia sencilla en el templo de Annavaram. Luego regresaremos a la ciudad, donde mi familia celebrará un recibimiento a lo grande al que podremos invitar a todo el mundo.

—Es una gran sugerencia. El tío paterno de Aruna es el pujari del templo y sí, creo que es una buena idea. Pero ¿tu familia estará de acuerdo? —preguntó él.

—Sí. El señor Ali ha convencido a mi padre.

Shastry miró a Aruna.

—¡Vaya! De modo que tu jefe ha conocido a su padre. ¿Entonces para qué me necesitas? Parece que lo estás manejando bastante bien sin mi ayuda. Al fin y al cabo sólo soy tu tío materno.

Aruna alargó la mano sobre la mesa y estrechó la de su tío.

—Tío Shastry, tú eres el hombre clave de esta boda. Eres el único que puede convencer a mi padre. Yo no me atrevería a enfrentarme sola para decirle todo esto.

Ramanujam dijo:

—Esta mañana mi padre salió indignado para ir a ver al señor Ali y cuando llegó a su casa empezó a gritarle y a acusarlo de haberme llevado por el mal camino. Yo no sabía dónde había estado, pero al regresar me lo contó todo. No digo que estaba feliz de la vida, pero parecía resignado.

—Dime, hijo —insistió tío Shastry—. ¿Tus padres reaccionarán bien a este matrimonio? ¿Tratarán bien a Aruna?

—Por supuesto. Ya les he dicho que espero que la traten bien. Mi esposa tendrá todo mi apoyo y me aseguraré de que sea feliz.

—Tío, yo he decidido que seguiré trabajando después de

casarme y que destinaré mi salario para ayudar a mis padres —dijo Aruna.

—¿Estás segura, hija? Puede que ahora lo veas muy fácil, pero después de casarte tendrás que asumir nuevas responsabilidades. Tus prioridades van a ser otras. Puede que tu familia política no esté de acuerdo —dijo tío Shastry.

—No hay problema —dijo Ramanujam—. Creo que está bien que Aruna continúe trabajando y no se quede atascada en casa. Y si quiere ayudar a su familia con el dinero que gana, ¿quién va a impedírselo?

Ramanujam y tío Shastry se levantaron y se retiraron, dejando solas a Aruna y Vani. Antes de que atravesaran la puerta, las chicas escucharon a su tío que preguntaba:

—¿Qué piensa tu jefe de todo esto?

Aruna se volvió hacia Vani.

—¿Tú qué dices? ¿Le ha caído bien?

—Creo que aún no lo sabe. Tío Shastry se dará una vuelta por el hospital y hablará con la gente que trabaja allí, y quién sabe qué otras averiguaciones llevará a cabo antes de decidirse.

Unos días más tarde, la familia de Aruna estaba relajándose después de comer cuando llamaron a la puerta. Aruna abrió e hizo pasar a tío Shastry. A Aruna le bastó una mirada de su tío para saber que venía a hablar con sus padres acerca de Ramanujam. Ella le hizo una seña a Vani y las dos se marcharon a la cocina, dejando la puerta entreabierta para escuchar la conversación.

Tras la charla preliminar, tío Shastry dijo:

—Tengo un novio para Aruna.

—¡No empecemos otra vez! —dijo su padre—. Ya estoy harto de oírte, Shastry. ¿Cuántas veces te lo he dicho? No quiero seguir discutiendo este asunto.

—Me lo has dicho varias veces —admitió tío Shastry—,

pero créeme que ésta es la última vez que saco el tema. Esta vez no tendrás más remedio que aceptar que tu hija se case.

Aruna oyó a su madre decir:

—Escúchale por una vez, hombre. No pierdes nada.

El padre refunfuñó y tío Shastry lo interpretó como una autorización para continuar.

—Es un médico del KGH. Su familia es muy rica. Poseen tierras fértiles en Godavary y una casa enorme cerca de la universidad.

—Shastry, estás de broma —dijo el padre—. ¿Por qué te complaces en echar sal sobre una herida abierta?

—No estoy de broma, cuñado —dijo tío Shastry—. Es la verdad. Se llama Ramanujam.

El padre se echó a reír.

—¿Por qué querría esa gente aliarse con una familia tan pobre como la nuestra? ¿Acaso tiene sesenta años y está condenado por maltrato a su mujer?

Aruna sintió que Vani le apretaba el brazo. Se volvió hacia su hermana y ella le sonrió burlona, imitando a un viejo senil con un bastón. Aruna frunció los labios, pero estaba demasiado nerviosa para sonreír.

—De eso nada —respondió tío Shastry—. Es joven, veintinueve años. Nunca ha estado casado, es alto y guapo.

—¿Su familia tiene mala reputación? —preguntó el padre.

—¿Por qué tienes que ser tan negativo? —dijo tío Shastry—. Su familia es sumamente respetable. Son ricos pero ortodoxos, y para nada ostentosos. Son Niyogi brahmanes.

—Ahí está —dijo el padre—. Sabía que había algo raro.

—Ése es un detalle sin importancia —dijo la madre—. Si el chico es tan bueno como dice Shastry podemos pasarlo por alto. Al fin y al cabo siguen siendo brahmanes.

—Tienes razón, es una cuestión menor —coincidió tío Shastry—. He hablado con varias personas en el KGH y sólo tienen palabras de elogio para él. Hasta he hablado con el jardinero y la criada que trabajan en su casa. Llevan allí

más de veinte años y ellos también aprecian mucho a Ramanujam.

—Es lo normal, ¿no? Si los sirvientes llevan tanto tiempo
allí no van a hablar mal de sus patrones —dijo el padre.

—Ahí te equivocas —contradijo tío Shastry—. Los sirvientes son la mejor fuente de información. No hay nada que
no sepan acerca de sus patrones y se mueren de ganas de hablar. En cualquier caso, ¿por qué pones tantas pegas en lugar
de dar tu aprobación a la boda?

Se produjo un silencio momentáneo, y luego el padre de
Aruna dijo:

—Tienes razón, Shastry. Has conseguido un buen partido
para mi hija y lamento parecer tan negativo.

—Está hecho. Naanna ha aceptado —susurró Vani al oído
de su hermana.

Aruna negó con la cabeza.

—Todavía no. Tío Shastry aún no se lo ha contado todo
—susurró Aruna.

El padre de Aruna dijo:

—Tú ya conoces cuál es nuestra situación, Shastry. ¿Cómo
sigue esto? ¿Cuánto quieren de dote? ¿Qué clase de ceremonia
esperan que paguemos?

Tío Shastry contestó:

—No quieren un solo céntimo en concepto de dote. Y están de acuerdo en realizar una ceremonia sencilla en el templo
de tu hermano. Después ellos organizarán una fiesta de recepción en la ciudad con todos los invitados.

La madre de Aruna exclamó:

—Shastry, es la mejor noticia que me has dado. Espero que
sea verdad y que tengas un buen sabor de boca por el resto de
tu vida. Pero dime, ¿cómo fue que encontraste a un hombre tan
bueno para Aruna?

Aruna se asomó para espiar por la rendija de la puerta.

Tío Shastry contestó:

—No fui yo. Fue Aruna quien lo encontró.

—¿Qué? —gritó su padre poniéndose de pie.

Aruna se sobresaltó echándose atrás. El momento que más temía había llegado.

—¿Dónde está Aruna? Lo quiero oír de su boca. No es posible que haya criado a una ramera en mi propia casa —gritó su padre.

A Aruna le temblaban las piernas y estuvo a punto de resbalarse. Vani la estrechó con fuerza entre sus brazos.

Tío Shastry dijo en voz baja:

—Siéntate, cuñado. Has criado a dos muchachas ejemplares. Cálmate y escúchame, te lo ruego.

—Siéntate, por favor —dijo la madre—. Confía en nuestra hija. Le hemos dado una buena educación. No hagas que te suba la tensión, te lo suplico, no es bueno para ti.

Tío Shastry dijo:

—En primer lugar, yo tampoco podía creer que una chica educada como Aruna encontrara por sí misma a un hombre, pero a medida que fui conociendo a Ramanujam y a su familia me convencí de que nuestra hija no había obrado mal. Ramanujam es un brahmán. Aruna no se ha fugado con él.

—Todo eso está muy bien, pero ¿cómo ha podido? —se lamentó el padre.

—Tendrá un matrimonio concertado al estilo tradicional y, en lo referente a los de afuera, nadie tiene que enterarse de cómo ha sucedido. A ti te preocupa tu falta de fondos y ella ha conseguido un novio cuya familia está de acuerdo en realizar una pequeña ceremonia en el templo de Annavaram. Ella te ha salvado de cometer un pecado terrible. Se supone que un padre no debe retener a una hija en casa sin dejarla contraer matrimonio.

Shastry se volvió hacia la madre de Aruna y dijo:

—Hermana, piénsalo. Aruna se casará con un médico; su familia posee tierras fértiles; ella tendrá sirvientes para atender a todos sus deseos; llevará ropa cara y joyas.

—Todo eso suena muy bien —dijo la madre—, pero...

—Nada de peros —dijo tío Shastry—. Ni siquiera tendréis que pagar la dote. Después de casarse Aruna vivirá en la misma ciudad, a no más de cinco kilómetros de aquí...

—¡Arunaaaaa! —gritó su padre—. Ven aquí.

Aruna se liberó del abrazo de Vani y echó a andar lentamente hacia el salón. Nada más ver a su padre echó a correr hacia él y se aferró a sus piernas.

—¡Lo siento, Naanna!

El padre de Aruna permaneció en silencio durante algunos segundos. Su madre y su tío parecían preocupados mientras aguardaban la explosión. Vani seguía en la cocina. Finalmente, su padre le puso una mano sobre la cabeza y le dio su bendición en sánscrito.

—*Chiranjeeva soubhagyavatee bhava*, que seas por siempre una mujer casada.

Aruna levantó la vista y miró a su padre con un brillo en los ojos. Vani salió corriendo de la cocina y se arrodilló junto a Aruna y la abrazó. Las dos chicas se pusieron a dar saltos y abrazaron a su madre y luego al tío Shastry. Vani no podía parar de saltar de alegría. La madre de Aruna parecía aturdida y tío Shastry se dejó caer en la silla y se enjugó la frente.

Aruna se volvió hacia su padre y apoyó la cabeza en su pecho.

—Gracias, Naanna —dijo con lágrimas en los ojos.

Su padre suspiró y dijo:

—No me hagas caso, cariño. El mundo avanza y yo sólo soy un viejo aferrado a sus costumbres.

20

—No me casaré con Aruna. No quiero casarme —dijo Ramanujam.

—Por favor, señor, no diga eso —imploró el padre de
Aruna—. Arruinará la reputación de mi hija si la deja planta-
da en el altar. Si ahora la rechaza tendremos que escondernos
del mundo.

—La vida de casado no es para mí. Estoy pensando en renunciar a mi trabajo e irme a Kashi para vivir como un asceta
a orillas del Ganges. La vida matrimonial está llena de problemas y compromisos.

—No vaya usted a creer —dijo tío Shastry—. Si bien el
matrimonio trae problemas, también aporta grandes placeres.
No reniegue de ellos sin primero experimentarlos. Mi sobrina
cuidará de la casa, velará por usted y sus padres en la salud y
en la enfermedad. ¿Por qué iba a querer renunciar a esto y llevar la fría vida de un monje?

Ramanujam vestía un dhoti blanco: un trozo largo de tela
enrollado en la cintura que le cubría la parte inferior de su
cuerpo. Tenía el pecho al descubierto, excepto por un chal de
seda almidonado sobre uno de los hombros y un hilo blanco
enlazado en el otro hombro y alrededor del pecho, la cintura
y la espalda. Llevaba un paraguas negro anticuado y un tazón
de bronce de una sola asa. Llevaba los pies calzados en sanda-

lias de madera y parecía un monje a punto de renunciar al mundo. Conteniéndole iban el padre y el tío de Aruna, ocupando el lugar de los hermanos de la novia. Varios invitados los rodeaban a una escasa distancia, todos ellos sonriendo con malicia.

El señor Ali había oído acerca de este rito practicado entre los brahmanes, pero nunca lo había presenciado. Antes de la boda, el novio brahmán se viste de monje y simula el deseo de renunciar a los placeres del mundo para vivir una vida sencilla. Los hermanos de la novia y otros familiares masculinos deben convencerlo para que siga con la ceremonia.

Eran las siete de la mañana del día de la boda de Aruna y estaban en la cima de la montaña de Annavaram. Detrás de ellos se alzaba la torre blanca del templo, poblada de estatuas. Ante sus ojos se extendían kilómetros de bosque sobre la ladera de la montaña. El sol estaba en lo alto y la neblina luminosa de la madrugada aún no se había evaporado.

Toda la familia de Aruna había llegado tres días antes a la casa de su tío paterno, y a ella la habían preparado para la boda: su cuerpo ungido en aceite y cúrcuma, sus manos y pies decorados con dibujos de henna. El padre de Ramanujam, a través de contactos, había previsto el uso de una residencia oficial para los invitados, y su familia había llegado el día anterior. El señor Ali y su esposa, si bien eran invitados de la novia, habían venido con la familia de Ramanujam y se alojaban por separado en un hotel.

Finalmente Ramanujam fue persuadido sobre las bondades de la vida conyugal, y los invitados de las dos familias regresaron a sus respectivas residencias.

En la entrada del salón nupcial había dos brotes de plátano atados, maduros y recién cortados, cada cual con un racimo grande de plátanos verdes. Una ristra de hojas de mango pendía entre los brotes formando un portal; el verde claro de las hojas abanicadas de los plátanos contrastaba con el verde oscuro de las hojas de mango más pequeñas. Aruna y sus parientes cercanos entraron en el recinto donde les aguardaba un sacerdote. Aruna lucía un sari rojo de seda con ribetes dorados y todas las alhajas tradicionales de la novia: pendientes, un collar, una torques en la parte superior del brazo, una cadena a lo largo de la raya de su peinado, pulseras en ambas manos y brazaletes de plata en los tobillos que tintineaban a su paso. Llevaba una larga trenza en el pelo. En el centro del salón había una plataforma rectangular y elevada, con brotes de plátano dispuestos en las esquinas, decorada con más hojas de mango. En el medio del altar había un hogar de ladrillo. El salón todavía estaba vacío y el personal estaba colocando las sillas para los invitados alrededor del altar. Aruna había venido para rezar a la diosa Gauri por una boda óptima y un feliz matrimonio. La misma diosa había hecho frente a serios castigos por elegir ella misma a su marido.

Una vez concluidas las oraciones nupciales, Aruna y los suyos salieron del salón de bodas. Ya estaba todo listo para el inicio de la ceremonia.

Afuera el señor y la señora Ali se unieron a la familia de Aruna. A sus espaldas oyeron a alguien que decía: «Médicos, no multinacionales.» El señor Ali advirtió que su esposa se ruborizaba aunque mantenía el tipo, mirando hacia delante. Una pequeña sonrisa asomó en su rostro.

La gente daba vueltas hasta que empezó a sonar la música. Algunas personas mayores entraron en el salón y se sentaron, pero la mayoría de los congregados en la puerta esperaron a que llegaran los invitados del novio. Pronto apareció la banda, luciendo atuendos brillantes y turbantes, unos golpeando los tambores, otros haciendo sonar las lustrosas trompetas y las flautas. Al frente iba el director de la banda, que llevaba el turbante más alto de todos y agitaba la batuta, dirigiendo a los músicos mientras tocaban una canción popular de un filme del sur de la India. Detrás de la banda venía un coche sobrecargado de flores a modo de adorno, tantas que el señor Ali dudaba que el conductor pudiera ver algo a través del parabrisas. En el interior del coche estaba el novio y tal vez su madre y su hermana. Todos los demás invitados caminaban detrás del reptante automóvil.

Mientras Ramanujam se apeaba, el señor Ali y su esposa tomaron posición entre el gentío a un lado del coche. Una de las tías de Aruna rompió un coco delante del novio. Luego sacó un billete de cien rupias y lo agitó delante de Ramanujam tres veces e hizo crujir los nudillos a lado y lado de su cabeza. Finalmente le dio el billete a un mendigo que rondaba por los alrededores de la muchedumbre. Una vez ahuyentado el mal de ojo, Ramanujam y su familia recibieron la bienvenida y entraron en el salón.

Todos los invitados se instalaron cómodamente; era una ceremonia modesta y en el salón no había más de doscientas personas. El señor y la señora Ali se ubicaron en la primera fila a un costado del altar. Ramanujam y sus padres se sentaron cruzados de piernas a un lado de la plataforma mirando hacia el oeste. Un amigo del tío paterno de Aruna y un sacerdote brahmán que había venido con la familia de Ramanujam oficiaban la boda. Tan pronto como el novio y los invitados ocuparon sus respectivos sitios, apremiados por los sacerdotes, a quienes les preocupaba que se pasara el momento propicio, una pequeña estatua de Ganesha, el dios con cabeza de elefante, fue transportada hasta el altar. Ganesha es el dios de los orígenes y toda ceremonia hindú comienza con un rezo en honor a él. Ramanujam se unió a los sacerdotes para rezar a Ganesha por un desarrollo inmejorable de la ceremonia y la eliminación de todos los obstáculos para una feliz vida conyugal. Una vez concluida la plegaria, Vani y una de sus primas subieron a la tarima y se quedaron sujetando un sari por los extremos, dividiendo el altar en dos e impidiendo que Ramanujam viera al·otro lado de la tela. Vani estaba de espaldas al señor y la señora Ali, quienes tenían una vista privilegiada de los dos lados del altar.

La señora Ali señaló una puerta lateral y el señor Ali estiró el cuello para mirar en esa dirección. Shastry, tío materno de la novia, la traía cargada en un cesto de bambú atravesando el salón nupcial rumbo a la plataforma. Los primos de Aruna le ayudaban a sostener el cesto. Aruna mantenía la cabeza gacha, aunque de vez en cuando la levantaba para echar un vistazo a la concurrencia. Sus ojos se encontraron con los del señor Ali y ella le sonrió, disfrutando del momento y del paseo en cesto a hombros de su tío y sus primos. El señor Ali le devolvió la sonrisa, mientras pensaba que la ceremonia que estaban presenciando no había cambiado mucho a lo largo del último milenio.

La depositaron enfrente de Ramanujam, al otro lado de la cortina formada por el sari. Sus padres se sentaron junto a ella, y Shastry fue a sentarse al lado de Vani.

—Más te vale que no engordes ni un gramo —le dijo resoplando—. Para tu boda seré más viejo y puede que sufra un colapso mientras cargo contigo.

—Puede que me case en el extranjero y no tengas ese problema —replicó ella.

—Cierra el pico, boba. No pronuncies barbaridades en una ocasión tan feliz como ésta. Quién sabe qué dioses te están escuchando para satisfacer tus deseos —dijo su tío, airado.

El señor Ali escuchó por casualidad el intercambio de palabras y sonrió. Había conocido a Vani el día anterior y le hacía gracia su chispa. Aruna tenía el mismo ingenio, pero era mucho más reservada, mientras que Vani era una chica desinhibida.

Los sacerdotes empezaron con el cántico de los versos en sánscrito de los Vedas. Apelaban a siete generaciones de antecesores del novio y la novia para que bendijeran esta unión y concedieran a la pareja la sabiduría para hacer frente a los problemas inevitables que surgen en la vida conyugal. Mientras se acercaba el momento auspicioso, los músicos empezaron a hacer sonar los tambores y la flauta típica del sur de la India. Los tambores alcanzaron un crescendo y, tras la señal de uno de los sacerdotes, la prima de Vani soltó uno de los extremos del sari y Vani se lo arrebató, dejando al novio y a la novia frente a frente. Ramanujam lanzó a Aruna una mirada atrevida que la hizo sonrojar y bajar la vista con timidez. El sacerdote se arrodilló delante de ellos con un cuenco que contenía una pasta de semillas de comino y azúcar moreno. Aruna y Ramanujam cogieron un puñado cada uno y se lo aplicaron mutuamente en sus cabezas.

—¡Puaj! —musitó el señor Ali a su mujer—. Les deja el pelo hecho un asco.

—Una mujer rústica —dijo riendo la señora Ali—. La mezcla del comino amargo y el azúcar representa los sabores y sinsabores del matrimonio.

—Puede ser —dijo el señor Ali—, pero aun así les deja el pelo hecho un asco.

Uno de los sacerdotes encendió el hogar de ladrillo con ghi y madera de sándalo.

—Mírala —dijo la señora Ali señalando a la hermana de Ramanujam, que estaba sentada detrás del novio. Tenía cara de pocos amigos.

—Parece que acaba de meterse un cacahuete amargo en la boca. —El señor Ali se echó a reír.

—Espero que no le cause problemas a Aruna —dijo la señora Ali.

La madera prendió y los sacerdotes alimentaron el fuego hasta convertirlo en llamarada. Los tambores y la flauta alcanzaron otro crescendo y, mientras los sacerdotes invocaban las bendiciones de los dioses, Ramanujam se puso de pie y se inclinó ante Aruna para colocarle un hilo con un pequeño disco de oro a modo de colgante, realizando tres nudos. El sacerdote de la familia de la novia le entregó otro hilo con un disco de oro idéntico y Ramanujam también lo ató alrededor del cuello de Aruna como si fuese una cadena.

El señor Ali, que nunca antes había presenciado una boda hindú tan de cerca, se volvió hacia su esposa y le dijo:

—Creía que el mangalsutra llevaba dos colgantes.

—Leela me lo ha explicado —dijo la señora Ali—. Al parecer, uno de los hilos con la moneda de oro es donado por la familia del novio, y el otro por la familia de la novia. Cuando hayan pasado dieciséis días las dos monedas se fundirán en un solo collar y formarán el mangalsutra que Aruna llevará mientras sea una mujer casada.

Aruna y Ramanujam se levantaron y el sacerdote les entregó una guirnalda a cada uno. Aruna le colocó su guirnalda a Ramanujam alrededor del cuello y éste hizo lo propio con ella. La señora Ali cogió un puñado de arroz amarillo que tenía guardado en el pañuelo.

—¿De dónde has sacado eso? —preguntó su esposo.

—Me lo dio una de las tías de Aruna —dijo ella.

Se unieron a los otros invitados para arrojar el confeti sobre los novios.

La flauta y los tambores dejaron de sonar. En medio del súbito silencio el sacerdote ató por los extremos el dhoti de Ramanujam y el sari de Aruna y la pareja empezó a dar vueltas alrededor del fuego con el novio a la cabeza. En la primera vuelta, Ramanujam le pidió al dios del fuego que los asistiera y les diera el sustento necesario; en la segunda ronda le pidió fortaleza física para que ambos tuvieran una vida y una matrimonio próspero; a la tercera vuelta le pidió al dios del fuego que les ayudara a honrar sus votos en la pareja y frente a la sociedad; en la cuarta, el novio oró por una vida sensual y confortable junto a su mujer; durante la quinta vuelta rezó para poseer ganado en grandes cantidades, indicio de riqueza; en la sexta ronda rezó por las lluvias y por una larga vida que les permitiera contemplar juntos el paso de muchas estaciones. En la séptima y última vuelta Ramanujam oró para que él y su esposa cumplieran siempre con sus obligaciones religiosas.

Y de este modo, con tres nudos y siete vueltas, Aruna y Ramanujam se casaron delante de sus familias y con el fuego como testigo sagrado. Ahora eran marido y mujer.

Los invitados se acercaban y les obsequiaban ropa de recién casados, dinero o joyas. El señor y la señora Ali le regalaron a Aruna un sari de seda de color verde loro; y a Ramanujam, un dhoti de seda de color crema. Y para la pareja, un elefante de metro y medio tallado en sándalo.

Aruna se retiró en compañía de su esposo. Los invitados dejaron sus ubicaciones mientras comenzaban los preparativos para la comida.

El señor Ali entabló una conversación con el cuñado de Ramanujam.

—¿En qué ciudad vive? —le preguntó.

—Lawson's Bay Colony —respondió el cuñado de Ramanujam.

Antes de que el señor Ali pudiera seguir preguntando, la hermana de Ramanujam le lanzó una mirada a su marido y éste se marchó precipitadamente.

La señora Ali se acercó a su esposo.

—Anda —dijo el señor Ali—. Parece que alguien se ha metido en un lío.

La señora Ali se echó a reír.

—Mira que eres malo —dijo ella—. Sabías que se metería en un lío si su mujer lo veía hablando contigo.

—Sólo intentaba hacerle la pelota para que fuera bueno con Aruna.

La señora Ali pestañeó.

—Sí, claro —dijo sin creerle una palabra.

Como Annavaram quedaba bastante lejos y los padres de Ramanujam querían regresar antes de que se hiciera demasiado tarde, la ceremonia del bidaai o el adiós, en la que la novia deja su hogar para irse a casa de su esposo, se celebró nada más terminar el convite vegetariano. El señor Ali les había preguntado si podían regresar con ellos en su autobús. Así que ahora él y su mujer estaban en la puerta del salón nupcial con la familia de Ramanujam, esperando a que Aruna saliera.

Al cabo de varios minutos, cuando el padre de Ramanujam ya empezaba a mirar su reloj y a murmurar que no quería viajar de noche por la carretera de montaña, apareció Aruna. Llevaba un suntuoso sari rojo de seda tejido con hilo dorado: un obsequio de la familia del novio, tal como mandaba la tradición. Siguiendo la raya de su peinado pendía un galón de oro con un colgante que descansaba sobre su frente. Iba sobrecargada de aretes, un pendiente de nariz, torques en la parte superior de ambos brazos, una docena de pulseras, un collar, una cadena larga, las dos mitades de su mangalsutra, una faja ancha dorada, brazaletes de plata en los tobillos y anillos en los dedos de los pies. Se encaminó lentamente hacia ellos, seguida de su madre, su hermana, su padre y tío Shastry.

Al fondo, alguien encendió una grabadora y empezó a sonar una canción inolvidable.

Vete, hija mía, a tu nuevo hogar, y llévate contigo las
    bendiciones de tu padre:
Que nunca te acuerdes de mí, para que no te falte la felicidad.
Te crié como a la flor más delicada y perfumada de nuestro
    jardín,
que a partir de ahora cada estación sea una nueva primavera,
que nunca te acuerdes de mí, para que no te falte la felicidad.
Vete, hija mía, a tu nuevo hogar, y llévate contigo las
    bendiciones de tu padre.

Cuando Aruna llegó al encuentro de Ramanujam, se detuvo y se volvió hacia su madre para abrazarla. Luego se volvió hacia su hermana. De pronto Vani tomó conciencia de la inmensidad del momento y se le borró la sonrisa de la cara. Las dos hermanas se abrazaron con fuerza y lloraron. Su padre se unió al abrazo con torpeza y tras un prolongado instante se separaron. Aruna dio un paso al frente y miró hacia atrás, como un ciervo atrapado en la fija mirada de un tigre. Una de las tías la acompañó, para que no se sintiera tan sola mientras se arrimaba a su nuevo hogar, y la ayudó a subir al autobús que la estaba esperando.

La fiesta de recepción, celebrada al cabo de tres días, fue colosal; invitaron a más de mil quinientas personas y la mayoría acudió. El hotel habilitó tres de sus salones y se abrieron las puertaventanas que conducían al jardín para dar cabida a todo el mundo. Aruna llevaba un sari anaranjado y más joyas de las que había poseído a lo largo de toda su vida. Ramanujam vestía una chaqueta granate al estilo Nehru con un turbante en la cabeza. Ambos lucían radiantes sobre el escenario ubicado al final del salón, mientras recibían a un sinfín de invitados que les dedicaban a cada cual unas palabras de cortesía. En una esquina del escenario se amontonaban los regalos.

El muro que tenían detrás estaba decorado hasta el techo con flores blancas, rojas y naranjas, eclipsando a las personas que se paraban delante. Exquisitos ramos de flores traídos especialmente desde Bangalore estaban expuestos en cestos sobre una mesa situada enfrente de los novios.

Había bufés por todas partes y en todos los salones, de modo que la gente no tuviera que esperar tanto para servirse. Los camareros circulaban con bandejas de refrescos, zumos y agua. El señor y la señora Ali paseaban por uno de los salones. Se encontraban con varias personas a las que conocían. Algunos decían que el novio y la novia parecían hechos el uno para el otro. La mayoría de las mujeres se mostraban envidiosas y algunas hacían comentarios maliciosos acerca de una novia de familia pobre que había tenido la fortuna de casarse bien. Nadie, observó el señor Ali, comentaba que Ramanujam había sido el afortunado; de no haberse casado con Aruna habría acabado casándose con la hija consentida de un millonario a la que él no habría encontrado ni de lejos tan hermosa como a Aruna.

—Salgamos un rato al jardín —propuso el señor Ali a su mujer—. Me apetece tomar un poco de aire fresco.

La señora Ali asintió y ambos se abrieron paso entre el gentío rumbo a las puertaventanas. Justo antes de salir, el señor Ali se cruzó con Sridevi y se paró para saludarla.

Le presentó a la señora Ali.

—Ésta es Sridevi, la florista del hotel. Ella ha decorado con flores todo el salón.

Al notar que llevaba el mangalsutra y el punto rojo pintado en la frente, el señor Ali dijo a Sridevi:

—Veo que ya has vuelto con tu marido.

—Sí —respondió ella—, nos casamos por lo civil hace dos semanas.

—¿Y cómo van las cosas esta vez? —preguntó él.

—Son los primeros días, de momento todo va bien, gracias —contestó ella—. Ahora que nos hemos marchado de la casa de sus padres y que el dinero no es un problema, ya no peleamos.

—Eso está bien. Sigue así —dijo el señor Ali.

—Lo intento. No he olvidado lo que me dijo. Hoy no he venido como invitada. Acabo de cerrar la tienda y estoy dando una vuelta para ver si la decoración todavía está presentable.

—Los arreglos florales son preciosos —dijo la señora Ali.

—Gracias. Conseguí el encargo gracias al señor —dijo ella refiriéndose al señor Ali.

—Sí, lo sé, pero tú has hecho un trabajo magnífico y he oído que les has ofrecido un buen descuento —dijo la señora Ali.

—Básicamente les he cobrado el precio de coste, teniendo en cuenta que se trata de la boda de su secretaria y el señor me contó que ella se esmeró en buscar otro marido para mí. ¿Pero sabe una cosa? Hoy he escuchado a tanta gente hablar de las flores que creo que tendré un montón de encargos más —dijo felizmente.

—Dios se asegura de que todo aquello que hacemos bien no quede sin recompensa —dijo la señora Ali.

Se despidieron de Sridevi y se encaminaron hacia el jardín.

El señor y la señora Ali paseaban entre los invitados. La concurrencia era realmente asombrosa. Vieron a mucha gente importante de la ciudad. Oyeron por casualidad a alguien que comentaba que había venido el alcalde y hasta el subcomisario de la policía. De pronto escucharon una voz que los saludaba:

—¡Señora! ¿Cómo está usted?

Se dieron la vuelta y se encontraron con Anjali, la lavandera que había sido su vecina durante mucho tiempo y que aún rehusaba llamar a la señora Ali por su nombre y optaba por llamarla «señora».

La señora Ali exclamó:

—¡Hola, Anjali! ¿Cómo estás? ¿Has venido como invitada del novio o de la novia?

Si bien los buenos modales del señor Ali le impedían demostrarlo, le sorprendió ver a Anjali en aquel sitio. No era normal que una mujer de casta inferior fuera invitada a una boda brahmán.

—Mi hijo trabaja en el mismo hospital que el novio y por eso nos han invitado. Mi marido no quiso venir, pero yo no me lo hubiera perdido por nada del mundo. Después de todo no ocurre a menudo que a una la inviten a una fiesta tan elegante. Hola, Babugaaru —saludó al señor Ali.

El señor Ali le devolvió el saludo con una sonrisa.

Anjali siguió hablando con la señora Ali.

—He oído que el hijo de Lakshmi la ha vuelto a acoger. También he oído que usted intercedió para que así fuera. ¿Es cierto?

—Sí —dijo la señora Ali—. Ya sabes que se había ido a vivir con su hermana después de enfadarse con su nuera y de que su hijo le pidiera que se fuera.

—Claro —confirmó Anjali—. Yo fui quien se lo contó.

La señora Ali asintió y continuó:

—Pues me pareció que la situación había ido demasiado lejos, así que fui a hablar con el hijo y la nuera. Les dije que por mucho que se pelearan la familia tenía que permanecer unida. Le recordé a su hijo que su madre era una mujer viuda y que era su obligación cuidar de ella. Me llevó un rato, pero al final los convencí. Después me llevé al hijo de Lakshmi conmigo a la casa de su tía. Antes de que él la invitara a volver a casa, le pregunté a ella por qué estaba viviendo con su hermana y no con su hijo. Le hice ver que ella había provocado esta situación con su actitud y que tenía que llevarse bien con su nuera. Quizá pensara que su hijo no estaba en buenas manos o que su nuera era una perezosa; lo mismo daba. Tenía que pasarlo por alto. La relación entre su hijo y su nuera no tenía por qué parecerse a la de ella con su marido. Las personas son diferentes, los tiempos cambian. Sólo si ella estaba dispuesta a cambiar de actitud, yo iba a dejar que su hijo se la llevara de vuelta. De eso hace ya más de un mes y parece que las cosas van sobre ruedas.

—Es fantástico, señora. Ha estado muy bien.

Animados por la conversación, el señor y la señora Ali regresaron al salón y se mezclaron con la gente antes de ponerse en la cola para servirse.

—Es una boda brahmán. No habrá ni una pizca de carne —dijo la señora Ali a su marido.

—Te equivocas —dijo el señor Ali—. ¿Ves aquella mesa? Es el bufé de comida no vegetariana.

La señora Ali se rio.

—Supongo que los ricos hacen las cosas a su manera —dijo.

Mientras hacían la cola, un caballero alto y erguido que estaba detrás se dirigió a ellos.

—Señor, señora, ¿son ustedes los padres de Rehman Ali?

Se dieron la vuelta. El hombre estrechó la mano del señor Ali y luego saludó a la señora Ali cruzando las manos sobre el pecho.

El señor y la señora Ali parecían desconcertados.

—Ustedes no me conocen —dijo el hombre—. Soy el subjefe de policía del distrito rural de Vizag. Soy el que mandó arrestar a su hijo en Royyapalem.

—Lamento que le haya causado tantos problemas —dijo el señor Ali.

—No se preocupe. Nosotros sólo cumplimos con nuestro deber. En cualquier caso, deberían estar muy orgullosos de su hijo. ¿Cuánta gente está dispuesta a luchar por los derechos de otra gente? —dijo el hombre.

—Se lo agradezco —dijo el señor Ali concediéndole una sonrisa.

Una vez que terminaron de comer, se dirigieron al escenario donde estaban sentados Ramanujam y Aruna. Al verles, Aruna intentó ponerse de pie, pero ellos le pidieron que no se levantara.

—¿Cómo estás? —preguntó la señora Ali.

—La vida es buena, señora —contestó Aruna risueña—. ¿Sabe lo que ha sucedido ahora mismo? Estábamos aquí de pie recibiendo a todo el mundo y Ram se dio cuenta de que yo empezaba a flaquear; me costaba sonreír y volcaba el peso de una pierna a otra. Inmediatamente él fue y le dijo a su padre que estaba cansado y que quería hacer un descanso. ¿No ha sido un detalle de su parte?

La señora Ali hizo chasquear los nudillos a lado y lado de su cabeza.

—Que el mal de ojo nunca caiga sobre ti —se pronunció.

—Sólo hemos venido a despedirnos —dijo el señor Ali—. Disfruta el día. ¿Cuándo partís de luna de miel?

—Mañana —dijo Aruna, con sus mejillas tiñéndose de rojo.

—Genial. ¿Llevas ropa de abrigo? Kulu Manali está en lo alto del Himalaya y allí hace mucho frío —dijo la señora Ali.

—No iremos a Kulu Manali. Hemos decidido ir a un huerto de mangos en las afueras del Simhachalam —dijo Aruna.

—¿Qué? Pero si Kulu Manali es precioso y tú me dijiste que nunca habías estado allí —dijo la señora Ali.

—Fue idea de Aruna —dijo Ramanujam sumándose a la conversación. Luego bajó la voz para contárselo en secreto—. Y la verdad es que funcionó. Cuando Aruna dijo que no quería una luna de miel cara, mis padres finalmente se convencieron de que no es una cazafortunas. Ahora mi padre piensa que Aruna es la mejor nuera que le podía tocar y hasta mi madre se muestra casi atenta con ella.

—Oyeeee... —dijo Aruna escandalizada—. ¿Cómo puedes hablar así de tu madre? Es una mujer muy atenta.

—Cariño —dijo cansinamente su esposo—, la conozco mejor que tú.

El afecto que existía entre ellos estaba a la vista de todos. El señor Ali sabía por experiencia que esa clase de amor romántico no duraba más de dos años y que tendrían que forjar uno nuevo para seguir juntos toda la vida, pero aun así era conmovedor verlos.

—Te veremos dentro de unas semanas —dijeron a Aruna.

El padre de Ramanujam se acercó a ellos.

—Permítanme que les acompañe hasta la puerta —dijo.

En la puerta, el padre de Ramanujam le dijo al señor Ali:

—Tenía razón, ¿sabe? No necesito más dinero. Lo que necesito es una buena nuera. Puede que esto sea una frase hecha, pero gracias a usted no he perdido un hijo. He ganado una nuera.

El señor y la señora Ali salieron del hotel. La señora Ali señaló hacia el mar que estaba cerca y dijo:

—Vamos a la playa. Hace mucho tiempo que no vamos.

Caminaron por la playa, donde las olas rompían ruidosamente sobre la arena. El sol ya se había puesto, pero el día seguía siendo luminoso porque había luna llena. La mayoría de los bañistas ya se habían ido y los vendedores estaban levantando campamento.

Mientras caminaban en dirección al agua, el señor Ali dijo:

—Has estado escribiendo mucho últimamente. ¿No se han acabado ya las lecciones de inglés?

—Las lecciones han acabado —dijo ella—. Pero el profesor que las redactó para el periódico dice que son sólo el principio y que debemos leer con frecuencia la prensa inglesa y escribir un artículo sobre cualquier tema para mejorar el nivel.

—Vaya —dijo él impresionado, aunque no le sorprendía en absoluto la disciplina de su esposa.

El señor Ali se sentó en la arena, a varios metros del nivel que alcanzaban las olas más altas. La señora Ali se quitó los zapatos junto con él y se acercó un poco más al agua, levantándose el sari por encima de los tobillos.

—No olvides que llevas un sari muy caro —le gritó él.

Ella asintió con la cabeza, pero siguió avanzando.

El señor Ali se puso a pensar en su agencia matrimonial. Le había ido mucho mejor de lo que había soñado, no sólo en lo económico sino también en lo social. La India estaba cambiando y su éxito era una señal de eso. Una mosca en la pared de su despacho podría pensar que los hindúes estaban obsesionados con la casta y que nada había cambiado en los últimos cien años. «Eso no es cierto», pensó el señor Ali. El matrimonio era una institución donde la casta seguía siendo importante, pero en otros aspectos estaba perdiendo arraigo. Gente de diferentes castas acudían a las mismas escuelas y oficinas; se mezclaban y se hacían amigos. Hacía tan sólo unos años la gente de las castas superiores no habrían invitado a una boda a personas de las castas inferiores, y ni siquiera a los musulmanes. Ahora eso pasaba inadvertido. La India estaba cambiando y el señor Ali deseaba poder quedarse un tiempo más para presenciar los cambios. Pero de repente gruñó ante el panorama de las siguientes semanas sin Aruna; el trabajo se le iba a hacer más pesado durante su ausencia.

Una ola particularmente grande se elevó por encima de la superficie del agua y la señora Ali retrocedió, debatiéndose entre la risa nerviosa y el miedo. La ola rompió y el agua se precipitó rápidamente sobre la playa. La señora Ali chilló a la vez que se levantaba el sari casi hasta las rodillas para evitar que se le mojara. Regresó y se sentó al lado de su marido. Juntos contemplaban las crestas plateadas de las olas brillando bajo la luz de la luna. A lo lejos se veían las siluetas de una larga hilera de barcos que aguardaban en el horizonte para entrar al puerto. Un grueso haz de luz atravesaba el mar desde el faro situado en la cima de Dolphin's Nose.

El señor Ali se volvió hacia su esposa:

—Llama a Rehman y dile que venga mañana a comer. Hace mucho tiempo que no discuto con mi hijo.

Por un instante la señora Ali lo miró incrédula. Luego las lágrimas echaron a rodar por sus mejillas y su rostro cobró más brillo que las olas bajo la luna.

Extractos de los artículos de la señora Ali

EXTRACTO 1

Visakhapatnam es también conocida por el nombre de Vizag. A un lado de Vizag está la costa y al otro las verdes montañas. La población de Vizag es de tres millones y medio de personas. Cuando yo era joven la ciudad solía ser más fresca y se la conocía por ser una ciudad de jubilados, pero a día de hoy el número de personas ha crecido mucho y cada verano se vuelve más calurosa.

Hay muchos lugares turísticos en Vizag y los alrededores. Las tribus viven en los bosques del valle Araku. En ocasiones vienen a la ciudad, vistiendo ropa de colores vivos, para vender escobas, nueces de jabón, frutos de yaca, miel, tamarindos y plumas de pavo real. Cuando yo era niña mi tío trabajaba en el organismo que cuidaba de las tribus. Él me contaba que cuando paseaba por el bosque solía ver tigres. La gente ya no ve a esos animales. Allí también hay antiguas cuevas de piedra caliza. Una vez fuimos y el guía nos hizo entrar. Las cuevas son muy frescas y silenciosas; sólidas columnas crecen desde el suelo y desde el techo en ambas direcciones.

El templo de Simhachalam tiene casi mil años de antigüedad. Es de suma importancia para los hindúes. En la ciudad de Vizag hay tres colinas: en la primera se alza un templo hindú, en la segunda está la tumba de un santo musulmán y una mezquita, y en la tercera hay una iglesia grande. Los periódicos publican noticias sobre disturbios y conflictos comunitarios en otras partes de la India, pero en Vizag nunca tenemos esos problemas. Gente de todas las religiones y castas conviven en armonía. Estoy orgullosa de ello.

El camino de la playa es muy bonito. Las dunas de arena (¿se dice dunas?) se extienden a lo largo de la playa. Si conduces unos veinte kilómetros por este camino llegas a la ciudad de Bhimili. Allí la playa es realmente especial. Es como un círculo enorme cortado por la mitad. Siempre que vamos, intento llegar a las dos de la tarde. Los botes de los pescadores regresan a esa hora y puedes comprar pescado fresco (los mejores son el *chanduva* y el *vanjaram*, aunque desconozco sus nombres en inglés). Parece que en Bhimili hay un cementerio holandés de hace dos siglos, pero yo nunca lo visité. Hace algunos años estábamos viendo una película de habla hindi llamada *Silsila*, en la que salía una escena musical rodada en un campo inmenso de flores rojas y amarillas. Rehman me dijo que esas flores se llamaban tulipanes y que crecían en los campos holandeses. Me fijé, pero no pude encontrar ese país llamado Holanda en el mapa.

EXTRACTO 2

La mayoría de la gente en Vizag es hindú, como Aruna, y hablan telugú, la elegante lengua de esta parte del sur de la India. Un inglés llamado C. P. Brown definía al telugú como «el italiano de Oriente».

¿Es bonito el italiano?

En Vizag hay muchos musulmanes como yo y hablamos en urdu. Mi marido dice que nuestra bella lengua materna, ideal para escribir canciones y poemas, fue creada en los campamentos del ejército de los emperadores mongoles por soldados de diferentes países que hablaban persa, turco e hindi. Me parece difícil de creer, pero a veces es posible encontrar una preciosa flor de loto que crece en medio de un estanque de agua sucia y verdosa.

Otra cosa que me parece increíble es que los ingleses se las arreglen sin palabras suficientes para referirse a los numerosos tipos de familiares. ¿Es que el parentesco en Inglaterra carece de importancia? Por ejemplo, cuando una mujer inglesa habla de su abuela, ¿cómo va a saber el oyente si está hablando de su abuela materna o paterna? Además, nosotros tenemos diferentes nombres tanto para el hermano de la madre como para el hermano menor y el hermano mayor del padre, pero en inglés a todos se les llama simplemente *tío*.

Hace poco leí un chiste en inglés que no me hizo gracia. Decía así:

P: ¿Cuál es el término para referirte a la suegra de tu hijo?

R: ¡Dragón!

¿Cómo pueden burlarse de un parentesco tan importante? En urdu, a la suegra de un hijo la llamamos *samdhan*.

Otra regla en la India es que nunca llamas a la gente mayor que tú por su nombre. De modo que mi hermano menor Azhar me llama *Aapa* (urdu) y Vani a Aruna la llama *Akka* (telugú). Aruna y yo los llamamos por sus nombres.

Ésta es una lista de algunas palabras para referirse a los parientes:

Español	Urdu	Telugú
Madre	Ammi	Amma
Padre	Abba	Naana
Cuñado	Bhai-jaan	Baava
Hermana mayor	Aapa	Akka
Hermano mayor del padre	Taaya	Pedda-Naana
Hermano menor del padre	Chaacha	Chinnaana
Hermano de la madre	Maama	Maavayya

Se supone que entre los hindúes hay cuatro castas: los brahmanes, la casta sacerdotal; los Kshatriyas o guerreros; los Vaishyas o comerciantes y los Shudras o trabajadores. El sistema, desde luego, es mucho más complejo.

Dentro de las castas hay subcastas y dentro de éstas otras, subdivisiones. Como musulmanes, no formamos parte del sistema de castas, y antes de que mi marido creara la agencia matrimonial yo desconocía que fuese tan complejo. Aruna me explicó que el sistema de castas se basa en las profesiones tradicionales de la gente. Hace miles de años el sistema se volvió estricto y hereditario. Cuando le pregunté por las subcastas, ella me respondió que también se basaban en los empleos de la gente. Dijo que si bien todos los trabajadores del cuero constituían una subcasta de Shudras, dentro de ella los curtidores pertenecían a una subcasta diferente a la de los fabricantes de monturas.

Entre los brahmanes ocurre lo mismo; aquellos que cumplen con obligaciones sacerdotales, como la familia de Aruna, son Vaidiki brahmanes. Por lo general son conocedores del sánscrito. La familia de Ramanujam son Niyogi brahmanes. Estos brahmanes no ofician actos religiosos. Reciben educación bilingüe en inglés y telugú y son líderes comunitarios, oficinistas o contables.

Naturalmente, lo más controvertido del sistema de castas son los intocables. A las castas más bajas, aquellas personas que realizan trabajos «sucios» como manipular cadáveres o desperdicios humanos, se les llama castas marginadas. Los hindúes de las castas más altas no permiten a esta gente entrar en sus casas y evitan tocarlos. En los pueblos tienen que vivir apartados del resto de la gente y existen numerosas restricciones sobre lo que pueden o no pueden hacer. Por ejemplo, no pueden usar los pozos que usan el resto de los vecinos. Sus hijos pueden ser obligados a sentarse fuera del aula para permanecer lejos de los niños de castas superiores. La exclusión de los intocables está prohibida y el gobierno reserva una porción de las plazas laborales y universitarias para la gente de las castas marginadas, pero llevará tiempo acabar con un problema que ha ido creciendo a lo largo de dos milenios. No todas las personas de casta superior son ricas, pero la mayoría de la gente de casta inferior son pobres.

EXTRACTO 4

Empiezo a preparar el desayuno entre las siete y las siete y media de la mañana. Cuando Rehman era un crío y mi marido aún trabajaba, solía empezar a las seis y media, pero ya no hay necesidad de arrancar tan temprano.

Nunca desayunamos lo mismo dos días seguidos. Si un día preparo *parathas*, al día siguiente cocino dosas o idlis. Puede que un día más tarde haga *upma* o pesaratt. Para cocinar dosas o idlis tengo que dejar las lentejas en remojo durante un par de horas y triturarlas hasta formar una pasta espesa, toda la noche anterior, de modo que fermenten. Como acompañante suelo preparar una salsa *chutney*: las dos favoritas son la de coco y la de cebolla. En ocasiones también preparo un sambhar, que es como un líquido espeso de lentejas, cebolla, tamarindo y otras especias. El sambhar puede servirse como salsa en el desayuno o mezclarse con el arroz en las comidas. El *rasam*, por su parte, sólo se sirve en las comidas. Es una sopa de tamarindo y especias que se combina con el arroz.

En todos los años que llevo casada siempre me he encargado de que los míos tomen un desayuno caliente antes de salir de casa, incluso cuando tenían que levantarse a las cuatro de la mañana para coger el primer tren. A Rehman, de pequeño, le encantaba el desayuno. A veces se me llenan los ojos de lágrimas cuando pienso en él en algún pueblecito remoto. ¿Qué come? ¿Cómo puede alimentarse a base de comida de hotel preparada sin amor? No me extraña que esté tan delgado. Ojalá se case pronto. Le enseñaré a su mujer a preparar todos sus platos favoritos, del mismo modo que mi suegra me instruyó sobre todo lo que le gusta y lo que no le gusta a mi marido.

Cuando éramos más jóvenes sólo comíamos carne una vez a la semana, y el pollo era un lujo ocasional. Ahora tenemos dinero y podemos permitirnos comer carne más frecuentemente, pero como nos hemos hecho mayores ya no nos gusta comer pesado tan a menudo. Por lo general comemos carne los domingos. Rara vez la preparo sola. Mezclo carne y verduras. Así sabe mejor y es más barato.

A veces preparo algún postre. Un pudín que resulta muy fácil de hacer es el halva. Ésta es mi receta.

> 1/2 taza de ghee (o mantequilla semilíquida sin sal)
> 4 vainas de cardamomo
> 4 clavos de especia
> 2 ramas de canela
> 50 g de anacardos
> 25 g de uvas pasas
> 1 taza (casi 200 g) de sémola refinada
> 2 tazas de agua
> 1 taza de azúcar

Derrita la mantequilla en una cacerola de fondo plano a fuego medio y luego añada el cardamomo, los clavos y las ramas de canela. Fría los anacardos y las uvas pasas junto con las especias en la mantequilla hasta que se doren. Añada la sémola y fría hasta que cambie de color. Luego agregue el agua y remueva bien.

Tape la cacerola y cueza a fuego lento durante dos minutos, hasta que el agua se absorba y la sémola esté cocida. Agregue el azúcar y remueva bien. La sémola empezará a burbujear al cabo de unos minutos. Vuelva a tapar la cacerola y deje cocer a fuego lento durante un minuto más.

Sírvalo caliente.

Agradecimientos

Este libro no hubiera sido posible de no ser por:

Mi padre, quien me aficionó a la narrativa y siempre confió en que llevaba un libro dentro de mí.

Mi madre, que tenía la creencia paranoica de que sin estudios sus hijos nunca tendrían cobijo y se morirían de hambre.

Mi hermana Nilofar, que me pasó la receta del halva.

El tío Ramachandran y la tía Sussela, que fueron unos anfitriones estupendos y me permitieron conocer de cerca a una familia brahmán.

Mis amigos Tom, Sue, Suchi y Jasmine, primeros lectores de este manuscrito, que me hicieron comentarios y me dieron ánimos.

Marion Urch, de Adventures in Fiction, quien leyó mi primer borrador y me señaló la importancia del punto de vista y el concepto de las escenas en la novela.

Jenny McVeigh, mi maravillosa agente, a quien le gustó mi trabajo y me instó a mejorarlo.

Jenny Parrot, mi editora en Little, Brown and Company, a quien le agradezco su entusiasmo y sus numerosas ideas.

Mi esposa Sameera, que me apoyó durante todo el proceso y se hizo cargo de la casa más que de costumbre cuando yo me encerraba cada noche en el estudio después de largas horas de trabajo. Es muy simple, no hubiera podido escribir este libro sin tu estímulo.

Mis dos hijos, que creen que todos los escritores serán tan ricos y famosos como J. K. Rowling. Ojalá.

OTROS TÍTULOS
DE LA COLECCIÓN

SIEMPRE ALICE

Lisa Genova

¿Qué pasaría si todos tus recuerdos —de la plenitud, de la tristeza, del dolor, de la pasión— se te borraran de la mente y no tuvieras más opción que seguir adelante, incapaz de impedirlo?

Alice Howland está orgullosa de la vida que tanto esfuerzo le ha costado construir. A los cincuenta, es profesora de psicología cognitiva en Harvard y una experta lingüista de fama mundial, con un marido exitoso y tres hijos adultos. Cuando empieza a sentirse desorientada y olvidadiza, un trágico diagnóstico cambia su vida, al tiempo que la relación con su familia y con el mundo, para siempre.

Bella y aterradora a la vez, esta extraordinaria novela es un retrato vívido y conmovedor de la irrupción precoz del Alzheimer. Una conmovedora historia de lo que Alice piensa y siente al comprobar cómo deja de ser la persona que era y cómo no sólo pierde su identidad sino todo lo que conformaba su vida.

UNA MAÑANA DE MARZO

Joaquín M. Barrero

El despacho de Corazón Rodríguez —detective que nos cautivó en *El tiempo escondido* y *La niebla herida*— es asaltado con violencia. Todos sus archivos desaparecen, pero gracias a las copias de seguridad establece que tres de los casos abiertos pueden haber motivado el atraco: la desaparición en 1956 de un coronel del Estado Mayor del Ejército; la búsqueda de una misteriosa mujer que mantuvo una intensa relación con un brigadista inglés al comienzo de la guerra civil española, y el rapto de una joven alemana por una red de prostitución. Parece que alguien quiere impedir la resolución de alguno de estos casos.

Corazón Rodríguez se adentra de nuevo en el tiempo y, con el lector, descubre las grandezas y las miserias de unos seres atrapados en trágicos momentos de la reciente historia de España, con el conmovedor fondo de los niños enviados a la Unión Soviética en 1937.

En este trepidante thriller, Joaquín M. Barrero demuestra una vez más su capacidad para atraparnos desde la primera página y para emocionarnos con las vivencias de unos personajes y unos paisajes magníficamente definidos.